Gérard Georges
Eines Morgens auf dem Land

PIPER

Zu diesem Buch

Garachou, ein Weiler im Herzen der Auvergne, hat nur noch einen Einwohner: Ferdinand Pélissier. Der griesgrämige Alte, zu dem das Leben nicht gerade freundlich gewesen ist, lebt mit acht Charolais-Kühen und seinem treuen Hund Gamine ganz allein auf dem Hof. Sein einziges Vergnügen ist es, den Postboten zu ärgern oder mit seinem Moped über die Landstraßen zu tuckern, um zu Beerdigungen zu fahren. Ansonsten will der bärbeißige Bauer, den die Erinnerungen nachts manchmal nicht schlafen lassen, nur noch seine Ruhe. Als ein englisches Ehepaar den Nachbarhof kauft, um daraus ein Bed & Breakfast zu machen, ist Ferdinand entsetzt. Ausgerechnet Engländer! Haben die nicht auch Jeanne d'Arc auf dem Gewissen? Mit schlechtem Benehmen und angelegtem Gewehr ist der Alte wild entschlossen, die »Roastbeefs« zu vertreiben. Doch abgesehen von ihrem Kauderwelsch sind Mrs und Mr Kelly gar nicht so schrecklich. Und für Peggy, ihre kleine Tochter, öffnet der alte Ferdinand noch einmal sein Herz …

Gérard Georges, selbst im ländlichen Montbrison im Departement Loire aufgewachsen, war Rundfunkjournalist und arbeitete an der Universität und als Schuldirektor, bevor er beschloss, nur noch zu schreiben. Die Liebe zum Land mit all seinen Vor- und Nachteilen hat den Autor nie verlassen – was der vorliegende Roman aufs Schönste beweist.

Gérard Georges

Eines Morgens auf dem Land

Roman

Aus dem Französischen von
Christiane Landgrebe

Piper München Zürich

Mehr über unsere Autoren und Bücher:
www.piper.de

Zur Erinnerung an Marcel Bénézit,
Schriftsteller aus der Combraille,
der zu früh in andere Gefilde entschwunden ist.

FSC
www.fsc.org
MIX
Papier aus verantwortungsvollen Quellen
FSC® C014496

Ungekürzte Taschenbuchausgabe
Piper Verlag GmbH, München
Dezember 2012

Titel der französischen Originalausgabe:
»Une Terre pour Demain«

Umschlaggestaltung: Cornelia Niere, München, nach einem Entwurf von Christina Krutz Design, Riedstadt
Umschlagmotiv: Titus Lacoste/Getty Images/The Image Bank
Satz: Christine Paxmann • text • konzept • grafik, München
Gesetzt aus der Bembo
Papier: Munken Print von Arctic Paper Munkedals AB, Schweden
Druck und Bindung: GGP Media GmbH, Pößneck
Printed in Germany ISBN 978-3-492-30036-0

1

»Wer sind denn die zwei komischen Gestalten?«

Ferdinand sitzt dösend am Fenster und hebt ein wenig die Gardine, die früher einmal durchsichtig war und jetzt voller Fliegendreck ist. Es ist ein Abend im Oktober. Bald wird tiefe Nacht herrschen im Dorf Garachou, wo er schon seit Jahren lebt.

»Was die hier bloß wollen?«, murmelt er irritiert und zupft an seinem weißen Bart.

Seine Hündin, die ihm zu Füßen liegt, sieht ihn beunruhigt an und beginnt leise zu winseln. Sie ist ein Mischling, halb Collie, halb Border mit rauem, schwarzweißem Fell.

»Du kennst diese Witzbolde auch nicht, gute alte Gamine.«

Ferdinand kneift die Augen zusammen und schaut genauer hin.

»Hab ich hier noch nie gesehen, soviel ist klar. Ich kann mir keinen Reim drauf machen. Also wirklich, um diese Zeit hier rumlaufen, das macht doch kein anständiger Mensch.«

Er steht auf und holt sein Jagdgewehr aus dem Schrank, auf dem das Wappen der Waffen- und Radfabrik von Saint-Étienne zu sehen ist. Es hat schon seinem Vater und Großvater gehört.

»Na, die sollen ruhig herkommen, die werden schon sehen.«

Ferdinand schiebt zwei Patronen in den Lauf, legt den Kolben an seine rechte Schulter und wartet.

Nach langem Überlegen beschließen die Männer, den Hof zu betreten. Ferdinand hält das Gewehr fester, sein Zeigefinger verkrampft sich am Abzug. Gamine fängt an zu knurren und fletscht die Zähne, bereit zuzubeißen.

»Ganz ruhig, meine Gute«, flüstert Ferdinand ihr zu.

Zweimal klopft es leise an der hölzernen Eingangstür. Dann wieder zweimal, diesmal etwas lauter.

Die haben wohl tatsächlich vor, sich hier einzunisten. Oder sind es Einbrecher?

»Verschwindet!«, brüllt Ferdinand. Seine Stimme donnert durch den Raum.

»Na los, macht, dass ihr fortkommt!«, ruft er noch einmal. »Um diese Zeit schleicht man nicht auf anderer Leute Grundstücken herum. Ich habe ein Gewehr, es ist geladen, verstanden? Und wenn ihr mich nicht verstehen wollt, gebrauche ich es auch.«

Einen Moment ist es ganz still, dann sagt jemand mit unverkennbar britischem Akzent:

»Wir sind keine Einbrecher, Monsieur! Ich bin Ihr neuer Nachbar und wollte mich nur vorstellen. Und der Mann, der bei mir ist, ist mein Makler aus Riom. Wir führen nichts Böses im Schilde, Monsieur …«

Ferdinand schnauft verächtlich. Nachbarn! Lächerlich! Er lebt doch ganz allein hier in diesem Weiler. Was kann ein Engländer hier schon wollen?

»Zieht Leine! Ich sag das nicht zweimal! Sonst brenn ich euch ein paar Kugeln auf den Pelz!«

Ferdinand hört Schritte, die sich zögernd entfernen und immer leiser werden. Na also! Er setzt sich wieder ans Fenster und beobachtet die beiden Gestalten, die nun den Hof in Richtung Tor überqueren, der eine groß und schlank, der andere klein und gedrungen.

Er stößt einen lauten Seufzer aus und tätschelt seinen Hund, bevor er kopfschüttelnd feststellt:

»In was für Zeiten leben wir, meine alte Gamine?!«

Ferdinand wohnt schon seit einundsiebzig Jahren auf dem Hof. Er ist dort geboren, er wird dort sterben. Einundsiebzig Jahre Plackerei, denkt er oft. Solche Gedanken kommen ihm vor allem abends, wenn er mit Gamine allein in dem großen Haus ist. Dann hat er Zeit, und es tauchen immer wieder die alten Erinnerungen auf. Ein paar Gespenster werden lebendig, alle seine Lieben, die inzwischen gestorben sind.

Die zwei Jahre, die er im Gebirge in Algerien verbracht hat, kann er nicht mitrechnen. Zwei Jahre in diesem schrecklichen Krieg, der so viel Bitterkeit und sehr viel Groll gegen die Menschheit in seinem Herzen hinterlassen hat.

Ganz gleich wo Ferdinand hinkommt, er fällt überall auf. Er rasiert sich den Bart schon seit Jahren nicht mehr, schneidet sich nicht die Haare. Seine lange weiße Mähne schaut aus einer uralten Mütze hervor, deren ursprüngliche Farbe schwer auszumachen ist. Er sieht damit eher aus wie ein Seemann auf der Brücke seines Schiffs am Kap Hoorn als ein Bauer aus der Combraille in der Auvergne.

Wenn er mit seinem alten Moped einmal in der Woche in Chabassières einkauft oder manchmal auch in Montcel, der Hauptstadt des Kantons, gucken die Leute. Ferdinand ist stolz auf seine kleine Maschine und behauptet bei jeder Gelegenheit, mit der Gangschaltung könne er die steilsten Hügel hochfahren, ohne den Hintern vom Sattel zu heben.

Ferdinand besitzt auch Vieh. Nicht so viel wie früher, aber immerhin. Acht Charolais-Kühe, die man an ihren unregelmäßigen Hörnern erkennt. Er liebt seine Tiere, sie sind gutmütig und einfach im Umgang. Wenn man bedenkt, dass sie bis zu hundertdreißig Kühe hatten, als Félicien noch lebte – »mein armer Bruder«, wie Ferdinand ihn immer nennt. Ja, das waren goldene Zeiten, wie er sie nicht mehr erleben wird. Jetzt, wo er allein ist, würde er das sowieso nicht mehr schaffen.

Und das Haus? Es ist genau wie er selbst ganz schön alt geworden. Aber warum sollte er es renovieren? Wen kümmert nach seinem Tod, was damit geschieht? Als er noch jung war, ja, damals, da hat er sich in die schöne Yvette verguckt. Ach, dieses Hundeleben! Warum ist nur alles so schief gelaufen? Na jedenfalls, diese Geschichte ist lange vorbei. Am besten so tun, als hätte es sie nie gegeben.

Doch manchmal, wenn er nachts in seinem großen Bett wach wird, während draußen die Käuzchen schreien, denkt er doch daran. Vor allem, wenn er zu seiner Verblüffung feststellt, dass sich in seiner Hose etwas regt. Dann fragt er sich, warum ihm das Schicksal so übel mitgespielt hat. Ausgerechnet ihm.

Einundsiebzig Jahre! Fast ein Dreivierteljahrhundert! Ist es möglich, so alt zu werden, ohne je richtig gelebt zu haben?

Es wird Nacht. Kein Mond ist am Himmel zu sehen. Nebel liegt über den Wipfeln der Eschen und bald wird es aussehen, als sei die ganze Gegend von schwarzem Pech übergossen. In der Ferne bellt ein einsamer Hund, und Gamine spitzt die Ohren. Ferdinand vermutet, dass es der Hofhund von Auguste Chaffraix in Taravelles ist. Genau wie sein Herrchen jault er ständig herum. Dieses Tier hält gar nichts aus und bellt Himmel und Erde zusammen, sobald eine Heuschrecke seine Nase berührt oder eine Eidechse zwischen seinen Beinen herläuft.

Ferdinand steht auf und schiebt den Stuhl zurück. Er muss sein Wasser abschlagen. Gamine folgt ihm auf dem Fuß, diese Hündin kommt immer mit. Er geht raus auf den Hof und pinkelt gegen den Misthaufen. Der Nebel ist jetzt so dicht wie Samt. Ein starker Geruch von Exkrementen steigt dem alten Bauern in die Nase, und er sagt sich, dass er schon längst eine Toilette im Haus hätte einbauen sollen. Aber Félicien wollte das nicht. Er behauptete immer, es sei viel angenehmer, seine Bedürfnisse im Freien zu verrichten. Zum Teufel, wie stur er doch war, dieser Félicien!

Drei Jahre. Im Dezember ist es schon drei Jahre her, dass sein älterer Bruder ihn verlassen hat. Im Schlaf gestorben, einfach so, ohne Vorwarnung. Ferdinand hatte nicht mal Zeit, Abschied zu nehmen oder Hilfe zu holen.

Ferdinand knöpft sich die Hose zu und erinnert sich, dass er es mit seinem »armen Bruder« nicht gerade leicht hatte. Das Leben mit Félicien war schwierig. Er bekam fürchterliche Wutanfälle, wenn die Dinge nicht so liefen, wie er wollte. In solchen Momenten versteckte sich Gamine unter dem Tisch und er, der Jüngere, schwieg und wartete, bis es vorüber war.

Ferdinand furzt geräuschvoll und gibt einen wohligen Seufzer von sich. Heute macht er nur noch das, wozu er Lust hat, und braucht niemanden um Erlaubnis zu fragen. Freiheit. Ein Privileg der Reichen und derer, die allein auf der Welt sind.

Der Nebel ist noch dichter geworden. Ferdinand starrt in die Dunkelheit. Alles ist ruhig. Die beiden komischen Vögel sind jedenfalls abgehauen. Er grinst zufrieden und entblößt seine vom Tabak verfärbten Zähne.

»Komm, Gamine, es ist Zeit reinzugehen.«

Die Hündin sieht ihn mit ihren schönen braunen Augen an und wedelt mit dem Schwanz, bevor sie sich an seinen Beinen reibt und ihm folgt.

Drinnen dreht Ferdinand zweimal den Schlüssel im Schloss um und wirft noch einen Buchenscheit in die

Glut des Kamins. Ganz in der Nähe, im Stall, auf der anderen Seite der Bretterwand, hört er die Kuh, die einzige der acht Charolais-Kühe, die er nachts nicht auf die Wiese lässt, weil sie so empfindlich ist. Gamine wedelt mit dem Schwanz.

»Jetzt wird geschlafen, Gamine!«

Gamine gehorcht und lässt sich am Feuer nieder, während Ferdinand seinen Fuß auf die erste Treppenstufe setzt, die immer so laut knarrt. Dann geht er hinauf in sein Schlafzimmer.

Diese beiden Kerle kommen bestimmt wieder, denkt er, als er im Bett liegt. Ein neuer Nachbar, hat der Typ mit dem britischen Akzent gesagt? So ein Unsinn! Wie kann man sich nur in diese Gegend verirren? Haben die Roastbeefs bei sich nicht Platz genug? Diese verdammten Engländer, als ob es nicht schon reicht, dass sie Jeanne d'Arc verbrannt haben! Was können die hier in seinem Weiler wollen, die wollen doch nicht etwa …

Doch bevor Ferdinand seinen Gedanken zu Ende denken kann, ist er schon eingeschlafen. Sein Schnarchen dröhnt durchs ganze Haus. Und selbst wenn die Engländer an diesem nebeligen Oktoberabend die Combraille überfallen hätten, hätte er davon garantiert nichts mitbekommen.

2

Das fahle Licht der Morgendämmerung taucht das Schlafzimmer in marmorgraue Helligkeit. Die Läden, die Ferdinand nie zumacht, schlagen gegen die Hauswand, im Rhythmus des Nordwestwinds, der ihn aus einem bleiernem Schlaf befreit. Er öffnet die Augen, versucht die Dinge um sich herum zu erkennen. Nach und nach nehmen sie Konturen an. In der Nacht ist es so, als gäbe es sie nicht mehr. Doch nun erwachen sie wieder zum Leben.

Er hebt ächzend den Kopf aus dem dicken Federkissen. Auch die Starre in seinem Genick ist wieder da, wie jeden Morgen. Sie ist eine treue Gefährtin und wird erst in ein, zwei Stunden wieder weggehen.

Das ist das Alter. Jeder hat seine Wehwehchen. Man muss damit klarkommen.

Ferdinand räkelt sich und genießt es, noch einen Moment im Bett liegen zu bleiben und zu beobachten, wie der Tag beginnt. Das hätte er sich früher nicht erlauben können. Als die Mutter noch lebte, kam das nicht in Frage. Aufstehen vor Sonnenaufgang und wehe, jemand hat gemeckert! Das harte Leben der Bauern folgte seinen eigenen Gesetzen, denen sich keiner entziehen konnte.

Gottohgott! Die Mutter! Die alte Henrinette hatte einen schlimmen Tod. Zwei Jahre in Riom im Krankenhaus, immer wieder musste sie dorthin, und am Ende musste ihr Bein abgenommen werden. So ein Unglück! Arme Frau! In ihrem Leben hatten Gefühle keinen Platz. Ferdinand erinnert sich, dass es Ohrfeigen nur so hagelte. »Bitte, das hast du jetzt davon!«, sagte sie dann immer.

Und doch war sie unsere Mutter, denkt Ferdinand, als er jetzt aus dem Fenster in den grauen Morgen hinausschaut. Wie traurig waren wir, als wir sie verloren, Félicien und ich.

Einige Zeit später starben auch die beiden Schwestern – Marguerite, die Ältere, und Odette, das Nesthäkchen. Die beiden Brüder taten, was sie konnten, um den Hof am Leben zu halten und die Charolais-Herde großzuziehen.

Ferdinand spitzt die Ohren. Gerade sind die Gänse mit einem riesigen Geschnatter aufgewacht. Gleich werden die anderen auch loslegen, denkt er, und da fängt auch schon der Hahn an, herumzutrompeten.

»Es ist Zeit. Wenn man los muss, muss man los.«

Mühsam setzt Ferdinand sich auf den Bettrand und stellt die Füße auf den Boden. Seine Glieder sind steif und schmerzen. Wie jeden Morgen ist ihm ein bisschen schwindelig und er muss ein paar Sekunden warten, bis es vorbei ist. Dann steht er auf und öffnet das Fenster. Die Rahmen, deren Holz aufgequollen ist, wehren sich einen Moment, bevor sie nachgeben und die stickige Luft aus dem Zimmer lassen. Frische Luft dringt herein, zusammen mit feuchten Nebelschwaden.

Ferdinand steigt die Treppe nach unten und hält sich am Geländer fest. Dann öffnet er die Eingangstür. Gamine hat ihn kommen hören, reibt sich an seinen Beinen und wirft ihn fast um.

»Nun beruhig dich, meine Schöne!«, brummt er. »Du tust ja, als hättest du mich Jahre nicht gesehen.«

Es ist kühl. Ein milchiger Morgenhimmel liegt wie ein zartes lichtes Band über dem Nebel, der den ganzen Hof in Watte packt.

Gamine verschwindet nach draußen und erledigt ihr Geschäft. Der Hund von Auguste Chaffraix in Taravelle bellt bereits schon wieder wie verrückt.

»Früher als dieser Kläffer fängt wirklich keiner an«, brummt Ferdinand. »Verflucht, wenn mir so ein Köter gehören würde, hätte ich ihm schon längst eine Kugel verpasst.«

Er weiß genau, dass er so etwas niemals tun würde, aber es macht Spaß, so zu reden.

Als er wieder in der Küche ist, zündet er den Gasherd an und wärmt sich den Kaffee von gestern auf. Dieser Raum ist die reinste Rumpelkammer. Vom Fußboden bis in schwindelnde Höhen findet sich hier alles: Sardinenbüchsen, Konserven, Zeitungen – *La Montagne*, die er jeden Tag per Post bekommt, *Le Paysan d'Auvergne*, *Le Semeur Hebdo*, die er kauft, wenn er in Chabassières oder Montcel einkaufen geht –, Kochtöpfe, Pfannen, literweise Obstwasser, Weckgläser mit Kirschen in Branntwein, andere mit Bohnen oder Artischocken, Bündel von Schalotten und Zwiebeln.

Eine Glühbirne aus Milchglas wirft ihr schwaches Licht auf all die Dinge, die herumliegen – alte Hasenfelle, eine Waschtonne und drei oder vier abgelaufene Kalender von der Post.

Irgendwann muss ich das alles mal aufräumen, denkt Ferdinand. Aber bisher hat er nie die Zeit dafür gefunden. Er trinkt seinen Kaffee aus und steht auf, um das Federvieh ins Freie zu lassen. Das macht er morgens immer als Erstes.

Zunächst kommen die Gänse ins Freie, die auf ihren breiten Füßen im Watschelgang hinauslaufen und dabei mit den Flügeln schlagen. Sie recken die Hälse, schreien mit rauer Stimme und klappern mit den Schnäbeln, als wollten sie die Luft fressen. Danach die Enten. Sie haben es weniger eilig, denn sie fressen nicht so gern Gras wie ihre schnatternden Nachbarn und scheinen auch noch nicht ganz wach zu sein. Die drei Hühner und der Hahn kommen zum Schluss. Jetzt ist das gesamte Federvieh draußen im Hof, und Ferdinand lässt einen wissendem Blick über die Tiere schweifen. Er weiß, was sie alle jetzt tun werden. Dabei irrt er sich nie. Er weiß zum Beispiel, dass das rote Huhn zum Misthaufen rennen wird und der Hahn gleich hinterher, um ihm einen ausgegrabenen Wurm zu stibitzen.

Sie sind wie die Menschen, denkt Ferdinand. Manche haben keine Skrupel, und Schmarotzer gibt es zuhauf.

Er hebt zwei Eier der Legehennen auf und verschließt so sorgfältig den Hühnerstall, als werde dort das Tabernakel aufbewahrt.

Dann geht er zum Stall. Im Moment ist nur eine Kuh dort, die er jetzt melken will. Die anderen sind mit ihren Kälbern auf der Weide.

»Grüß dich, Gaillarde, altes Mädchen!«, ruft er und betritt den Stall, wo ihm ein herber, wilder Geruch, eine Mischung aus Kuhmist und Heu, in die Nase steigt.

Die Kuh wendet ihm ihr rosa Maul zu und kaut weiter. Gamine nähert sich ihr, um sie zu beschnuppern. Ferdinand mag den Augenblick, in dem er seine Stirn an die Flanke des Tiers legt, sich auf den Dreifußhocker setzt und zu melken beginnt. Mit regelmäßigen Bewegungen lässt er die Milch aus den Zitzen in den Eimer spritzen. Gaillardes Euter ist dick von der Milch, und geräuschvoll kommt die sahnige Flüssigkeit herausgeschossen. Die Kuh scheint zufrieden, etwas von sich abzugeben.

Ferdinand verlässt den Stall, Gamine auf den Fersen, und Gaillarde gesellt sich zu ihren Schwestern auf der Weide.

Vom Kirchturm von Chabassières, der etwa drei Kilometer entfernt liegt, schlägt es halb acht. Ferdinand hat die ersten Arbeiten erledigt. Er geht zum Haus und macht die Eingangstür auf. Zeit für einen Imbiss.

In der Küche schneidet er sich einen Brotkanten ab und ein Stück Speck von dem Schwein, das er letztes

Jahr gemästet hat. Im nächsten Jahr will er wieder einen Eber züchten, wenn er genug Geld hat. Da er allein ist, reicht das vollkommen. Wenn ihn seine Neffen und Nichten besuchen, schenkt er ihnen sogar ein paar Würste und Schinken. Sie kommen allerdings nicht oft. »Was soll's, jeder tut, was er kann. Und vor allem, was er will«, murmelt Ferdinand.

Er isst langsam. Einmal weil er schlechte Zähne hat, nur diese Stummel, die nutzlos in seinem breiten Kiefer stecken. Aber auch, weil die Lebensmittel, wenn man so kauen muss, keinen Geschmack mehr haben. Und weil er findet, dass es wichtig ist, sein Essen zu genießen.

Dann nimmt er sich eine Flasche Wein, einen kräftigen Roten. Keinen Grand cru mit Korken, wie man sie im Supermarkt kaufen kann, angeblich aus kontrolliertem Anbau. Aber wer kontrolliert das? Nein, einen guten Wein aus der Ebene, aus der Gegend von Riom, den er gekauft hat, als sein »armer Bruder« Félicien noch auf der Welt war.

Nach dem Speck isst er ein Stück Käse. Er kratzt mit der Spitze seines Taschenmessers die oberste Kruste ab, die nicht mehr sehr ansehnlich aussieht. Das Messer hat er immer bei sich, damit kann man alles machen: Zweige abschneiden, Fleisch auf dem Teller schneiden, einen Hasen schächten und sich die Zähne sauber machen.

Er trinkt gerade einen letzten Schluck Rotwein, da hört er Motorgeräusche auf dem Hof. Gamine, wachsam wie immer, spitzt die Ohren. Ferdinand stellt sein Glas auf den Tisch. Es hat tausend Kratzer, kleine unverheilte Wunden aus all den Jahren.

»Wer ist denn das um diese Zeit?«, fragt er und hebt eine Ecke des Vorhangs an, den seine Mutter bestickt hat, die alte Henrinette, die so wenig mütterlich war und immerzu Ohrfeigen verteilte. Er kneift die Augen zusammen und drückt die Nase an die Scheibe.

»Ach Gott, das ist ja der Bürgermeister mit diesem seltsamen Kerl von gestern!«

Es ist tatsächlich derselbe Typ, der gestern Abend mit dem Makler da war und einen so starken Roastbeef-Akzent hat, dass man es schon zwei Kilometer gegen den Wind hört.

Die beiden Männer steigen aus dem Wagen, einer englischen Limousine, wie man sie hier so gut wie nie sieht. Sie schlagen die Türen zu und nähern sich dem Haus.

»He, Ferdinand«, ruft Firmin Machebeuf, der Bürgermeister von Chabassières, »bist du da, oder versteckst du dich wie ein Dieb?«

Dieb? Was erlaubt sich dieser Machebeuf! Ferdinand schießt das Blut durch die Adern. Er springt auf und reißt wütend die Tür auf.

»Firmin!«, ruft er. »He, Firmin! Du bist zwar Bürgermeister, aber das heißt noch lange nicht, dass du uns Bürger beschimpfen kannst, wie es dir gefällt, zum Teufel noch mal!«

Ferdinands Augen schleudern Blitze. Er schaut so finster drein wie jemand, der sich beleidigt fühlt und eine Entschuldigung oder Wiedergutmachung verlangt.

»Ach, jetzt sei mal nicht so empfindlich!«, ruft Firmin. »Das war nur so dahergesagt. Jeder weiß doch, dass du der Ehrlichste von allen hier bist.«

»Das will ich meinen und hör es gern aus deinem Mund. Jetzt, wo alles klar ist, kannst du reinkommen und mir den Mann da vorstellen.«

Ferdinand tritt einen Schritt zurück, um die beiden in die Küche zu lassen, sieht den Engländer argwöhnisch an und fügt hinzu: »Dieser Herr war schon mal da, wenn mich nicht alles täuscht. Zu einer Uhrzeit, in der er besser anderswo gewesen wäre, als sich hier herumzutreiben wie ein Landstreicher.«

»Ich hegte keine böse Absicht«, verteidigt sich der Roastbeef radebrechend. »Lassen Sie mich kennenlernen. Sie müssen in erster Linie wissen, dass ich Engländer bin.«

»Darauf bin ich von allein gekommen, Monsieur.« Ferdinand sieht den Fremden schräg an.

»Mein Name ist John Kelly und ich stamme aus der Grafschaft Staffordshire, bei Wolverhampton.«

Ferdinand würde am liebsten sagen: »Wie Sie wollen«, aber er hält sich zurück. Wie kann man nur mit einem solchem Akzent reden, denkt er, während er den Mann, der ziemlich steif wirkt und von typisch britischer Zurückhaltung zu sein scheint, eindringlich mustert.

Er ist hochgewachsen und dürr wie ein Ginsterzweig. Zwei lange Spinnenarme zu beiden Seiten des schmalen Brustkorbs und hängende Schultern. Ein roter Schnäuzer verleiht dem gut geschnittenen Gesicht des Engländers etwas Gutmütiges. Seine Augen sind türkisblau mit glitzernden Einsprengseln. Sie werden ganz groß, als er sich jetzt erstaunt im Zimmer umsieht, so als wollte er sich das seltsame Durcheinander einprägen.

Der Bürgermeister hüstelt, um die Aufmerksamkeit auf sich zu lenken. Seine Wangen sind dunkelrot wie die von Ferdinand. Er ist ein Mann vom Land und so sieht er auch aus. Wie der Krebs in der Fischbrühe. Das macht die frische Bergluft der Auvergne.

»Demnächst bist du nicht mehr allein in Garachou, alter Einsiedler«, sagt er schließlich. »Madame und Monsieur Kelly haben den Hof von Bonnichon gekauft, gleich neben dran.«

»Was, diese Bruchbude?«

»Wir werden sie wieder herrichten«, sagte der Engländer mit großem Enthusiasmus. »Wissen Sie, wir haben die Absicht, ein *bed and breakfast* einzurichten – für Touristen auf der Durchreise«, fügt er hinzu. Es klingt gestelzt, wie er das sagt.

Ferdinand kann nicht anders, als laut loszulachen. Touristen? *Mon Dieu!* Und was noch? Vielleicht Einwohner vom Planeten Uranus? Oder Außerirdische aus anderen Galaxien, die nicht nur von dem Planeten Erde gehört haben, sondern auch von der Combraille in der

Auvergne, die im ganzen bekanntlich unendlichen Universum so wahnsinnig berühmt ist?

»Sie wollen also hierherziehen?«, fragt Ferdinand, als er sich wieder einigermaßen eingekriegt hat, und kratzt sich den Kopf durch den ausgeblichenen Stoff seiner Mütze.

»So ist es, Monsieur Pélissier, so ist es!«, beteuert der Engländer und lächelt. »Wir werden hier zusammen leben, denn ich werde Ihr neuer Nachbar sein. Ich hoffe, alles geht gut.«

Ferdinand verdreht die Augen und seufzt.

»Warum soll es das nicht?«, mischt Firmin Machebeuf sich jetzt ein. »Neuankömmlinge sind in unserer Gemeinde immer freundlich aufgenommen worden.«

Er dreht sich zu Ferdinand und versetzt ihm einen Stoß in die Seite: »Na los, hol die Gläser raus! Wir wollen unsere neuen Mitbürger angemessen begrüßen!«

Ferdinand schlurft unwillig in die Speisekammer und zapft aus dem alten Holzfass eine Karaffe Wein. Der hat Farbe, der Rote, man spürt ihn so richtig, wenn er durch die Kehle rinnt. Der Roastbeef wird das Gesicht verziehen. Aber Engländern, die in die Auvergne wollen, darf man die Feuertaufe nicht ersparen.

3

Es ist November geworden. Allerheiligen war feucht und eiskalt. Am Familiengrab, das Ferdinand jedes Jahr besucht, um die Toten zu ehren, muss er sich erkältet haben, denn seitdem hustet er. Deshalb legt er sich, bevor er ins Bett geht, ein Pflaster mit Senfmehl auf die Brust. Ein Hausmittel aus der Zeit seiner armen Mutter. Sie fand, dass es am besten wirkt. Sie kannte sich aus, schlau wie sie war.

»Wir werden sehen«, sagt er und drückt die Nase gegen die Scheibe. Grau in Grau, nichts als Grau. Und auch Schwarz, Krähenschwärme, die sich in der Schneise oberhalb von Garachou niederlassen wie Kohlen, die man mit der Schaufel in die Glut geworfen hat. Die Unglücksraben geben ein düsteres Krächzen von sich. Für Ferdinand, der im tiefsten Innern abergläubisch ist, ein Zeichen für künftiges Unheil.

»Verdammte Krähen!«, schimpft er.

Dann pustet er auf die Asche im Herd. Ein roter Schein glimmt auf, und er wirft drei knorrige Ginsterzweige hinein, das Feuer flammt wieder auf.

Im Osten wird der Himmel rosa, Ferdinand muss die Helligkeit nutzen – bald wird sie vom Nebel verschlungen, dann bleibt nichts von ihr übrig, nur ein kleiner

Schimmer zwischen zwei Wolken, der kurze Zeit später auch noch verschluckt wird.

Alle Dinge des Lebens dauern nur kurz. Ferdinand merkt gar nicht, dass er wie ein großer Philosoph über die Nichtigkeit der Welt nachdenkt. Er stellt sein kleines, krächzendes Transistorradio an. Es stammt aus den späten sechziger Jahren, und Tag für Tag hört er damit die Nachrichten. »Der Präsident der Republik Jacques Chirac wird heute bei der Gedenkfeier für den Waffenstillstand vom 11. November 1918 am Arc de Triomphe die Flamme des Unbekannten Soldaten ehren«, hört er und verzieht die Mundwinkel. Verfluchte Kriege!

Ferdinand wird heute als ehemaliger Algerienkämpfer zum Gefallenendenkmal in Chabassières fahren. Er schaltet das Radio ab und schüttelt sich, um die blutigen Bilder abzuwehren, die ihm wieder in den Sinn kommen, Bilder, die ihn nach vierzig Jahren noch heute manchmal in der Nacht quälen. Damals in Nordafrika, im Aurès-Gebirge.

»Kriege sind eine große Sauerei!«, sagt er lauter und da wacht Gamine auf, die unter dem Tisch geschlafen hat.

Nachdem er die morgendlichen Aufgaben erledigt hat, beschließt Ferdinand, sich gründlich zu waschen – bis »die Schwarte glänzt«. Zwar ist heute kein Sonntag, doch er würde niemals zur Gedenkfeier des Kriegsendes verdreckt wie ein Schwein erscheinen.

Er setzt Wasser auf und schüttet es in eine breite Zinkwanne. Gamine, die nicht gern nass wird, hat sich zur Eingangstür verzogen, um nicht mit Wasser bespritzt zu werden.

»Na warte, ich werde dich schrubben und einseifen und striegeln bis zu den Stellen, an die man nie rankommt«, droht Ferdinand.

Er ist jetzt sauber wie ein neues Geldstück und zieht seine Sonntagskleidung an, einen alten Anzug, den er für die Hochzeit seiner großen Schwester Marguerite gekauft hat. Das ist ganz schön lange her. Der Anzug sitzt zwar ein bisschen eng, und die Weste kriegt er schon seit Jahren nicht mehr zu. Aber er ist noch gut genug, auch dann, wenn er eines Tages nicht mehr ist und man ihn anziehen muss, um ihn für den ewigen Mittagsschlaf in den Sarg zu legen.

Er geht zur Garage. Hinten rechts steht sein blaues Moped. Neben Gamine ist es sein wichtigster Begleiter. Einmal ist er damit sogar bis nach Bourges gefahren, in einem Rutsch. An einem Tag hin und zurück. Ganz schön verrückt war ich da, denkt er manchmal. Und dann alles auch noch für die Katz.

Doch jetzt will er sich nicht an dieses Abenteuer erinnern und schiebt den Gedanken beiseite. »Gott, wenn man immer nur vernünftige Sachen im Leben täte, dann würde es ja gar keinen Spaß machen!«

Er setzt seinen Helm auf, zieht einen gefütterten Parka an und gibt Gamine letzte Anweisungen.

»Du passt jetzt auf das Haus auf. Gegen Mittag komme ich wieder. Sei schön wachsam, ich verlass mich auf dich.«

Gamine steht schwanzwedelnd vor der Tür und mit einem Mal fällt ihm auf, dass er mit der Hündin redet, als sei sie ein Mensch und könne ihm antworten. An ihren Augen sieht er, dass sie ihn versteht und klüger ist als viele Menschen, die sich für intelligent halten. Er nickt ihr zu und schließt die Haustür ab.

Er steigt auf sein Moped, öffnet den Benzinhahn, tritt in die Pedale und gibt Gas. Der Motor springt gleich an. Zuverlässig wie eine Uhr. Noch nie hatte er beim Start Probleme. Diese Maschine macht nie Schwierigkeiten, ein gutes, altes, treues und genügsames Tier.

»Bis gleich, Gamine!«

Ferdinand fährt los. Er dreht sich nicht um, weiß aber, dass die Hündin ihm mit ihrem lieben, ergebenen Blick folgt, bis er oben am Hügel angekommen ist und nach Chabassières herunterfährt.

Die Landstraße fliegt vor ihm dahin. Die kalte Luft beißt in den Augen, und es ist, als stächen ihn tausend spitze Nadeln ins Gesicht.

Ferdinand schiebt den Kragen seines Parkas hoch und packt den Lenker fester. So ist das, wenn man alt wird, man kann Kälte nicht mehr so gut vertragen wie früher.

Früher. Wie oft er dieses Wort in letzter Zeit verwendet. Früher habe ich dies und jenes gemacht, früher konnte ich, wenn eine Kuh kalbte, die ganze Nacht aufbleiben. Ja früher, ja damals.

In der letzten Kurve vor Chabassières hält Ferdinand an, lehnt das Moped gegen einen Baum und erleichtert sich.

»Meine Güte, immer öfter muss man pissen«, brummt er. »Das muss an der Kälte liegen, oder ist es vielleicht die Prostata …«

Zu seinen Füßen liegt das Dorf, aus dem die kleine Kirche mit dem spitzen Turm herausragt. Kaum mehr als fünfzehn Häuser, die aussehen wie eine Schafherde, die sich um ihren Hirten schart. In der Mitte eine freie Fläche – der Dorfplatz, auf dem das Denkmal für die toten Soldaten steht. Etwas abseits auf einem Hügel liegt der Friedhof. Boulevard der Liegenden, nannte Ferdinand ihn früher, doch heute findet er das nicht mehr so komisch.

Aus den Kaminen quillt Rauch und steigt über zwei, drei Parabolantennen nach oben. Die Leute vertragen die Kälte schlechter als früher, denkt er, während er seine *bijoux de famille* wieder einpackt und den Reißverschluss hochzieht. Normal. Sie haben ja immer einen warmen Hintern vor ihrem verdammten Fernseher.

Ferdinand hat eine große Abneigung gegen das Fernsehen. Es soll da zwar Tiersendungen geben, die ihm gefallen könnten. Aber sonst gibt es nur dummes Zeug und Bilder von Kriegen in aller Welt.

Er steigt wieder auf. Und muss wieder husten. Ein trockener Husten. Seine Augen tränen und er sieht kaum noch etwas.

»He, Ferdinand! Du musst dich rechts halten!«, hört er eine Stimme hinter sich.

Es ist Auguste Chaffraix aus Taravelles, dessen Töle von morgens bis abends bellt, ohne zu wissen warum.

Der Alte sitzt in seinem R4 und schimpft wie ein Rohrspatz, weil das Moped mitten auf der Straße fährt und er es nicht überholen kann.

Ferdinand bedeutet ihm mit einer Geste, dass er sich gefälligst gedulden soll, er denkt nicht daran, an die Seite zu fahren. Auf diese Weise kommen das Moped und der R4 hintereinander auf dem Dorfplatz an.

Der alte Arsène Châtaignier, der früher im Widerstand war, ist schon da und steht vor Aufregung zitternd vor dem Heldendenkmal. Seine Baskenmütze sitzt schräg auf dem Kopf und er wartet. Worauf eigentlich? Immerhin, er ist da und das ist an diesem Gedenktag das Wichtigste.

Ferdinand parkt seine Maschine beim Bistro von Victorien Bafoil. Er kann sich darauf verlassen, dass es dort im Hof sicher ist.

»Mann, Ferdinand! Du bist echt eine öffentliche Gefahr auf deiner blöden Knatterkiste«, schimpft Auguste Chaffraix aus seinem R4. Gleich wird er weiter meckern.

»Ach, halt den Mund, Gustou, du bist ja noch schlimmer als dein Hund, wenn du so rumkläffst ohne Grund. Die Straße gehört mir genauso gut wie dir, auch wenn du im Auto fährst und ich auf meiner blöden Knatterkiste, wie du es nennst.«

Ferdinand ist zufrieden. Jetzt hat er diesem Zeterheini mal richtig Bescheid gesagt. Das hat er davon. Also wirklich! Er lässt sich doch nicht von diesem Querulanten auf die Füße treten, der glaubt, dass er sich alles erlauben kann, nur weil er am Steuer eines Autos sitzt!

Überhaupt, Auguste Chaffraix ist mit seiner Rostmühle noch nie aus dem Kanton herausgekommen. Kann er sich rühmen, an einem Tag nach Bourges gefahren zu sein, hin und zurück, wie er, Ferdinand?

Die beiden Männer drehen einander verärgert den Rücken zu. Jeder geht seines Wegs, jeder hat sein Schicksal.

Beim Denkmal steht auch schon Dédé Muraton, gleich neben Arsène Châtaignier, und stützt sich am Gitter ab. Er ist Fahnenträger der Vereinigung der Algerienkämpfer FNACA und es ginge ihm gegen die Ehre, nicht schon vor Beginn der Feier da zu sein.

»Guten Tag, Ferdinand! Wie geht es dir, Kamerad?«

Der Alte hat sein Leben lang zu viel geraucht und eine ganz kratzige Stimme. Er hat auch zu viel getrunken. Sie haben an seinen Stimmbändern eine böse Stelle entdeckt. Seitdem hat er mit allem aufgehört, Tabak und Alkohol. Aus Algerien ist keiner unversehrt zurückgekommen, das musste sich wohl irgendwie ausgleichen.

Er lässt den Fahnenstock los und gibt Ferdinand die Hand. Die beiden sind gleich alt. Sie sind im selben Jahr nach Nordafrika geschickt worden. Im selben Regiment, dem 92, RI aus Clermont-Ferrand. Zuerst waren sie in Indram in Tunesien. Dann in Gafsa und Tataouine. Danach, im Krieg in Algerien, wurden sie getrennt. Aber sie sind Freunde geblieben.

Muraton ist auch Junggeselle, wie Ferdinand. Er hat nie wieder den Einstieg ins Leben gefunden. »Es geht ja noch, solange man gesund ist!« , sagt er jetzt.

Ja, die Gesundheit …

In diesem Augenblick kommt Firmin Machebeuf aus dem Bistro. Der Bürgermeister hält in seiner dicken Pranke die Trikoloreschärpe, die er sich vor der Feier umlegen wird. An seinem roten Gesicht kann man sehen, dass er heute Morgen schon ordentlich einen gehoben hat. Wenn seine Frau ihm vorwirft, dass er zu viel trinkt, gibt er zur Antwort, dass er als Bürgermeister nah am Volk sein müsse. Und mit einem Glas in der Hand käme man mit den Leuten am besten klar.

Da parkt ein schwarzer Renault Megane, düster wie das Wetter, vor der Kirche. Monsieur Trassoudaine steigt aus, der Lehrer der Dorfschule, die nur eine Klasse hat. Er lebt seit gut zwanzig Jahren in Chabassières und gehört schon zum alten Eisen. Fast alle Männer duzen sich. Auch Trassoudaine trinkt ab und zu gern einen, und es heißt von ihm, er sei kein Angeber. Das ist das größte Kompliment, was man jemandem machen kann.

Er hat auch seine Schüler gut im Griff. Und heute, am 11. November, sind sie alle da, um die Poilus, die Kämpfer des Ersten Weltkriegs, und andere »für Frank reich Gefallene« zu ehren.

Immer mehr Leute drängen sich um das Denkmal. Firmin Machebeuf sieht auf die Uhr, blickt zur Kirchturmuhr, die jeden Moment elf Uhr schlagen wird, und zieht sich die blauweißrote Schärpe über. Das Dorforchester, mit dem Dirigenten vorneweg, wartet auf den Befehl des Bürgermeisters, um loszulegen. Und der gibt das Zeichen, sobald der letzte Glockenschlag verklungen ist.

Dann ertönt scheppernd die Gedenkmusik. Ein in einem Hof eingesperrter Hund reagiert mit heiserem Bellen. Immer wenn Ferdinand diese Blasmusik hört, rinnt ihm ein Schauer über den Rücken. Es ist stärker als er, er hat diese Reaktion seiner Haut nicht im Griff. Wenn er daran denkt, wie absurd alle Kriege sind, könnte er heulen.

Aber jetzt hat der Bürgermeister sein Blatt entfaltet und verliest die offizielle Note des Staatssekretärs für ehemalige Soldaten. Er liest wie ein Esel und stottert dabei. Der Lehrer sollte ihm mal Lesen beibringen, denkt Ferdinand.

Machebeuf beendet seine Rede, und jetzt wird es Zeit für die Blumengebinde. Auf einem steht »FNACA aus dem Kanton von Montcel«, und Dédé Muraton hat die Ehre, es niederzulegen, rechts neben das von der Gemeinde Chabassières.

Dann ertönt wieder die Blaskapelle mit der Trommel. Nach der Marseillaise, bei der ein paar Enten mitschnattern, können sich alle wieder ihrem Tagesgeschäft widmen.

Ferdinand atmet durch und wischt sich schnell über die Augen. Diese Schweine! Wozu sie uns gezwungen haben in diesem grässlichen Krieg! Früher musste er jeden Tag daran denken. Aber es hilft nichts. Er kann sagen, was er will, er kann sich noch so grämen – was geschehen ist, ist geschehen, man kann die Vergangenheit nicht umschreiben. Keiner kann, was passiert ist, ändern. Solche

Dummheiten sind nicht wieder gut zu machen. Und das Schlimme ist, dass sie sich ständig wiederholen.

»Monsieur Pélissier?« Plötzlich hört er eine Stimme in seinem Rücken. Schon bevor er sich umdreht, hat er am Tonfall den Engländer erkannt. John Kelly, etwas steif in seinem engen Dreiteiler mit der auffälligen Krawatte in Bonbonrosa, grinst ihn breit an.

»Wir Engländer haben den Krieg an eurer Seite gewonnen, mit den Franzosen, ist es nicht so?«, sagt er, bemüht, keinen Fehler zu machen, und um zu erklären, warum er hier ist.

Er reicht Ferdinand seine lange knochige mit Sommersprossen übersäte Hand. Neben ihm steht eine elegante Dame im violetten Kostüm.

»Darf ich Ihnen *my wife* vorstellen? Meine Frau Patricia.«

»Es freut mich, Sie kennenzulernen, Monsieur künftiger Nachbar«, sagt sie in perfektem Französisch, indem nicht der kleinste britische Akzent zu hören ist.

»Pat hat ihre Kindheit in der Normandie verbracht«, erklärt John. »Sie spricht Ihre Sprache etwas besser als ich, meinen Sie nicht?«

Ferdinand weiß nicht, was er antworten soll, und streicht sich verlegen über den Bart. Er ist von Mrs. Kelly schwer beeindruckt. Sie ist jünger als ihr Mann – bestimmt fünfzehn, sechzehn Jahre jünger, wie er glaubt – und sie hat ein hübsches Gesicht und ein unglaubliches Lächeln. Sie sieht den alten Bauern mit ihren meerblauen Augen an und Ferdinand muss zugeben, dass er nie eine so schöne Frau gesehen hat. Angesichts solcher Klasse und Schönheit kommt er sich mit seinem langen weißen Haar und dem Seelöwenbart ziemlich mickrig vor.

Er ist nicht der Einzige, der von der *Lady* beeindruckt ist. Die Männer aus der Umgebung haben sich nicht wie sonst sofort ins Bistro von Victorien Bafoil gestürzt, als die Gedenkfeier vorbei war. Nein, sie sind da, stehen herum und blicken verstohlen auf das Engländerpaar, vor allem auf die Dame, und fragen sich, was die beiden mit dem guten alten Ferdinand zu tun haben.

Als es vom Kirchturm halb zwölf schlägt, erhebt sich die schnarrende Stimme des Bürgermeisters.

»Liebe Freunde!«, ruft er. »Ich lade euch jetzt alle zu Victorien ein, um auf das Wohl von Mr. und Miss – er weiß nicht, dass dies Fräulein heißt und nicht Frau – Kelly, die künftigen Einwohner von Garachou, zu trinken und sie willkommen zu heißen. Sie haben den Hof von Bonnichon gekauft.«

Ein Murmeln erhebt sich unter den Leuten wie eine steigende Flut. Der Hof von Bonnichon! Diese Bruchbude! Solche Ruinen kaufen auch nur Engländer!

Ferdinand folgt wie alle anderen der Schar, die sich in die Kneipe bewegt, und sitzt schließlich am Tisch zwischen Auguste Chaffraix und Dédé Mouraton.

»He, sag mal«, sagt Ersterer, »da bist du ja bald in ganz reizender Gesellschaft.«

»Wärst wohl gern an meiner Stelle, was?«, gibt Ferdinand zurück. »Ich bin mir nur nicht sicher, ob diese

Engländer deinen Köter, der zehn Kilometer im Umkreis zu hören ist, lange ertragen könnten. Meine Gamine ist etwas ziviler und bellt jedenfalls nicht die ganze Zeit den Wind an.«

Chaffraix' Gesicht wird immer länger und er taucht die Nase in sein Rosé-Glas.

Die Engländer sind im siebten Himmel. Sie hatten nicht damit gerechnet, dass man ihre Ankunft im Dorf auf diese Weise feiern würde. All diese Leute machen einen so sympathischen Eindruck.

Vor allem dann, denkt Ferdinand, wenn sie sich volllaufen lassen können, ohne die eigene Geldbörse aufmachen zu müssen.

Um Viertel nach zwölf steigt er wieder auf sein Moped und fährt nach Garachou zurück. Hinter ihm stürmisches Hupen! Er erschrickt. Auguste Chaffraix will ihn in seinem R4 unbedingt überholen und gestikuliert wild hinter seinem Steuer.

Ferdinand bleibt ungerührt mitten auf der Straße, mit einem boshaften Grinsen in seinem Urwaldgesicht. Soll der Zeterheini ruhig noch ein bisschen warten, bis er ihn vorbeilässt. Was der sich einbildet. Also wirklich!

4

An diesem 28. November fällt Schnee. Über Nacht hat er alles zugedeckt, in aller Stille. Dabei hätte Ferdinand spüren müssen, dass es schneien wird, denn am Tag zuvor war in seinem rechten Knie den ganzen Tag eine Armee von Ameisen unterwegs. Man achtet nie genug auf die Vorzeichen.

Heute Morgen aber, noch bevor er das Fenster geöffnet hat und es hell wird, weiß er, dass der Winter da ist. Eine diffuse Helligkeit ist in der Luft, ein weißes Geflimmer in der Dunkelheit, das auch dem fahlen Morgenlicht nicht weicht.

Die Kühe müssen rein, denkt er. Im Sommer darf nur Gaillarde im Stall schlafen. Und dann sagt er sich: Wieder mehr Arbeit, Rinnen saubermachen und Futtertröge füllen. Das Leben ist hart! Ich bin zu alt, um zu ackern wie ein Sklave für die paar Franc!

Ferdinand, das muss man wissen, ist noch nicht bis zum Euro vorgedrungen. Ähnlich wie sein Vater und seine Mutter, die bis zu ihrem Tod in alten Franc gerechnet haben. Sie hatten das neue System nie begriffen, bei dem man in den sechziger Jahren den Wert Ihrer harten Arbeit durch Hundert geteilt hatte.

Ferdinand steigt die Stufen herunter. Gamine begrüßt ihn stürmisch. Er lässt sie ins Freie, damit sie ihr Geschäft verrichten kann. Aber heute Morgen ist die Hündin störrisch. Sie hat erraten, dass Schnee liegt, und will nicht mit den Pfoten hinein.

»Los, komm, sei nicht zimperlich!«, meint Ferdinand. »Schließlich ist das nicht der erste Winter, den du erlebst, du kleine Hexe, du.«

Doch auch er zögert, nach draußen zu gehen. Da es aber im Haus keine Toilette gibt, muss er wohl in den sauren Apfel beißen.

»Uhhh! Himmel, Herrgott ist das kalt!«, sagt er, als er die Hose wieder zuknöpft und zum Haus zurückgeht.

Die Flocken sind dicker geworden. Die Welt liegt hinter einem dichten Vorhang.

»Ich muss die Kühe in den Stall bringen«, brummt Ferdinand, während er seinen Kaffee trinkt. »Ich hätte sie gestern Abend in den Stall holen sollen, hätte ich bloß auf mein Knie gehört«, schimpft er.

Die Kühe haben draußen unter ein paar jungen Erlen Schutz gefunden, gleich bei dem kleinen Bach, der sich nach Chabassières hinunterschlängelt. Sobald sie Ferdinand auf die Weide kommen sehen, beginnen sie zu muhen, vorwurfsvoll, weil er sie bei diesem Wetter, bei dem man besser kein Horn in den Wind hält, über Nacht draußen gelassen hat.

»He, Bryaude, hallo, Noiresse! Ich habe euch nicht vergessen! Hört auf zu meckern, in fünf Minuten seid ihr bei Gaillarde im Stall! Mein Gott! Ihr habt wirklich einen miesen Charakter!«

Ferdinand geht vorweg, die Kühe hinterher, alle kehren in den Stall zurück, während ein neuer, heftiger Schneeschauer die Gegend heimsucht. Man kann nicht mehr als dreißig Meter sehen. Die ganze Natur ist wie erstarrt und weiß noch nicht, was sie erwartet. Und dann ist es schon passiert.

Zwei Tage. Zwei Tage und zwei Nächte lang hat es geschneit. Bei dem starken Nordwind haben sich Schneeverwehungen gebildet und die Wege sind blockiert. Ferdinand hat einen Weg zwischen dem Wohnhaus, dem Stall und dem Hühnerstall freigeschaufelt. Das arme Federvieh! Die fragen sich bestimmt, warum ihnen plötzlich der Himmel auf den Kopf fällt.

Dann, am dritten Tag, herrscht Windstille. Sie hat ebenso plötzlich eingesetzt wie der Schneesturm, und jetzt gibt es wieder so etwas wie Tageslicht.

»Los, Gamine, wir können wieder nach draußen.«

Ferdinand steckt seine rote, krumpelige Nase durch die Türöffnung. Wenn es ginge, wäre sie durch die Eiseskälte noch röter geworden. Hinter einem grauen Schleier verbirgt sich eine Sonne, die so bleich ist wie der Mond. Schneeflocken, die von nirgendwoher kommen, fliegen waagerecht durch die Luft. Sie fallen nicht aus den Wolken herunter, es sieht eher so aus, als würden sie vom Boden aufsteigen, von der Erde, die man nicht mehr sieht.

»Tja, meine Liebe, so viel Schnee hatten wir verdammt lange nicht mehr. Gut, dass ich die Kühe reingeholt habe.«

Gamine wedelt mit ihrem buschigen Schwanz. Sie versteht alles, was er sagt. Eine klügere Hündin als sie gibt es nicht.

Ferdinand streichelt ihr stolz den Rücken.

Zwei weitere Tage gehen ins Land. Die Sonne ist wieder da und jetzt kann man die Wege, die der Schneepflug aus Montcel freigeschaufelt hat, vielleicht auch benutzen. Ferdinand überlegt, ob er mit seinem Moped nach Chabassières fahren soll, um ein paar Sachen einzukaufen. Natürlich ist die Straße immer noch rutschig und hier und da gibt es Glatteis. Er muss besonders auf schattige Stellen achten. Aber was soll's! Er hat schon Schlimmeres erlebt und seine Knatterkiste auch.

Er muss auf jeden Fall Nudeln kaufen. Und das Brot ist eine Woche alt und trocken. Was sein muss, muss sein … Ferdinand seufzt.

»Ich geh einkaufen!«, ruft er ein paar Minuten später Gamine zu und setzt sich auf sein Moped.

Die Hündin beginnt zu winseln, als fürchte sie, dass er eine Dummheit macht.

»Nein nein, keine Sorge, ich pass schon auf, dass ich auf der Straße nicht wegrutsche.«

Und dann fährt er los. Kaum ist er einen Kilometer gefahren, da begegnet er dem Wagen der Engländer. Der

Vauxhall fährt fast links auf der Straße – das finden die Briten ja normal – und Ferdinand muss auf den Seitenstreifen ausweichen. Und sogar anhalten und den Fuß aufsetzen.

»Bei uns wird rechts gefahren, verflucht noch mal!«, ruft er aufgebracht und gestikuliert wütend in der Luft. Der Vauxhall bremst ab und kommt zum Stehen.

»Entschuldigen Sie«, sagt der Roastbeef, nachdem er angehalten und die Wagentür geöffnet hat. »Der alte Linksfahrerreflex, es tut mir wirklich aufrichtig leid.«

Jetzt steigt Madame aus und plötzlich hat Ferdinand, der alte Brummbär, keine Lust mehr zu schimpfen.

»Mein Mann ist am Steuer oft zerstreut und eines Tages wird es ihn noch erwischen«, erklärt sie mit einem gewinnenden Lächeln. Ihre weißen Zähne schimmern.

Und dann traut Ferdinand seinen Augen nicht. Ein kleines Mädchen mit weizenblonden Locken steigt aus, stellt sich vor ihn hin und sieht ihn erstaunt an.

»Darf ich Ihnen meine Tochter Peggy vorstellen«, sagt Mr. Kelly. »Sie ist acht Jahre alt und wir haben sie gerade in der Schule von Chabassières angemeldet.«

»Was? Sie ziehen jetzt schon ein? Bei diesem Wetter?«, fragt Ferdinand aufgeregt.

Mrs. Kelly lächelt. »Nein, nein, so schnell noch nicht, mein lieber Monsieur Pélissier. Im Haus muss noch einiges gemacht werden, ehe wir einziehen können. Es würde keinen Sinn machen, jetzt schon dort wohnen zu wollen. Aber die Handwerker haben uns versprochen, ihre Arbeit zu beschleunigen, damit alles nach den Winterferien fertig ist. Wenn alles gut geht, werden wir im März Nachbarn.«

Diese Dame kann aber schön reden, denkt Ferdinand. Die Arbeit beschleunigen! Wo hat sie denn so fein sprechen gelernt? Die gehört wohl zu den gebildeten Leuten.

Die kleine Peggy sieht den alten Bauern mit ihren vergissmeinnichtblauen Augen unverwandt an. Dann öffnen sich ihre mohnroten Lippen und sie sagt mit kristallklarer Stimme:

»Schneidest du dir nie den Bart, Monsieur?«

Ferdinand ist sprachlos. Er weiß nicht, was er dem unbefangenen Mädchen antworten soll. Am liebsten würde er seine gesamte Behaarung unter dem Helm und im Kragen seines Parkas verstecken. Er lächelt verlegen.

»Woah!«, ruft das Mädchen. »Du hast ja gar nicht mehr alle Zähne! Wie machst du das beim Essen? Schluckst du alles gleich runter?«

»Peggy, bitte! Lass den guten Monsieur Pélissier in Frieden!«, ermahnt sie die Mutter, bemüht, ernst zu bleiben. »Er hat sicher Besseres zu tun, als sich diesen *nonsense* anzuhören.«

Ferdinand ist mit seinem Moped losgefahren. *Nonsens! Nonsens* von dieser kleinen Göre. Was wollte seine künftige Nachbarin denn damit sagen?

Nonsens …

»Vielleicht ist das einfach nur ein englisches Wort. Ja, das muss es sein.« Schon erreicht Ferdinand die ersten Häuser von Chabassières.

Er lehnt sein Moped gegen die alte Kastanie, die auf dem Dorfplatz steht, und betritt den Laden von Mère Chantessel. Die Alte, voller Falten und winzig klein, fragt ihn nach seinen Wünschen.

»Bonjour«, sagt Ferdinand, »ich hätte gern …«

Er unterbricht sich gerade rechtzeitig, sonst hätte er noch gesagt »Ich hätte gern *Nonsens*«.

»Ich möchte ein Päckchen Nudeln«, sagt er dann.

Verdammter *Nonsens*!

5

Bald ist Weihnachten. Ferdinand mag die Zeit mit den vielen Feiertagen nicht besonders. Sie erinnert ihn zu sehr daran, dass er allein auf der Welt ist. Außerdem hat sich sein ältester Bruder Félicien damals genau diese Zeit ausgesucht, um sich ins Jenseits zu verabschieden. Ohne Vorwarnung. Einfach so, in einer Dezembernacht vor drei Jahren. Als gehörte sich das.

Ferdinand hatte seinen großen Bruder gern, trotz allem. Nach seinem Tod fühlte er sich wie ein Waisenkind, dabei war Félicien ein ziemliches Raubein. Er kümmerte sich um alles, er hatte das Sagen. Manchmal konnte er auch sehr wütend werden, und der jüngere Bruder musste es dann ausbaden. Félicien war genauso hart wie die Mutter.

Ferdinand denkt an den Tag, als sein Bruder sich mit der Schulter gegen die Haustür warf und sie aufbrach, weil er den Schlüssel verloren hatte. Ein anderes Mal drosch er auf eine Kuh ein. Das Tier lief ihm nicht schnell genug. Selbst Gamine fürchtete sich vor seinen Fußtritten unter dem Tisch.

»Nichts zu machen«, sagt Ferdinand laut. »Mein Bruder war, wie er war. Jedenfalls fehlt er mir sehr.«

Heute fühlt Ferdinand sich nicht wohl. Es drückt in der Brust, als sei da eine Kugel drin. Nicht sehr stark, aber er ist doch beunruhigt. Auch sein Kopf tut weh. Die ganze Nacht hatte er Albträume, wie in einem Film zog der Krieg an ihm vorbei. Jedenfalls stellt er sich Filme so vor, er war im ganzen Leben nicht mehr als dreimal im Kino.

Ferdinand schließt die Augen. Immer noch dieselben Bilder. Gamine spürt, dass es ihrem Herrchen nicht gut geht. Sie drängt sich an sein Bein und leckt ihm die Hand.

»Mein lieber Hund, du bist wenigstens da …«

Ferdinand tätschelt Gamine dankbar den Kopf. Er hat den Krieg erneut vor Augen und diesmal ist es, als fände er vor der Schwelle seines Hauses in Garachou statt …

Das Regiment 92e aus Clermont-Ferrand hatte den furchtbaren Namen Interventionsregiment. Überall wo gekämpft wurde, wo etwas schiefging, bei einem Hinterhalt, einer Falle, beim Durchkämmen, immer war es im Einsatz.

Zwei Jahre … zwei Jahre dauerte dieser verdammte Krieg für Ferdinand. Erst Kaserne in Clermont, dann Tunesien und die Stadt Indram. Vor Gafsa und Tataouine. Auch Dédé Muraton war dabei gewesen. Die beiden Männer aus der Auvergne hatten sich gegenseitig unterstützt und gemeinsam Front gegen ihren Unteroffizier gemacht, einen völlig kaputten Typen, den Feldwebel Lefol, den Verrückten. Er trug seinen Namen zu

Recht. »Marschier oder kratz ab«, hieß seine Devise. *Marche ou crève!* Wie die Tätowierungen auf den Beinen der ehemaligen Strafgefangenen, die in Afrika kämpften. Er war wirklich verrückt, dieser Lefol, ihn hätten die Afrikabataillone, als sie in der Gegend wüteten, hoch geschätzt.

Tunesien war noch zum Aushalten gewesen, selbst wenn sie in den Bergen oder in ausgetrockneten Salzseen übernachten mussten und nicht immer sicher vor Angriffen waren, besonders im Westen, an der Grenze zu Algerien.

Algerien. Schon der Vater, Eusèbe Pélissier war zu seiner Zeit in diesem verdammten Algerien gewesen. Er hatte sich dort mit Malaria angesteckt. Eine Krankheit, die man nur dort bekam. Jedenfalls behauptete er das.

Als Ferdinands Vater dort war, gab es noch keinen Krieg, keinen richtigen. Aber er, Ferdinand, hatte mit eigenen Augen gesehen, was dieses Wort bedeutet.

Nach Tunesien lernte er Algerien kennen. Ohne seinen Freund Dédé Muraton, der weiter im Süden stationiert war, in der Wüste. Aber mit dem geisteskranken Feldwebel Lefol. Der Mann mit dem Riss im Hirn, der immer laut herumschrie und wild herumballerte.

Eines Morgens – Ferdinand wusste noch genau, dass es morgens gewesen war – hatte die Truppe ein Dorf in den Aurès westlich von Batna erobert. Die Bauern waren rechtzeitig geflohen. Auf der Straße waren nur noch Hühner. Sie wackelten mit dem Hinterteil und liefen aufgeregt hin und her.

Lefol brüllte: »Da sind bestimmt Fellaghas! Alles was sich bewegt wegputzen!«

Er machte es vor, warf eine Granate in eine Lehmhütte, während die Maschinengewehre knatterten.

Ein hinkender alter Mann mit struppigem Haar war in einem Unterstand entdeckt worden. Der Feldwebel packte ihn am Schopf und hielt ihm die Pistole an die Schläfe.

»Wo sind die Fellas? Rede, du alter Wackelgreis!«

Der Mann machte Augen wie ein Tier auf der Schlachtbank, er war zu Tode erschrocken, und Tränen liefen über seine unrasierten Wangen.

»Rede, oder ich bring dich um!«

Dann krachte der Schuss und der Alte fiel nach hinten, mit zerborstenem Schädel.

»Werft den alten Sack in eine Baracke und legt Feuer!«, befahl Lefol ungerührt. »Wir brennen hier alles ab und dann sehen wir weiter.«

Ferdinand öffnet die Augen wieder. Auch ihm laufen Tränen über die Wangen und versickern in seinem weißen Bart. Nach und nach kommt er wieder an die Oberfläche. Er ist nicht mehr im Gebirge, der verrückte Lefol verschwindet im Nebel und Ferdinand ist wieder auf seinem Hof in Garachou. Gamine leckt ihm die Hand. Draußen im Hühnerhof hört man den Hahn durchdringend schreien.

»Verfluchter Krieg«, brummt Ferdinand und wischt sich über die Augen. Er kann noch nicht wieder richtig sehen, als er den Lieferwagen von Lionel Roucon, dem

Klempner aus Montcel, bemerkt, der vor dem Hof der Bonnichons steht.

»Sieh mal einer an, es ist so weit, die Bauarbeiten bei den Roastbeefs fangen an! Die machen aber schnell! Die haben wohl richtig Kohle, diese Engländer!«

Ferdinand schiebt die Tür auf. Er hat Lust, mit Rouchon zu reden, und geht die paar Schritte zum Nachbarhof.

Der Handwerker, der gern in die Flasche guckt, hat eine Nase wie eine abgezogene Tomate. Als er Ferdinand entdeckt, neben dem seine Hündin Gamine herläuft, ist er nicht überrascht.

»Na, Alter, machst du gerade deinen Morgenspaziergang?«

»Muss wohl so sein«, antwortet Ferdinand, der nicht weiß, was er sagen soll, und von einem Fuß auf den anderen tritt, so als könne er sich nicht recht entscheiden, ob er mit dem Mann reden will.

»Willst du dir das Haus deiner neuen Nachbarn ansehen?«, fragt Rouchon mit seiner heiseren Stimme. »Recht hast du, man muss neugierig sein im Leben.«

Rouchon räuspert sich.

»Weißt du, wenn ich die Engländer wäre, hätte ich alles abgerissen und neu gebaut. Aber das sind Sturköpfe, und mit Leuten, die sich was in den Kopf gesetzt haben, kann man nicht reden.

Wieder räuspert er sich.

»Sie bezahlen schließlich auch, oder? Und der Kunde ist immer König, stimmt's? Vor allem wenn er Moneten hat wie dieser Mister Kelly.«

Ferdinand zuckt mit den Schultern. Das geht ihn alles nichts an und er sagt sich, wenn die Roastbeefs Geld haben, dann haben sie es wohl auch irgendwie verdient. Trotzdem möchte er mehr erfahren.

»Was machst du denn da drin für Arbeiten?«, fragt er.

»Alle sanitären Sachen. Und ich kann dir schon jetzt sagen, dass das gut zwei Monate dauert. Viel zu tun. Stell dir vor: Zentralheizung mit Heizkörpern in jedem Zimmer, drei Bäder, direkt neben den Schlafzimmern, die ganzen Armaturen, eine supermoderne Küche und lauter solchen Krimskrams.«

Der Klempner lacht laut, als er Ferdinands Gesicht sieht.

»Das hättest du nicht gedacht, Ferdinand, dass der Hof der Bonnichons mal an reiche Leute verkauft wird, die daraus ein Hotel machen wollen, was?«

»Nee, allerdings nicht«, gibt der alte Bauer zu.

»Na dann, Alter, die Arbeit macht sich nicht von selbst. Man sieht sich!«

Ferdinand geht wieder nach Hause. Gamine springt neben ihm her und vertreibt eine Schar Spatzen, die im Hof Futter suchen. Ferdinand bleibt stehen und richtet die Augen zum Himmel. Ein Milan schwebt in breiten konzentrischen Kreisen über Garachou und verschwindet dann Richtung Chabassières. Wolken ziehen nach Westen und draußen wird es düster wie in einer Kapelle.

»Das gibt noch mehr Schnee«, seufzt Ferdinand.

Aus der Ferne dringt Motorenlärm zu ihm, es hört sich an wie das Brummen einer Wespe, die hinter einer Scheibe eingesperrt ist.

»Da kommt der Postbote, Gamine«, sagt er.

Der Postbote bringt ihm jeden Tag die Zeitung *La Montagne*. Und er wirft Ferdinand jeden Tag vor, dass er nur wegen ihm einen Umweg machen muss. »Du kostest die Gemeinde eine Menge! Wenn man bedenkt, wie teuer heute Benzin ist.«

Ferdinand lässt ihn reden. Seine Zeitung ist ihm heilig. Und wenn es nur wegen der Todesanzeigen ist, die er immer genau studiert. Sonst wird nur über Kriege, Verbrechen und jede Art von Diebstahl berichtet. Damit muss man sich nicht lange aufhalten.

Romain Brousse ist vierzig. Er ist Funktionär der Gewerkschaft CGT und schimpft dauernd über die Regierung, die die Post privatisiert. Das ist für ihn der größte Skandal des beginnenden 21. Jahrhunderts. Meistens hört Ferdinand ihm einfach nur zu. Er lässt ihn reden. Wo käme man hin, wenn man aus allem eine Grundsatzdiskussion machen wollte? Da könnte er auch anfangen.

Was ist mit den Bauern? Wird auf sie gehört? Ferdinand kommt mit seiner kleinen Rente gerade so hin. Und? Beschwert er sich etwa darüber? Setzt er Himmel und Erde in Bewegung und tritt in die Gewerkschaft ein?

Der Postbote bremst scharf auf dem Hof ab. Der gelbe Renault Kangoo der Post kommt knapp vor dem Hauseingang zum Stehen.

»Nächstes Mal«, knurrt Ferdinand, »mach ich die Tür ganz auf, dann kannst du deine Kiste gleich in meiner Küche abstellen.«

»Ach, reg dich ab! Hier ist deine Zeitung, Ferdinand, geh mir nicht auf den Keks.«

Brousse steigt wieder ein und fährt so plötzlich an, dass er das Federvieh in die Flucht schlägt und ein höllisches Gegacker ertönt.

»Tja, wenn man bei der Gewerkschaft ist, wird man nervös«, bemerkt Ferdinand. »Wenn er so weitermacht, kriegt der arme Kerl noch einen Herzinfarkt.«

Er setzt sich an den Küchentisch, befreit die Zeitung aus der Plastikfolie, dem Präservativ, wie es sein Bruder Félicien mit anzüglichem Blick immer genannt hat.

Er faltet die Zeitung auf und blättert gleich zu der Doppelseite mit den Todesanzeigen. Zum Lesen setzt er immer die Brille auf, die der Mutter gehörte – »Der Augenarzt ist zu teuer, ich kann mir keine Lesebrille leisten« –, und beginnt die Anzeigen aufmerksam zu studieren.

Lauter Leute, die er nicht kennt: Madame Marguerite Vautrin, zweiundsiebzig, aus Riom. Doktor André Chamard-Brinvady, Kardiologe in Clermont, siebenundfünfzig. »Vielleicht hatte der selbst einen Infarkt«, sagt er sich. »Wär' ein starkes Stück bei einem Herzspezialisten.« Serge Lombard, Angestellter bei Michelin, neunundzwanzig. »Viel zu jung, um zu sterben.« Ferdinand schüttelt den Kopf.

Und da, plötzlich ist ihm, als hätte ihm jemand einen Schlag versetzt. Immer wieder gleitet sein Blick über die Anzeige:

Montcel-Riom
Clermont-Ferrand
M. Chaput, Marcel, der Ehemann
Claire und Bruno, ihre Kinder
Cécile, Adrien und Alexis, ihre Enkel
geben in tiefer Trauer den Tod von
Madame Yvette Chaput geb. Simonnet
bekannt, die im Alter von siebzig Jahren verstorben ist.
Die Beerdigung findet am morgigen Donnerstag um 14 Uhr 20 in der Kirche von Montcel statt.
Eine Kondolenzliste liegt aus.

»Mein Gott!«, flucht Ferdinand, und Tränen nehmen ihm die Sicht. »Yvette … Die arme Yvette …«

Und er sagt sich, dass sie bestimmt die einzige Frau ist, die er je geliebt hat. Das ist so lange her.

Ja, nach seiner Rückkehr aus Algerien. Sie war so hübsch, die kleine Yvette.

»Scheißleben!«

6

Es war auf dem Ball zur Feier des 14. Juli. Musik und Feuerwerk. Ferdinand war gerade mit dem Schiff aus Algerien gekommen. Aus dem Krieg. Seinem Krieg. Lauter Bilder im Kopf. Freunde, die neben ihm starben. Hinterhalte der Fellaghas, die wie beim Taubenschießen auf sie zielten.

Verflucht! Den irren Lefol hatte es schließlich auch erwischt. Manchmal gibt es doch einen lieben Gott. »Holt mich hier raus!«, brüllte er. »Lasst mich nicht verrecken!« Es fehlte noch, dass er nach seiner Mama rief. Ferdinand hatte ihn auf seine Schultern geladen. Als sie den Posten erreichten, war der Feldwebel nur noch eine unförmige Masse. Schluss. Das war sein Ende. Nie wieder würde er sein berühmtes »Marschier oder kratz ab!« brüllen.

An diesem 14. Juli wollte Ferdinand endlich an etwas anderes denken. Die jungen Leute aus der Gegend saßen zusammen und tranken eine Flasche nach der anderen am Tresen des Festsaales.

»Oh, Ferdinand, spendierst du eine Runde?«

»Die Rückkehr ins Leben muss man doch wohl begießen!«

Also begoss er sie, und dann wollte er tanzen.

Oben auf einem Podium spielte ein Akkordeonspieler Walzer, Paso doble und schnelle Märsche.

»Tanzen Sie, Mademoiselle?«

Gerade hatte eine Serie von Tangos begonnen. Ferdinand versuchte sein Glück, und das junge Mädchen, die Erste, die er aufgefordert hatte, war bereit, mit ihm zu tanzen.

Der Musiker sang mit schmachtender Stimme, den Mund dicht am Mikro:

Ich warte
Tag und Nacht
Ich warte immer
Bis du wiederkommst
Ich warte …

Sein Leben lang sollte sich Ferdinand an dieses etwas melancholische Lied erinnern. Oft tröstete es ihn an den einsamen Abenden auf dem Hof von Garachou.

Nach dem Refrain sang der Sänger weiter:

Der schönste Tango auf der Welt
Ist der, den ich
In deinen Armen tanzte.
Ich habe
Andere Tangos gehört,
Aber mein Herz
Wird diesen nie vergessen.

Ferdinand drückte seine Tänzerin etwas fester an sich und sie umarmte ihn ebenfalls. Vielleicht gefiel er ihr?

Jedenfalls war die Schöne gern in seinen Armen. Nach dem Tanz gingen sie zusammen an den Tresen und bestellten eine Limonade.

»Wie heißen Sie, Mademoiselle?«

»Yvette, ich heiße Yvette.«

»Ich bin Ferdinand.«

»Sie tanzen gut, Ferdinand.«

»Und Sie auch, Yvette.«

Von da an trafen sie sich an jedem Wochenende auf den Bällen in der Umgebung: in Chabassières, Montcel, Saint-Pardoux, sogar in Saint-Éloy-des-Mines, der Stadt der polnischen Bergarbeiter.

»Du gefällst mir sehr, Yvette«, hatte Ferdinand ihr anvertraut. Mit dem Siezen war es nun vorbei.

»Du missfällst mir auch nicht, Ferdinand.«

Sie hatten sich zum ersten Mal geküsst. Zum Teufel war das schön! Ferdinand wollte natürlich noch mehr Küsse! Und Yvette schmeichelte ihm gern. Nachdem sie so oft ihre Münder füreinander geöffnet hatten, war es an der Zeit, sich zu offenbaren.

»Yvette, ich möchte, dass du meine Frau wirst.«

»Ferdinand, ich kann nicht …«

»Du weißt, ich bin ein ernsthafter Mensch!«

»Daran zweifele ich nicht, aber ob meine Eltern einverstanden sind?«

Monsieur Simonnet, Yvettes Vater, war ein reicher Viehhändler in der Combraille.

»Wie bitte?«, schrie er. »Ich soll meine Tochter diesem Bauern geben, diesem armen Schlucker, der nicht mal drei Hühner in seinem Stall hat? Ich wäre ja verrückt, mich auf so einen Handel einzulassen. Nein, mein Kind, das kommt gar nicht in Frage, dass du diesen Kerl heiratest. Wovon will der denn heiraten?«

»Aber Papa, wir lieben uns doch!«

»Liebe hat damit nichts zu tun, mein Kind. Du hast was hundertmal Besseres verdient als diesen Bauernjungen! Ich will davon nichts mehr hören. Lass es dir gesagt sein, ein für alle Mal!«

Damals war mit der Autorität eines Vaters nicht zu spaßen. Der Vater hatte Macht über alle und jeder musste ihm gehorchen. Egal, was er für Gründe oder Argumente hatte. Gute oder schlechte. Gerechtfertigt oder nicht.

Yvette weinte sich die Seele aus dem Leib. Sie rief ihre Mutter zu Hilfe, aber die arme Ginette Simonnet, die ihrem tyrannischen Mann seit jeher untertan war, hatte in dieser Sache nichts zu sagen, ebenso wenig wie in allen anderen. Es half nichts. Der Viehhändler war der Herr im Haus und es wäre sinnlos gewesen zu hoffen, dass es jemals anders kommen könnte. Ja, so war das.

An einem Samstag auf dem Dorffest von Combronde hatten sich Yvette und Ferdinand zum letzten Mal im Leben gesehen.

»Wir werden nie Mann und Frau«, schluchzte Yvette. »Aber wir werden uns trotzdem lieben.«

»Ja, wir lieben uns aus der Ferne.«

Sie küssten sich. Gaben sich den Abschiedskuss. So lange und zärtlich wie noch nie, und auch so verzweifelt.

»Ich werde dich nie vergessen!«, rief Ferdinand.

»Ich dich auch nicht«, sagte Yvette.

Im Jahr darauf heiratete sie. Der glückliche Bräutigam hieß Marcel Chaput, er war reich wie Krösus und ging wie sein künftiger Schwiegerpapa dem Beruf des Viehhändlers nach. Damit war alles in bester Ordnung.

Die neue Madame Chaput fand sich damit ab, ging nicht mehr tanzen und brachte ein hübsches Kind zur Welt, eine kleine Claire, das ganze Glück ihrer Eltern. Sie fanden, das Mädchen sei die Schönste auf der Welt.

Ferdinand konnte seinen Zorn nur mühsam beherrschen. Nie wieder würde er den Hof von Garachou verlassen. »Frauen sind das schlimmste Gesindel, das es gibt. Sie sagen weiß und denken schwarz, oder umgekehrt. Am besten hält man sich von ihnen fern. Man muss vor ihnen auf der Hut sein wie vor einer Krankheit.«

Und heute, an diesem Dezembertag, liest er die Anzeige von Yvettes Tod. Er liest sie immer wieder. Woran ist sie wohl gestorben? Mit siebzig Jahren? Das ist doch gar nicht so alt heutzutage. War sie vielleicht krank? Hatte sie Krebs, wie ihn heute alle oder fast alle Leute irgendwann bekommen? Oder etwas am Herzen, einen Infarkt, wie es so oft passiert?

Ferdinand faltet die Zeitung zusammen und steht auf. Er muss draußen herumlaufen und spüren, wie der Wind durch seinen Bart streicht. Er überquert den Hof und geht zu der Weggabelung, über die man zum Eichenwäldchen gelangt. Hier und da sind kleine Eisflächen auf den Wiesen. Da oben wird das Tal von einer Masse drohender Wolken umschlossen. Es ist bedrückend. Beunruhigend.

Er legt die Hände an die Brust. Er spürt immer noch die kleine Kugel auf der Höhe des Brustbeins. Und je mehr er tief zu atmen versucht, desto mehr blockiert sie ihn.

Gamine, die ihn begleitet hat wie immer, scheint zu merken, dass es ihrem Herrchen nicht gut geht. Sie läuft vor ihm her, aber alle zehn Schritte bleibt sie stehen und sieht sich nach ihm um.

»Los, guter Hund, lauf. Ich bin zu alt, ich kann da nicht mithalten.«

Und leise fügt er hinzu: »Solche Ausflüge sind nichts mehr für mich.«

Dann setzt er sich auf eine dicke Wurzel. Er hat nicht gesehen, dass sie nass ist, und merkt zu spät, dass sein Hosenboden feucht wird.

»Scheiße!«, flucht er.

Und dann dringt ohne Vorwarnung ein tiefer Schluchzer aus seiner Brust.

Ferdinand weint. Er weint und hört gar nicht mehr auf. Weint um seine Jugend, die ihm der Krieg verdorben hat. Um seine erste und einzige Liebe. Um den Tod all derer, die er geliebt hat.

Er weint über sein Leben als alter einsamer Bär.

7

Zwei Tage vor Weihnachten. Es ist viel Schnee gefallen. Das Leben spielt sich leiser ab als sonst. Alle Geräusche sind gedämmt, zurückhaltend, als fürchteten sie, sich zu sehr vorzuwagen.

Ferdinand ist mit seinem Moped nach Montcel gefahren, wo die Beerdigung von Yvette stattfindet. Der Weg war mühsam, aber er wollte unbedingt dabei sein, er wäre sogar auf allen vieren hingekrochen, wenn es nicht anders gegangen wäre.

Das Wetter ist grau wie seine Stimmung. Ein schmutziges Grau, das überall eindringt und bis zu den Wolken reicht, die den oberen Teil des Kirchturms verdecken.

Er steht vorn auf dem Kirchplatz am Fuß der Treppe. Es sind schon ein paar Leute da und reden, während sie auf den Leichenzug warten. Einige von ihnen erkennt er. Männer seines Alters, denen er guten Tag sagt. Manche rufen sich im Dialekt etwas zu. Es wird gestikuliert und geschnattert. Erstaunlich, dass all diese Leute gekommen sind, um die Verstorbene zu ihrer letzten Ruhestätte zu begleiten.

Da fährt der schwarze Wagen des Bestattungsunternehmens vor. Gleich hört das Gerede auf, Mützen und

Hüte werden abgenommen, der traurige kleine Klang der Beerdigungsglocke weht vom Kirchturm herunter und legt sich über die Anwesenden. Der Priester ist auf die Schwelle seiner Kirche getreten, um den Sarg in Empfang zu nehmen, den vier Bestatter in dunklen Anzügen und weißen Hemden abladen. Die Familie hat sich um den Sarg versammelt, die Augen der Angehörigen sind rot von all den Tränen, die sie in den letzten Tagen vergossen haben.

Ferdinand spürt, wie ihm vor Kummer die Kehle eng wird. Er schluckt und sieht zu Chaput hinüber. Der Witwer zeigt keine Regung. Keine Geste, kein Verziehen des Gesichts lässt vermuten, dass er unter dem Verlust seiner Frau leidet.

Der ist hart gesotten, denkt Ferdinand. Die arme Yvette war in ihrer Ehe bestimmt nicht jeden Tag auf Rosen gebettet. Aber schließlich hatte sie es ja so gewollt.

Die Kirche ist brechend voll. Die, die keinen Sitzplatz gefunden haben, versammeln sich auf dem Kirchplatz. Auch ein paar, die aus der Kirche ausgetreten sind, stehen dort, zum Zeichen, dass sie das religiöse Getue da drinnen lächerlich finden.

Nachdem der Priester den Sarg mit seinem Wedel gesegnet und mit Weihwasser besprengt hat, beginnt ein langes Defilé im Kirchenschiff. Alle zwei, drei Minuten muss man auf der Stelle stehen, dann geht es weiter. Als Ferdinand am Sarg ankommt, bekreuzigt er sich.

»Yvette«, sagt er leise.

Das ist alles. Einen Augenblick hat sich sein Blick mit dem von Chaput gekreuzt, der in der ersten Reihe zusammengesunken dasitzt und abwesend wirkt. Ein flüchtiger Blick, fast schon unwirklich.

Dann läuten die Glocken wieder und kündigen das Ende des Gottesdienstes und die letzte Reise zum Friedhof an. Die Schuhe knirschen auf dem Kies des Weges. Dunst steigt auf und begleitet die Menschen, die im Leichenzug hinter der Familie gehen.

Wie die anderen wirft auch Ferdinand eine Handvoll Erde auf den Sarg.

»Adieu«, sagt er nur.

Dann geht er, ohne sich umzudrehen, mit gesenktem Kopf zu seinem Moped, das auf dem Dorfplatz auf ihn wartet. Sein Blick ist getrübt. Dabei muss er auf der vereisten Straße, auf der er nach Hause fährt, vorsichtig sein. Es ist halb fünf Uhr nachmittags, es wird schon dunkel und es ist sehr kalt.

Als er halb erfroren nach Hause kommt, setzt er Wasser auf und macht sich einen heißen Grog. Seine Fingerspitzen sind ganz starr, seine Hände sind steif und schmerzen.

»In meinem Alter bei dieser Hundskälte mit dem Moped zu fahren«, sagt er unwillig und schüttelt den Kopf.

Der Alkohol stärkt ihn ein wenig. Er spürt, wie die Wärme durch seinen ganzen Körper rinnt. Gamine drängt sich an seine Beine und wirft ihm von unten einen aufmunternden Blick zu.

Wenn Tiere nur reden könnten, denkt Ferdinand.

Mühsam richtet er sich auf, um im Feuer zu stochern, dann legt er ein neues Buchenscheit nach. Durch das Fenster sieht er zwei Amseln, die sich um Körner und Schalenreste zanken. Ein paar Windstöße zerzausen ihre Federn, sie sehen komisch aus – wie schwarze Wollknäuel auf Sprungfedern.

Inzwischen ist es ganz dunkel geworden. Ferdinand steht auf. Er muss sich um seine Kühe kümmern, sie melken und ihre Futtertröge füllen.

»Ich hätte die Viecher besser verkaufen sollen«, schimpft er.

So schimpft er nur, wenn er müde ist. Denn im Grunde weiß er, dass er ohne seine Charolais-Kühe nicht leben könnte. Sie sind sein ganzes Leben und er liebt sie wie eigene Töchter. Sie sind sanft, und vor allem geben sie viel Milch. Natürlich gibt es Tiere mit besserem Fleisch. Da sind die Rinder aus der Normandie unschlagbar.

Trotzdem hat er Charolais-Kühe am liebsten. Nie wird er sie aufgeben. Man muss im Leben treu sein können.

Da taucht Yvettes Gesicht wieder vor ihm auf. Seine Yvette, die er so geliebt hat. Und die jetzt auf dem Friedhof von Montcel liegt bei all den Toten, die zu ihren Lebzeiten glaubten, alles ginge ewig so weiter.

Er fängt an, Noiresse zu melken. Sie ist eine brave Kuh und gibt einem nie hinterhältig einen Huftritt, wenn man ihr den Rücken zukehrt. Seine Hände bearbeiten die Zitzen, und die Milch schießt stoßweise in den Eimer.

Am Ende bleibt nur noch Brayaude übrig. Er nimmt den Schemel und setzt sich dicht an die Seite des Tiers, dessen Schwanz er mit einer Schnur an ihr linkes Bein gebunden hat.

»So, meine Schöne, nun gib mir mal deine Milch.«

Brayaude muht leise und die Flüssigkeit kommt schäumend heraus und spritzt gegen die Wand des Eimers.

»Ein gutes Tier, du bist ein gutes Tier, Brayaude«, murmelt er.

Ferdinand spricht oft so mit seinen Kühen. Er hat den Eindruck, dass sie ihn verstehen und ihm das Melken leichter machen. Er redet gern mit ihnen. Sich etwas Gutes zu tun, daran ist nichts Schlimmes.

Als er aufsteht, um die Tröge zu füllen, hört er eine Frauenstimme seinen Namen rufen.

»Monsieur Pélissier? Sind Sie da, Monsieur Pélissier?«

»Gott oh Gott, die Roastbeefin! Also so was!«, seufzt Ferdinand.

Die Engländerin hat schon ihr zartes Gesichtchen durch die Türöffnung des Stalls gesteckt und wagt trotz ihrer feinen Schuhe ein Paar Schritte durch die Rinnen voller Gülle. Neben ihr der süße kleine Fratz, ihr blondes Töchterchen. Die Kleine ist nicht zimperlich. Sie hat keine Angst, ihre Stiefel schmutzig zu machen, und geht so leichtfüßig wie über gebohnertes Wohnzimmerparkett.

»Also so was!«, wiederholt er laut.

»Ich hoffe, wir stören Sie nicht, Monsieur Pélissier«, sagt die zierliche Engländerin mit sanfter Stimme. »Peggy wollte so gern mal sehen, wie Sie die Kühe melken.«

Ferdinand traut sich nicht, ihr zu sagen, dass er für heute Abend mit dem Melken fertig ist. Er lächelt verlegen und sagt:

»Aber natürlich, mit Vergnügen. Vielleicht kann das Fräulein selbst versuchen, ein bisschen Milch herauszuziehen. Noiresse ist ganz brav. Komm mit, meine Kleine, du kannst bei ihr ein bisschen üben. Du wirst sehen, es ist ganz einfach. Sieh genau zu, wie ich es mache.«

Das Mädchen reißt die großen blauen Augen weit auf und beobachtet aufmerksam die kräftigen Finger des Bauern, die jetzt die Zitzen der Kuh umfassen und dann vorsichtig drücken.

»Jetzt ich!«, ruft sie. »Jetzt will ich die Noiresse kneifen.« Sie streckt ein wenig die Zunge vor und macht sich eifrig an die Arbeit. Doch trotz aller Anstrengung kommt kein Tropfen Milch aus dem Euter des Tiers.

»Nein, so nicht, schau mal, das musst du so machen.« Ferdinand führt der Kleinen die Finger und oh Wunder! Ein Strahl der sämigen Flüssigkeit kommt aus der Zitze.

»Ich hab's geschafft, *Mummy*! Ich kann auch melken!«

»Sie sind ein guter Lehrer, Monsieur Pélissier«, sagt Mrs. Kelly anerkennend.

»Noch mehr, noch mal«, ruft die Kleine.

Aber Noiresse will nicht, dass man noch länger an ihrem Euter herumspielt. Sie hat zwar ein goldenes Herz, aber irgendwann ist auch Schluss. Sie gibt ein lautes Muhen von sich, und das kleine Mädchen weicht erschrocken zurück.

»Weißt du«, sagt Ferdinand, »sie hat schon all ihre Milch gegeben. Du musst ein anderes Mal wiederkommen und es noch mal versuchen. Irgendwann gewöhnt sie sich an dich und erkennt dich wieder. Aber sie ist nicht böse, sie ist die friedlichste von all meinen Kühen.«

Als sie aus dem Stall hinausgehen, verkündet Mrs. Kelly: »Wir verbringen *Christmas* in der Auvergne.«

»Christmesse?«, wiederholt Ferdinand, der nicht versteht.

»Oh, ich meine natürlich Weihnachten. Wir haben im *Hôtel des Voyageurs* in Montcel ein Zimmer. Erweisen Sie uns die Ehre, am Weihnachtsabend mit uns zu essen, Monsieur Pélissier?«

»Hä? Was? Wie?«

Ferdinand ist bestürzt. Die Engländer wollen, dass er mit ihnen in der Weihnachtsnacht spachtelt. Das ist ja unglaublich! Noch nie hat er den Heiligabend oder Silvester gefeiert. Und jetzt wird er dazu eingeladen, einfach so. Als wäre es das Natürlichste von der Welt.

»Also so was!«, stößt er unter seinem Bart hervor.

Das ist zu schön, um wahr zu sein. In Montcel werden sie sich kaputtlachen, wenn sie ihn im Restaurant bei den Roastbeefs am Tisch sehen. Die wollen sich einen Spaß mit ihm machen, anders kann es nicht sein. Die ganze Sache ist sehr sonderbar, aber für Engländer wahrscheinlich normal, denkt er.

»Na, Monsieur Pélissier, einverstanden? Können wir mit Ihnen rechnen?« Mrs. Kelly lächelt ihn an.

»Also gut, einverstanden«, hört er sich antworten.

»Woah, super!«, ruft die kleine Peggy und legt ihre Arme um den Hals von Gamine, die vor Freude winselt.

»Mein Mann holt Sie mit dem Auto ab«, erklärt Mrs. Kelly. »Ich hoffe, Sie mögen Leberpastete und Austern.«

In Wahrheit hat Ferdinand so was noch nie gegessen. Das hindert ihn jedoch nicht daran, mit dem Kopf zu nicken. Natürlich isst man Austern und Leberpastete nicht alle Tage.

Leberpastete, denkt er. Das muss so ähnlich schmekken wie die Pastete, die ich mache, wenn ich ein Schwein schlachte. Bei den Austern wird man sehen. Sehen aus wie Spucke. Die kriegt man sicher leicht runter.

Und mit einem Mal muss er an die arme Yvette denken und fragt sich, ob es ihr nicht zu kalt ist in ihrem Sarg, während er sich mit solchen Leckereien vollstopft.

Aber schon sind Mutter und Tochter in ihren Vauxhall gestiegen. Bevor sie die Tür zumacht, ruft Peggy ihm zu:

»See you later!«

Was ist das jetzt für ein Tier?, fragt er sich. Nennt man so die Austern in der Roastbeef-Sprache?

8

Ferdinand hat sich in Schale geworfen. Anders ausgedrückt, er hat seinen einzigen Anzug angezogen.

Um sieben Uhr abends, gleich nachdem er die Kühe im Stall versorgt hat, hat er sich abgeschrubbt und glänzt jetzt wie ein polierter Apfel. Sogar seinen zotteligen Bart hat er sich gekämmt. Das will was heißen!

Gamine sieht ihn verwundert an.

»Na, was ist, meine Liebe? Ich darf doch auch mal was Schönes erleben, meinst du nicht?«

Der Hund fängt an zu winseln.

»Nein, ich bleibe nicht lange weg. Jetzt reg dich nicht so auf! Wenn man dich hört, könnte man meinen, ich reise zum Mars. Ich bleib nicht die ganze Nacht bei den Engländern. Also wirklich!«

Um halb neun hört man ein Auto auf dem Hof vorfahren, der Hund spitzt die Ohren.

»Da sind sie.«

Er klopft Gamine den Rücken. «Sei brav, meine Gute. Und pass schön auf das Haus auf!«

Die kleine Peggy stürmt herein wie ein Wirbelwind.

»*Hello*, Ferdinand, *are you ready*?«

Dieses Kind kann offenbar nicht reden wie alle hier. Was ist das nur für ein Kauderwelsch! Dennoch lächelt er ihr so freundlich zu wie möglich und folgt ihr zum Wagen, der auf dem Hof steht.

Draußen ist es kalt und Mrs. Kelly hat sich in einen dicken Pelzmantel gehüllt. Ferdinand vermutet, dass es Nerz ist, aber mit Pelzen kennt er sich nicht aus.

Mr. Kelly gibt ihm freundlich die Hand, dann fährt der Vauxhall los.

Es ist ein komfortables Auto mit Ledersitzen und man hat viel Platz für die Beine. Noch nie ist Ferdinand in einem solchen Luxuswagen gefahren. Die Engländer müssen wirklich Geld haben, sonst könnten sie sich so ein Auto nicht leisten.

Der Eingang des Hotels *Les Voyageurs* in Montcel ist mit Unmengen von Lichterketten geschmückt. Sie blinken und spiegeln sich in Peggys staunenden Augen. Das Mädchen starrt sie bewundernd an. Dabei hält sie sich wie selbstverständlich an Ferdinands riesiger Pranke fest und will sich nicht von der Stelle bewegen.

»Komm jetzt, wir gehen ins Restaurant, mein Engel«, sagt Mrs. Kelly und widerstrebend folgt ihr das Töchterlein.

Drinnen legt Mrs. Kelly ihren Pelzmantel ab und jetzt ist Ferdinand von ihr ebenso hingerissen wie vorhin das Mädchen von dem strahlenden Glanz der Lichter. Ein Seidenkleid in Osterglockengelb betont die Wespentaille der Dame und ein gewagtes Dekolleté verrät zwei kleine feste Brüste, die der Bauer nicht anzuschauen wagt, die aber seine Blicke anziehen wie das Licht die Nachtfalter.

»*Please*, setzen wir uns«, sagt Mr. Kelly, der wegen der spürbaren Verlegenheit des alten Mannes nicht umhin kann zu lächeln.

Sie nehmen an einem runden Tisch mit weißer Decke Platz.

»*My wife* und ich, wir haben uns gedacht, es ist besser, wir essen keine *oysters*.«

»Was für Dinger?«, fragt Ferdinand verwirrt.

Da schaltet sich Madame Kelly ein:

»Austern, Monsieur Pélissier. Mein Mann hat die furchtbare Angewohnheit, Englisch und Französisch zu mischen. Bitte, sehen Sie es ihm nach.«

»*Yes*«, fährt Mr. Kelly fort. »*My wife* und ich haben überlegt, dass Sie vielleicht keine *oysters* mögen. Aber schauen Sie, hier ist das Menu.«

Ferdinand zieht die Karte hinter seinem Teller hervor, die er nur mit Mühe lesen kann, denn er hat die Brille seiner Mutter nicht dabei.

Amuse-bouche

Kleine Crêpes mit Entenconfit und
Crème brûlée mit Leberpastete
Bauernbrottoast

Kabeljaurücken in der Kruste gebraten an grünem Gemüse

Frischer Ziegenkäse mit Pfeffer
Salat mit Nüssen

Blätterteiggebäck mit Ananas
Caramelparfait

»Na, was halten Sie davon, Monsieur Pelissier?«, fragt Mrs. Kelly.

»Meine Güte! Ich hätte nie gedacht, dass ich mal solche Sachen essen würde«, antwortet Ferdinand und denkt, dass dieser Abend die Engländer ein Vermögen kosten muss.

Peggy, die rechts von ihm sitzt, starrt ihn schon die ganze Zeit an. Sie ist offenbar fasziniert von der rötlich-violetten Gesichtsfarbe des alten Mannes, auf die sie sich keinen Reim machen kann. Plötzlich hellt sich das Gesicht der Kleinen auf.

»Sag mal, Ferdinand, waren deine Vorfahren Indianer?«

»Indianer?« Ferdinand verschlägt es für einen Moment die Sprache.

»Na, Rothäute, meine ich, wie im Wilden Westen.«

»Peggy, benimm dich und hör auf, Monsieur Pélissier zu belästigen!«, sagt ihre Mutter streng.

»Meinst du das wegen der Farbe meiner Haut?«, fragt Ferdinand etwas verlegen und bemüht sich zu lächeln.

»Ja, klar, du bist doch ganz rot im Gesicht.«

»Peggy, Schluss jetzt!«

»Schon gut, Madame, Ihre Tochter sagt doch nichts Schlimmes.«

Ferdinand wendet sich wieder an die Kleine.

»Na ja. Ich schlage halt nach meinen Eltern. Aber du hast sicher Recht. Heutzutage sind Bauern wie ich wohl ein bisschen wie Indianer in einem Reservat. Im großen Reservat La Combraille in der Auvergne.«

Peggys Gesicht wird ganz ernst.

»Dann bist du also wirklich ein Indianer … *Dad, Mummy*! Stellt euch vor, wir feiern Weihnachten mit einem echten Indianer!«, ruft sie aufgeregt.

»Ein Grund mehr den Champagner zu bestellen«, erklärt Mr. Kelly trocken, und so endet das Gespräch über Rothäute.

Als Ferdinand in dieser Nacht wieder nach Hause kommt, hat er Mühe einzuschlafen.

»Ein Indianer!«, brummt er in seinem Bett. »Ein Indianer! Ganz schön frech! Wo hat sie das bloß her? Heutzutage sind die Kinder wirklich schlecht erzogen.«

Verärgert rollt er sich auf die rechte Seite.

»Und trotzdem ist sie ein süßer Fratz.«

Dann muss er wieder an Patricia Kelly denken, ihre Mutter. Es ist so weit, das Eis ist gebrochen. Die Roastbeefs haben tatsächlich vorgeschlagen, sich mit Vornamen anzureden. Jetzt ist Schluss mit »Monsieur Pélissier«. Sie nennen ihn künftig Ferdinand, ob er will oder nicht, und er soll Pat und John sagen. Es passierte während des Essens, als sie gerade Entenconfit und Leberpastete aßen. Sie haben darauf ganz feierlich mit den Champagnergläsern angestoßen.

»Auf dein Wohl, mein lieber Ferdinand«, hat der Engländer gerufen.

»Auf dein Wohl, alter John, und auf das Ihre, Madame Pat!«

»Keine Madame mehr heute Abend, wir duzen uns jetzt.«

Ferdinand ist sich sicher, dass er sich früher nie getraut hätte, eine so schöne Frau zu duzen. Pat Kelly hat wirklich viel Charme. So einige Männer im Restaurant haben sich wegen ihrer verführerischen Garderobe nach der schönen Engländerin umgedreht. Und so manche Ehefrau war grün vor Ärger wegen diesem gewissen Glanz in den Augen ihres Mannes, wenn dessen Blick auf Madame Kellys nackte Schultern fiel und in ihr tiefes Dekolleté.

Ferdinand zieht die Decke um sich und dreht sich auf die linke Seite. Auch er hat den perfekten Körper der Engländerin noch gut vor Augen. Früher hätte sich keine Frau so zeigen können. Es war wirklich sehr schön anzusehen, das muss man schon sagen, denkt er.

Seufzend legt er sich auf den Bauch. Verdammter Schlaf, der nicht kommen will! Ein Käuzchen draußen scheint sich über ihn lustig zu machen und stößt einen wilden Schrei aus, der bis zum Mond aufsteigt. Unten in der Stube gibt Gamine einen tiefen Seufzer von sich. Offenbar träumt sie. Dann hört er, wie der Wind gegen die Fensterläden drückt.

Verzweifelt schlägt er die Augen auf und sieht nichts als Dunkelheit. So viele Gedanken, die ihn überfluten und nicht zur Ruhe kommen lassen, alles wild durcheinander. Der Algerienkrieg, das Aurès-Massif, seine neben ihm gefallenen Kameraden, der Feldwebel Lefol, den er auf dem Rücken schleppt, sein Vater und seine Mutter, die nie erfahren haben, was das Wort Zärtlichkeit bedeutet, und auch die arme Yvette, der jetzt so kalt sein muss, allein in ihrem Grab.

Und schließlich die Weihnachtsfeier mit der Familie Kelly und die Freude, die er plötzlich empfunden hat, vor allem wegen des kleinen Mädchens, das ihn für einen Indianer hält.

Ferdinand schließt die Augen. Er sieht nur noch die Brüste der schönen Pat vor sich, rund wie zwei Mandarinen.

Vielleicht findet er jetzt endlich Schlaf.

Draußen schreit immer noch das Käuzchen und der Nordwind heult.

9

Schon ist der Rutsch ins Neue Jahr vollzogen. Der Januar ist erstaunlich mild. Irgendwo hat Ferdinand gelesen, dass das mit der Klimaerwärmung zu tun hat. Am Nordpol wie am Südpol schmilzt das Eis und irgendwann droht der Meeresspiegel zu steigen.

So schnell wird der Ozean nun auch nicht bis in die Auvergne kommen, denkt er, doch er macht sich Sorgen um die künftigen Generationen, die mit diesen Veränderungen zurechtkommen müssen.

Über eins ist er jedenfalls sehr zufrieden. Die Feiertage sind vorüber und das Leben verläuft wieder in normalen Bahnen.

Die Engländer sind wieder nach Hause gefahren und die kleine Peggy geht jetzt erst einmal dort wieder zur Schule, auf der anderen Seite des Ärmelkanals. Seltsam, wie er diese kleine Göre in sein Herz geschlossen hat! Sie hat ein entwaffnendes Temperament. Wie gern wäre er der Großvater eines so hübschen kleinen Mädchens.

»Ferdinand, du alter Esel«, sagt er zu sich, »es war dir ja nicht mal vergönnt, Kinder zu haben, wie solltest du dann Großvater werden?«

Und wenn schon, manchmal ist es eben schön zu träumen. Ja, wenn, wenn, wenn … die Welt könnte so viel schöner sein! Man könnte vielleicht den ganzen Puy de Dôme in einer Flasche unterbringen.

Er träumt jede Nacht, oft schlimme Sachen. Während er schläft überfallen ihn merkwürdige Bilder, manchmal wacht er davon auf. Dann liegt er da, kriegt kaum Luft und sein Herz hämmert wie wild.

Letzte Nacht hätte er schwören können, dass die arme Yvette ihn gerufen hat und ihm vorgeworfen hat, dass er sie ganz allein lässt in der eisigen Dunkelheit ihres Sargs mit all den Würmern, die schon beginnen, an ihr zu nagen.

Manchmal spürt er einen starken Druck, als befinde sich seine Brust in einem Schraubstock und seine Rippen würden von einer riesigen Zange zusammengedrückt.

Das ist mein schwacher Punkt, denkt er. Eines Tages werde ich enden wie der arme Félicien, ich werde im Schlaf sterben. Na ja, wer weiß, vielleicht ist das der schönste Tod.

Ferdinand ist zurzeit nicht sehr froh gestimmt. Und bei diesem grauen Wetter wird seine Stimmung nicht gerade besser. Ganz gleich wo er hinsieht, nach oben oder nach unten, über dem Dach seines Hauses, oder dort oben beim Eichenwald, auf der Straße nach Chabassières, nichts als Nebelschwaden.

Drei Krähen fliegen krächzend vorbei. Im Hof scharren die Hühner auf dem Mist, der Hahn, dieser eitle

Gockel, wiegt sich hin und her und die Gänse watscheln zum Teich.

Der Renault-Kangoo des Briefträgers braust heran und treibt das Federvieh auseinander.

»Die Zeitung für den gnädigen Herrn, bitte sehr«, ruft Brousse und reicht sie ihm durchs Wagenfenster, ohne aus dem Wagen zu steigen.

»Höfliche Menschen sagen guten Tag«, ruft Ferdinand ihm zu.

Doch der Postbote ist schon weggefahren, in dem mit Hagelkörnern vermischten Regen.

»Ungehobelter Bursche!«

Der alte Ferdinand ist wütend. Bei nächster Gelegenheit wird er diesem blöden Brousse von der CGT mal die Meinung sagen.

»Für wen hält sich dieser Knilch?«, schimpft er und Gamine begleitet seine Worte mit dumpfem Gebell.

»Wenn du den Briefträger beim nächsten Mal siehst, darfst du ihn in die Waden beißen. Das wird ihn lehren, sich zu benehmen.«

»Wau, wau«, macht die Hündin und wedelt mit dem Schwanz.

Was Ferdinand aus der Zeitung erfährt, ist alles andere als erfreulich. Wieder ein Attentat im Irak mit einer Autobombe, acht Tote und mehr als dreißig Verletzte. In Spanien, in Irún, haben die baskischen Unabhängigkeitskämpfer eine Bombe gelegt. Auch da gibt es Dutzende Opfer. In der Auvergne wollen sie eine Zahnradbahn bauen, um Touristen auf den Gipfel des Puy de Dôme zu befördern. Befürworter und Gegner bekämpfen einander und reißen sich in Stücke, manchmal sogar innerhalb der eigenen Partei.

»Die Menschen sind wirklich schwierig!« Ferdinand schüttelt den Kopf. Dann sagt er sich, dass der liebe Gott dort oben in den Wolken sich die Barthaare einzeln ausreißen muss vor Verzweiflung, dass er ein solches Pack erschaffen hat.

»Gamine, findest du nicht auch, dass die Menschen nicht ganz richtig im Kopf sind?«, fragt er und nimmt den Kopf der Hündin in seine riesigen runzeligen Hände.

Er sieht auf die Uhr. Bald ist Mittag, es wird Zeit, sich etwas zu essen zu machen. Doch plötzlich spürt er einen Schmerz im Magen, so heftig, dass er sich hinsetzen muss. Vorhin hat er nichts gespürt, aber jetzt tut es mächtig weh, überall, der Schmerz kommt und geht mit seinem Atemrhythmus.

Ferdinand beißt die Zähne zusammen und versucht nicht zu stöhnen, um Gamine nicht zu erschrecken. Aber sie ist schlau, die kleine Hexe, sie fängt an zu winseln und sieht ihn durchdringend an.

»Ist nicht so schlimm, meine Liebe. Keine Sorge, das geht schon vorbei.« Sein Herz hämmert wie wild, echoartig klopft es in den Schläfen.

Nach ein paar Minuten löst sich der Krampf, aber Ferdinands ganze Brust schmerzt. Als wäre sein Oberkörper von wütenden Schlägen getroffen worden.

Allmählich wird sein Herzschlag wieder langsamer. Jetzt summt es nur noch merkwürdig in seinen Ohren, es klingt wie ein Wespennest hoch oben in einem Baum, das man nicht sehen kann.

»Ist schon vorbei, Gamine. Mach dir keine Sorgen.«

Das Tier hat die Schnauze zwischen Ferdinands Knie gelegt und sieht ihn sorgenvoll an. Es scheint, als wolle sie ihm etwas von ihrer Kraft abgeben.

»Du bist ein braver Hund. Ich warte noch einen Moment, dann stehe ich auf. Was soll man machen? In meinem Alter hat man manchmal solche Wehwehchen. Irgendwann wird's dir auch so gehen, dann bist du auch ein altes Wrack wie ich und kannst nicht mal mehr knurren.«

Es gelingt ihm aufzustehen, aber er ist noch ganz wackelig auf den Beinen. So geht er nur ein paar Schritte und hält sich an der Tischkante fest.

»Ja, irgendwann kommt der Tag, da werde ich genau so enden wie der arme Félicien.« Offenbar liegt diese Krankheit ja in der Familie und keiner, auch er nicht, wird seinem Schicksal entrinnen.

»Ich glaube, ich gehe nach oben und lege mich hin, Gamine. Wenn ich mich ausgeruht habe, wird's schon wieder.«

Schweren Schrittes geht er die Stufen hoch, schiebt die Tür zum Schlafzimmer auf, fällt aufs Bett und schläft auf der Stelle ein.

10

Tage, Wochen sind vergangen. Es ist wieder Schnee gefallen. Dann ist er geschmolzen und wieder hat es geschneit.

Die Schmerzen in der Brust, unter denen Ferdinand gelitten hat, sind nur noch eine böse Erinnerung. Er passt allerdings jetzt auf, tut nichts Unvernünftiges. Er zieht seinen Parka über, wenn er nach draußen geht, und legt einen Schal um seinen Hals. Einmal ist er auf dem Moped gefahren. Er hatte kein Brot mehr im Haus. Essen ohne Brot ist für Ferdinand wie Geigespielen ohne Bogen und Saiten.

Als er aus Chabassières zurückkam, fand er in seinem Briefkasten außer der Zeitung *La Montagne* einen Brief mit einer englischen Briefmarke mit dem Bild von Königin Elisabeth. Diesmal ist der Briefträger aus der CGT den Umweg nach Garachou nicht umsonst gefahren.

Mit seinen steifen, ungeschickten Fingern hat er den Umschlag geöffnet. Er findet darin das Foto eines Indianers mit Federschmuck. Auf der Rückseite hat Peggy mit ihrer hübschen kleinen Kinderschrift ein paar Zeilen geschrieben.

Guten Tag, Ferdinand.
Ich hoffe, es geht Dir gut. Ich denke an Dich und vermisse Deine Kühe. Wenn ich wiederkomme, hoffe ich, dass ich noch mal die gute Milch von Noiresse melken darf.
Wie Du siehst, habe ich Dir ein Bild von einem Indianer geschickt. Er sieht Dir nicht besonders ähnlich. Außerdem hat er keinen Bart.
Many kisses from Peggy *to* Ferdinand.

»Dieses Mädchen, also wirklich!«, ruft er. »Was heißt jetzt wieder dieses manikissesfrom? Sie müsste doch wissen, dass ich die Roastbeefsprache nicht kann.«

Der Brief aus England kam gestern, aber Ferdinand hat ihn bestimmt schon fünfzig Mal gelesen. Und wenn er Noiresse melkt, vergisst er nicht, ihr zu sagen, dass das kleine Mädchen sehr an sie denkt. Dann sieht die Kuh ihn mit ihren riesigen runden Augen an.

Wer weiß, vielleicht sehnt sie sich auch nach dem Roastbeefkind.

Die Bauarbeiten auf dem Hof von Bonnichon, wie er ihn immer noch nennt, gehen voran. Lionel Rouchon, der Klempner, ist noch nicht ganz fertig, aber die Dachdecker sind schon da, um das Dach mit den zerbrochenen oder verrutschten Ziegeln neu zu decken.

»Nutzt das gute Wetter aus, Freunde!«, ruft Ferdinand ihnen zu und kneift die Augen zusammen wegen der Sonne.

Für Februar ist die Temperatur ziemlich mild. An seinem Außenthermometer an der Westwand hat er mittags angenehme 22 Grad gemessen.

»Es gibt keine Jahreszeiten mehr«, sagt er, als er wieder geht, und die Hündin Gamine folgt ihm wie ein Schatten. »Früher gab es wenigstens richtige Winter«, brummt er noch. »Dabei ging das ganze Ungeziefer kaputt.«

Die Arbeiter auf dem Dach lachen lauthals und Ferdinand denkt, dass sie ihn für einen alten Schwätzer halten.

»Es gibt keine Jugend mehr«, sagt er, als er seinen Hof betritt. Keine Jahreszeiten und keine Jugend.

Der Hahn besteigt gerade eine Henne. Das Tier liegt flach am Boden, die Flügel ausgebreitet, und lässt es geschehen.

»Sehr gut«, sagt Ferdinand, »dann hast du bald neue Piepmätze.«

Er muss lachen, als er sieht, wie der Gockel sich befriedigt zurückzieht, auf einen niedrigen Zweig des Haselnussstrauchs hüpft und ein triumphierendes Kikeriki von sich gibt. Die Henne läuft weg, als wäre nichts gewesen. Sie zieht ihre Krallen hoch und pickt hier und da mit dem Schnabel kleine Zweiglein auf.

Ferdinand öffnet seine Haustür. Was für eine Unordnung bei ihm herrscht! Wie in Ali Babas Höhle. So war es schon, als seine arme Mutter noch lebte. Ja wirklich, Henrinette hatte keine Lust, den Haushalt zu machen. Aufräumen kam immer ganz zum Schluss dran. Mit Félicien wurde es dann noch schlimmer. All das Zeug, das zu nichts zu gebrauchen ist, hat sich angesammelt.

Einmal – ein einziges Mal – hat Ferdinand versucht, den ganzen Plunder wegzuschaffen. Mit seinem Moped und einem Anhänger voller Abfall ist er zur Müllkippe nach Montcel gefahren. Danach hat er es nie wieder gemacht, und in der Küche unten herrscht ein furchtbares Chaos.

»Die arme Mutter! Sie hatte sicher ganz andere Dinge zu tun!«

Ferdinand kommen Erinnerungen an das Leben von damals in den Sinn. Komisch, je älter er wird, desto öfter und klarer hat er Bilder von früher vor Augen. Dafür weiß er manchmal nicht mehr genau, was er am Tag zuvor gemacht hat oder sogar am Morgen. Nur das alte Zeug erstrahlt in hellem Licht.

Ein Winterabend. Er war vierzehn oder fünfzehn, das Alter, in dem man gern ein Mann sein will, dabei ist man noch ein Bengel. Er ging allerdings schon nicht mehr zur Schule. Er erinnert sich, dass Odette, seine kleine Schwester, in ihrer Wiege schlief. Oben stöhnte der Vater, der einen seiner Malariaanfälle hatte und ans Bett gefesselt war. Marguerite und Félicien, die beiden Ältesten, waren wohl im Stall bei den Kühen.

Ferdinand war allein mit der Kleinen unten im Zimmer. Er bemühte sich, ganz leise zu sein, um sie nicht zu wecken, denn das Fräulein konnte zur Furie werden, wenn sie erst mal losschrie. Mit ihrem Geheul und ihren grellen Schreien durchbohrte sie einem das Trommelfell und hätte einen Toten im Sarg wecken können.

Doch dann hatte Ferdinand großen Durst und wollte sich ein Glas Wasser nehmen. Als er die Tür zum Küchenschrank öffnete, stolperte er und warf den Krug um, der mit lautem Getöse auf dem Küchenboden zerbrach.

»Verdammt noch mal!«, fluchte er.

Aber da war das Unglück schon geschehen, die kleine Odette wachte auf und schrie wie am Spieß.

»Hörst du gefälligst auf?«

Er schaukelte die Wiege und dachte, das Hin und Her würde das kleine Biest wieder zum Schlafen bringen. Aber er konnte sie noch so sehr schaukeln, nichts zu machen. Je mehr ihr großer Bruder sie hin und her schwang, desto lauter brüllte Odette, aus vollem Hals.

Dann kam die Mutter. Zuerst trat sie auf die Scherben des Wasserkrugs.

»Dieser Tölpel macht mir mein Glas kaputt!«, brüllte sie in ihrer Wut und nahm den Haselstock, der beim Kamin lag.

»Warte nur, ich brech dir die Gräten, du verdammter Nichtsnutz!«

Dann kriegte der arme Ferdinand eine saftige Tracht Prügel. Um sich vor den Schlägen zu schützen, hob er die rechte Hand. Mit schlimmen Folgen, denn der Knüppel ging auf seine Finger nieder.

»Zeigefinger und Mittelfinger gebrochen«, erinnert sich Ferdinand. »Zum Teufel! Die Mutter fasste uns nicht gerade mit Samthandschuhen an! Der Stock und die Arbeit, das ist das Einzige, was zählt, pflegte sie zu sagen. Bloß keine Gefühle, die machen die Leute nur zu Faulenzern. Die Natur bringt auch so schon genug Nichtstuer hervor!«

Ein paar Wochen später starb der Vater. Verfluchte Malaria, verdammtes Algerien! Ferdinand wusste damals noch nicht, dass es dort Jahre später für ihn noch viel schlimmer sein würde. Bei der Beerdigung ihres Mannes hatte die Mutter keine einzige Träne vergossen. Sie war erstarrt und blieb erstarrt, in der Kirche von Chabassières und sogar auf dem Friedhof, wo ihr Mann in der Familiengruft beigesetzt wurde.

Als sie wieder zu Hause waren – »keine Gefühle, schnell an die Arbeit« – mussten alle gleich wieder loslegen. Los, ihr Drückeberger! Der Knüppel lag stets bereit.

Ferdinand seufzt und reibt sich über die Brust, weil es ihm plötzlich eng wird. Draußen ist Wind aufgekommen, der gegen die Hauswände schlägt. Ferdinand schaut aus dem Fenster und sieht, wie die Dachdecker das Dach von Bonnichons Hof mit einer Plane abdecken. Die sollten sich besser beeilen, denkt er. Das Wetter scheint umzuschlagen. War ja auch zu schön, um lange anzuhalten.

Gamine winselt und schnüffelt an der Tür. Sie will nach draußen.

»Na los, meine Gute, geh dir die Beine vertreten!«

Als er den Hund nach draußen lässt, würde er am liebsten schreien: Ein verdammtes Hundeleben ist das! Mein Gott, es ist wirklich schwer!

Um sich zu beruhigen, liest er den Brief der kleinen Peggy noch einmal.

»Manikissesfrom Peggy.« Kann die nicht Französisch sprechen wie alle anderen? So was!

Wieder tut ihm die Brust weh. Und der Wind drückt gegen das Haus, als wolle er es zum Einsturz bringen.

11

Dieses Jahr kommt der Frühling rechtzeitig. Die ersten Osterglocken zeigen ihre gelben Spitzen auf den grünen Wiesen. Die Forsythien sind aufgeblüht, und etwas weiter hinten, beim Eingangstor leuchtet das helle Rosa einer Magnolie.

John und Pat Kelly und ihre kleine Tochter werfen einen letzten Blick auf das Haus, in dem sie die letzten Jahre verbracht haben. Ihr Blick ist ein bisschen traurig. Pats meerblaue Augen schimmern feucht. Und die porzellanblauen Augen des Mädchens auch.

Am Himmel strahlt die Sonne. So ganz anders, als man sich die Britischen Inseln mit ihrem undurchdringlichen Nebel vorstellt.

Der Kofferraum des Vauxhall ist schwer beladen. Auch auf dem Rücksitz neben Peggy stehen Koffer und Taschen. Das meiste Gepäck befindet sich im Umzugswagen, der im Lauf des Tages losfahren und morgen mit der Fähre in Frankreich ankommen soll.

John und Pat Kelly sind sich darüber im Klaren, dass ein ganz neuer Lebensabschnitt beginnt. Nichts wird mehr sein wie früher. Aber sie haben es sich gründlich überlegt.

Dabei ist Stafford eine recht angenehme Stadt. Nicht so groß wie Birmingham oder Wolverhampton, die nur wenige Meilen entfernt sind, aber auch nicht zu klein. Nein, diese Stadt mit ihren dreiundsechzigtausend Einwohnern hat ein menschliches Maß. Eine alte im Jahre 1070 von den Normannen erbaute Burg auf einem Hügel, und die beiden Kirchen Saint Chad und Saint Mary sind beliebte Ausflugsziele für Touristen, die schöne Denkmäler besichtigen wollen. Und der grüne und schattige Victoria Park ist ein idealer Ort, um mit Kindern spazieren zu gehen.

Warum also?

Warum haben John und Pat Kelly eines schönen Tages beschlossen, diese Stadt, in der sie ihr Zuhause eingerichtet hatten, zu verlassen und anderswohin zu ziehen, in eine Gegend mitten in Frankreich, die sie gar nicht kennen? Woher kam diese plötzliche Lust, sich von seinen Wurzeln zu verabschieden? Warum nur? Warum?

Patricia, die einen Teil ihrer Kindheit in der Normandie verbracht hat und beide Sprachen fließend spricht, unterrichtete Französisch im Saint-Edmund-Gymnasium in Wolverhampton. Ihre Eltern hatten unweit der Gegend, in der vor vielen Jahren die Invasion stattfand, ein Restaurant gehabt. Pats Mutter stammte aus London, war dort auch aufgewachsen und half ihrem Mann, einem französischen Koch, der seine Heimatstadt Caën liebte, bei der Buchhaltung.

Als Patricia zehn war, verließ die Familie Frankreich und ließ sich in Southport in Südengland nieder, einem Vorort von Portsmouth.

Patricia wuchs zu einem hübschen jungen Mädchen heran. So mancher junge Kerl drehte sich nach ihr um, wenn sie mit ihrem langen blonden Haar vorüberging. Sie mochte es, wenn man ihr den Hof machte. Damals flirtete sie gern. Sie genoss ihre Jugend in vollen Zügen. Und da die Natur sie mit solchen Reizen ausgestattet hatte, wäre es auch schön dumm von ihr gewesen, nichts daraus zu machen.

Dies alles hinderte sie nicht daran, ihr Studium erfolgreich zu absolvieren. Als sie ihr Diplom in der Tasche hatte, wurde sie nach Inverness in Schottland geschickt, um dort die Sprache Molières zu unterrichten. Das lag hoch oben im Norden, im Land des berühmten Ungeheuers, das keiner je gesehen hat.

Sie liebte die Spaziergänge in der Heide zwischen dichten Ginsterbüschen und sah oft und lange zu, wie die Sonne langsam hinter den sanften Hügeln der Bergrücken versank. Dann wurde der Himmel orangefarben, und wenn die Sonnenscheibe schließlich hinter der Bergkette verschwand, war ihr ein bisschen traurig zumute.

Als Lehrerin war sie darauf bedacht, respektiert zu werden. Es schien ihr an der Zeit, nicht mehr wie ein schöner Schmetterling umherzuflattern, sondern ein Leben zu führen, das besser zu ihrem Beruf passte.

Der vierzigjährige John Kelly schien genau der Richtige zu sein, obwohl er in seinen streng geschnittenen Anzügen ein bisschen steif wirkte und manchmal etwas fragwürdige Hemden und Krawatten trug.

Er war Sprecher der Royal Bank of Scotland und reiste in dieser Eigenschaft viel im Vereinigten Königreich herum. Wie schaffte er es, die schöne Patricia zu beeindrucken, die wesentlich jünger war als er? Das weiß der Himmel allein. Jedenfalls landete die Lehrerin in den Armen des Bankers. Oder umgekehrt. Sie wollten es beide.

Ihre Flitterwochen verbrachten sie in Frankreich. Die Normandie erinnerte Pat an die glücklichen Tage ihrer Kindheit. Hand in Hand gingen sie am Strand von Ouistreham und Colville-Montgomery spazieren, in der Ferne sah man die Fähre, die nach England fuhr. Morgens und abends setzten sich die beiden in den Sand und schauten ihr nach.

»Frankreich ist wirklich sehr schön«, sagte John Kelly dann mit glänzenden Augen.

»England ist aber auch nicht schlecht«, entgegnete Pat, der in diesem Moment einfiel, dass sie beide Staatsangehörigkeiten besaß.

John war Anglikaner, Patricia Katholikin. Das war nicht weiter schlimm, sie heirateten mit zwei Priestern und gaben beide dieselbe Antwort. *»Yes, I will.«*

So wurden sie Mann und Frau. In guten wie in schlechten Zeiten. Und in der Hoffnung, dass die guten von Dauer sein würden.

Die jungen Eheleute kehrten nach Schottland zurück. Bald erfuhren sie, dass John befördert worden war und Direktor der Royal Bank of Scotland in Birmingham werden sollte. Er sagte den nebelbedeckten Lochs Lebewohl und den West-Midlands guten Tag.

Pat hatte unerhörtes Glück. Sie fand eine Stelle im Gymnasium von Wolverhampton. Das Paar kaufte ein Haus in der Nähe ihrer Arbeitsstelle: in Stafford, der Stadt, in der auch Peggy zur Welt kam, eine kleine Prinzessin, die ihre Eltern über alles liebten.

Dann begann die glückliche Zeit der Spaziergänge im Victoria Park. John schob den Kinderwagen, in dem das Baby schlief. Manchmal setzten sie sich auf eine Bank am Ufer des kleinen Flüsschens Sow, wo Patricia leicht verschämt ihrer Tochter die Brust gab. Oft machten sie bei der Old Doxey Bridge halt, einer Hängebrücke, in deren Nähe John, der stets sehr aufmerksam war, seiner Liebsten an einem kleinen Stand immer einen Blumenstrauß kaufte.

Wunderbare Jahre des Familienglücks mit seinen vielen kleinen Freuden, solchen, die man eigentlich erst richtig zu schätzen weiß, wenn sie vorbei sind und sich ins Reich unwiederbringlicher Erinnerungen zurückgezogen haben.

Die Jahre vergingen. John trug große Verantwortung für seine Bank und hatte immer weniger Zeit für Frau und Tochter. Die kleine Peggy, die von ihrer Mutter in beiden Sprachen erzogen wurde, englisch und französisch, fragte oft, warum ihr *Dad* nur noch so selten zu Hause sei.

»Er muss leider sehr viel arbeiten, Schätzchen«, seufzte die schöne Pat dann. »Aber heute Abend erzählt er dir die Geschichte von Ali Baba und den vierzig Räubern, das verspreche ich dir.«

Diese Versprechen wurden nur selten gehalten. Wenn John endlich *at home* war, war die Kleine schon lange dem Zauber des Sandmännchens erlegen.

Zwei Jahre, drei Jahre, vier Jahre. Peggy wuchs heran wie eine Blume im Frühling. Sie war blond wie der Weizen, ihre Augen blau wie Kornblumen. Wenn sie plapperte, brachte sie oft die Sprache von Shakespeare und Molière durcheinander.

»Oh, *Dad, I love you* sehr. *Mum, would you like*, dass ich den Tisch decke?«

Daraufhin wurden Regeln eingeführt. Wenn Peggy mit ihrem Vater sprach, sollte sie die Sprache seines Landes sprechen, wenn sie mit der Mutter sprach, die andere. Wenn sie alle drei zusammen wären, wollten sie Englisch sprechen, da sie ja in England lebten.

John Kelly war ein Mann, der sich auffällig kleidete. Jedenfalls im Vergleich zu den anderen Bankern. So trug er manchmal Hemden in leuchtenden Farben – zitronengelb oder bonbonrosa – oder Hip-hop-Hosen, obwohl sie längst nicht mehr in Mode waren. Und dann die Krawatten! Gott, was waren das für Krawatten! Er hatte eine ganze Sammlung mit Walt-Disney-Figuren, Micky, Minnie, Donald, Dagobert und seinen Neffen Tick, Trick und Track. Auf anderen Krawatten im grellsten Violett waren das Ende der Welt, ausbrechende Vulkane und feuerspeiende Drachen zu sehen.

Wenn seine Kunden verblüfft auf diese Bilder starrten, strich er sich über seinen roten Schnauzbart, wurde ein bisschen rot und sagte mit einem feinen Lächeln und in entschuldigendem Ton:

»Was soll man machen? Ich bin noch immer ein großes Kind ... Aber sprechen wir von Ihrem Kredit. Sind Sie mit variablen Zinsen einverstanden, oder wollen Sie lieber ...«

Bis sein Gegenüber reagieren konnte, hatte er schon seine Argumente dargelegt. Beim Unterzeichnen der Verträge grinste Onkel Dagobert auf der Krawatte und öffnete zufrieden seinen Schnabel.

Eines Tages aber fing der Herr Bankdirektor damit an, dezentere Kleider anzuziehen. Graue Dreiteiler, graue Hemden, graue Krawatten ... Sogar seine Miene wurde grau. Was war nur los? Warum passte sich Mr. John Kelly, Direktor der Royal Bank of Scotland in Birmingham, so plötzlich dem tristen Aussehen seiner Kollegen in der Finanzwelt an?

»Geht es dir nicht gut, *Darling*?«

Die schöne Pat begann sich Sorgen zu machen. Ihr Mann verlor den Appetit und schlief schlecht. Er zeigte ihr immer seltener seine Aufmerksamkeit und konnte stundenlang mit offenen Augen in der Dunkelheit des Schlafzimmers liegen, ohne ein Wort zu sagen.

Auch Peggy merkte, dass ihr Vater sich veränderte, und sie fragte oft traurig: »Was hat mein Papa, ist er krank?«

Und wie es aussah, war John Kelly wirklich krank. Seine Seele war krank. Seine schöne Frau beschloss, einen Arzt zurate zu ziehen.

»So geht es nicht weiter, *Darling*. Entweder du lässt dir helfen oder ich fürchte, wir werden uns irgendwann trennen müssen.«

Eine Trennung! Das kam nicht in Frage. John beugte sich dem Ultimatum seiner zarten und sanften Gefährtin. Der Äskulap, zu dem er ging, stellte eine seltene Form der Depression fest, die gründlich behandelt werden müsse. Eine ganze Menge Tabletten, morgens, mittags und abends einzunehmen. Von denen man so richtig abhängig wurde. John sah immer mehr wie ein Zombie aus. Das blieb auch in der Bank nicht unbemerkt. Und der oberste Chef hielt es für notwendig, ihn in sein Büro nach Edinburgh kommen zu lassen. Von dort kam er zurück, noch niedergeschlagener als vorher. Doch diesmal sagte er endlich die Wahrheit.

»Ehrlich gesagt, habe ich diesen Beruf nie gemocht«, gestand er seiner Frau. »Es ist eine Qual für mich, jeden Morgen in die Bank zu gehen und diese Rattengesichter sehen zu müssen. Bitte, lass uns hier weggehen und etwas anderes machen.«

Pat fiel aus allen Wolken. »Du willst aus Stafford weg?«, fragte sie erstaunt.

»Ja, aus Stafford, und sogar aus England. Ich halte es hier nicht mehr aus. Ich muss weiter weg, verstehst du? Ich sehne mich nach Natur, nach Grün, irgendeinem Fleckchen, wo man frei atmen kann.«

»Dann muss ich ja meine Lehrerstelle aufgeben!«

»Bitte!«

Er sah wirklich bejammernswert aus.

»Wenn du nicht mitkommen willst, dann muss ich trotz all meiner Liebe zu dir und unserer kleinen Peggy allein weggehen«, sagte er unglücklich.

»Das kommt gar nicht in Frage. Wir bleiben zusammen«, sagte Pat, ohne zu überlegen.

Und so machten sie sich auf die Suche nach einer Gegend, in der es sich gut leben ließ, in der Dinge wie die sakrosankte Rendite, Kaufkraft, Bilanzen, Gewinne und Umsätze keine Rolle spielten. Wo es sie einfach nicht mehr gab.

»Frankreich!«, rief John plötzlich mit strahlendem Gesicht.

»Frankreich? Und was ist dann mit meiner Arbeit«, sagte seine Frau beunruhigt.

»Ich gebe meine Arbeit ja auch auf. Wollen wir nicht gemeinsam in dieses Abenteuer ziehen, Liebste?«

»Aber was wollen wir da denn machen?«

»Ich habe immer schon davon geträumt, einen Bauernhof zu renovieren. Wir könnten doch eine Pension einrichten, ein *bed and breakfast*, in dem wir Landsleute in den Ferien aufnehmen. Irgendwo tief in der Provinz. Da, wo es Berge gibt und die Luft klar ist wie ein Frühlingsmorgen.«

Er hatte eine Frankreichkarte ausgebreitet.

»Sieh dir diese Berge an, das Zentralmassiv. Höchster Berg ist der Sancy, 1885 Meter. Drumherum nichts als Vulkane. Aber sie brechen nicht aus wie die auf meinen Krawatten.« Er lachte. »Mein Engel, dort werden wir glücklich sein, das spüre ich. Glaubst du mir?«

Sie wollte es gern glauben.

Es ist weltbekannt, dass die Engländer an nichts zweifeln. Niemals. Daher rührt gewiss ihre Kraft.

Also suchten Pat und John im Internet.

Agence Averne.
Clermont-Ferrand. Puy-de-Dôme. Frankreich
Zahlreiche Kaufangebote für die charakteristischen Steinbauten dieser Gegend.
Renovierungsobjekte.
Günstige Zahlungsmöglichkeiten.
Kontaktieren Sie uns!

»Oh, *Dad*! Sieh mal die schönen Kühe auf der Wiese«, rief Peggy aus und zeigte auf den Bildschirm. »Da will ich hin!«

In England sind die Kinder Könige. Ihre Wünsche sind Befehl, keiner wird ihnen widersprechen. Beide Eltern kamen gleichzeitig zu dem Schluss, dass ihre Tochter die richtige Wahl getroffen hatte. Das Foto in ihrem Monitor sah aber auch wirklich sehr reizvoll aus.

»Da will ich hin!«, wiederholte das kleine Mädchen energisch.

Und so wurde es das Dorf Garachou in der Kommune Chabassières, Kanton Montcel, Arrondissement Riom, Departement Puy de Dôme, Frankreich.

Das Haus in Stafford liegt jetzt schon weit hinter ihnen. John kann im Rückspiegel schauen, so viel er will, da ist nur noch die Straße zu sehen, auf beiden Seiten Landhäuser, gepflegte Rasen, sorgfältig nach Farben gepflanzte Frühlingsblumen.

Im Winter waren Patricia und John zum ersten Mal nach Garachou gefahren. Die Gegend kam ihnen etwas trist vor. Und dann war da noch dieser Ferdinand, ein sonderbarer Alter vom Nachbarhof. Der »Indianer«, wie Peggy ihn nennt. Ein komischer Kauz. Im Vereinigten Königreich gibt es solche Leute nicht. Na, man wird sehen. Ein schlechter Kerl ist er wohl nicht, nur ein bisschen verwildert. Man braucht ihn vielleicht nur ein bisschen zu zähmen. So wie es aussieht, hat Peggy ihn schon in die Tasche gesteckt. Und Pat vielleicht auch …

John pfeift ein altes irisches Lied.

»It's a long way to Tipperary, it's a long way to go.«

Die Straße fliegt vorbei.

Die Zukunft gehört ihnen.

12

In den letzten Märztagen hat der Wind gedreht, die welligen Hügel der auvergnatischen Combraille sind mit einer dünnen Schneeschicht bedeckt. In der Ferne ragt in silbrigem Weiß der Puy de Dôme auf, umgeben von seinen Gefährten. Ferdinand hat seinen dicken Winterparka angezogen, um in den Stall zu gehen. Er hat das Federvieh ins Freie gelassen, das sofort in alle Richtungen rennt, als gäbe die neue Kältewelle den Tieren besondere Energie. Nur ein verletztes Küken bleibt hocken und zieht einen Fuß nach.

»Das Kleine wird nicht alt werden«, stellt der alte Bauer fest. Er blickt zum Himmel. Pausbäckige Stratus-Wolken ziehen nach Süden, wie dicke Raupen, die ihren Rücken wölben. Ferdinand stellt sich oft wilde Tiere vor, wenn er die Wolken betrachtet. Manchmal entstehen die erstaunlichsten Wesen.

»Es gibt wieder Schnee«, sagt Ferdinand halblaut. Dann lacht er auf. »Meine Güte, ich führe schon wieder Selbstgespräche. Typisch Junggeselle. Immerhin kann mir keiner widersprechen, was, Gamine?«

Die Hündin reibt sich an seinen Beinen. Sie hat sich längst an die Monologe ihres Herrchens gewöhnt.

Eine Windbö wirbelt vom Boden weiße Spiralen auf. Ferdinand erschauert in der plötzlich eiskalten Luft.

»Schnell in den Stall«, brummt er und zieht die Schultern hoch. In der Wärme des Stalls, in dem es nach Kuhmist und Stroh riecht, geht es ihm gleich besser. Er setzt sich auf den Hocker und beginnt zu melken.

»Da muss ich alter Mann noch so schuften, um drei Franc sechzig zu verdienen!«, schnauft er.

Doch worüber beklagt er sich eigentlich? Hat er nicht sein ganzes Leben getan, wozu er Lust hatte? Andere aus der Gegend haben ihre Höfe verlassen, um in der Fabrik zu arbeiten, bei Michelin in Clermont oder im Stahlwerk von Ancizes. Vielleicht hätte er das auch machen sollen. Dann hätte er eine gesicherte Existenz gehabt und vielleicht sogar seine geliebte Yvette heiraten können.

Yvette …

»Ach, was! Scheißleben!«, schimpft er und Noiresse schreckt auf und stößt fast den Eimer um, der schon zu drei Vierteln voll ist mit Milch.

Und dann denkt Ferdinand an die Familie Kelly, die heute nach Garachou kommen soll. Das ist immerhin mal etwas, woran er gerne denkt.

»Die Englischmänner landen heute!«, ruft er durch den Stall, und dann fängt er an, wie wild zu lachen. Er erinnert sich an die frivolen Sprüche seiner Jugend, als die Jungen, wenn sie unter sich waren, gewagte Witze über Mädchen und ihr Aussehen machten.

»Ich werde die Kleine und ihre hübsche Mama wieder sehen!« Mit einem Mal ist er viel besser gelaunt. Fröhlich kehrt er ins Wohnhaus zurück, einen Eimer in jeder Hand.

»Na, warm werden die es hier nicht haben«, stellt er fest.

Die Decke aus Stratuswolken hängt noch tiefer am Himmel. Die Natur kleidet sich in eintöniges Grau. Die Wolken sind so dicht, dass sie das Licht schlucken und man schon um elf Uhr morgens glaubt, es herrsche Abenddämmerung.

»Ich wette, in weniger als einer Stunde schneit es wieder«, sagt Ferdinand. Er kneift die Augen zusammen und starrt durch die schmutzigen Fenster. Am Ende der Allee sieht er den Vauxhall der Engländer, der sich langsam auf dem weißen Teppich vorwärtsbewegt.

»Ah, da sind sie ja endlich.«

Das kleine Mädchen steigt zuerst aus dem Wagen.

»Wo ist mein Indianer? Wo ist er?«

Ferdinand ist vor die Tür getreten und schon landet sie vor ihm und umschlingt seine Beine. Sie trägt eine apfelgrüne Jacke, ihre blonden Locken schauen aus einer Wollmütze mit zwei kirschroten Bommeln hervor.

»Ich freue mich ja so, dich wiederzusehen!«

Dem alten Mann wird die Kehle ganz eng, als er hört, dass sich das kleine Frauenzimmer nach zwei Monaten Abwesenheit freut, ihn, den alten, knorrigen und manchmal unausstehlichen Ferdinand wiederzusehen. Auch Gamine scheint sich zu freuen und wedelt heftig mit dem Schwanz, während sie um die Ankömmlinge herumspringt.

»*Hello, old fellow!*«, ruft John Kelly.

»*Bonjour*, Ferdinand«, sagt Pat.

Dann küsst ihn die schöne Frau einfach so auf beide Wangen, genau genommen auf seinen Bart. Ferdinand wird ganz verlegen.

Wenn ich das gewusst hätte, hätte ich Eau de Cologne genommen, denkt er verwirrt. Jetzt wird sie glauben, dass ich ein alter Schweinebauer bin, der tagaus, tagein nach Stall und Gülle riecht.

»Heute ist der großer Tag, lieber Nachbar«, sagt John mit feierlicher Miene. »Wir ziehen ein.«

»Na, dann sei mal herzlich willkommen mit deiner kleinen Familie«, antwortet Ferdinand, der nicht so recht weiß, was er sagen soll.

»Der Umzugswagen kommt am Nachmittag«, erklärt Pat und zieht fröstelnd die Schultern hoch. »Ich hoffe, dass der Monteur unsere Heizung inzwischen fertig installiert hat. Es ist ziemlich frisch bei dir, mein lieber Ferdinand.«

»Ja, ja, der Winter hat sein letztes Wort noch nicht gesprochen«, sagt Ferdinand. »Aber macht euch keine Sorgen. Der Bursche aus Rouchon war gestern Abend da. Ihr kommt in ein gut geheiztes Haus.«

Peggy schnappt sich eine seiner Hände und zieht ihn mit aller Kraft am Arm.

»Ich will die Noiresse sehen! Ich will die Noiresse sehen!«, ruft sie und trappelt ungeduldig auf dem gefrorenen Boden. Und während John und Patricia über den Feldweg auf ihr Gehöft zugehen, machen sich Ferdinand und das Mädchen in Gamines Begleitung auf zum Stall.

Meine Güte! Für die Kleine würde ich sogar auf Bäume klettern, wenn sie es verlangte. Ich muss aufpassen, dass ich sie nicht verziehe und nicht zu all ihren verrückten Ideen Ja und Amen sage. Ferdinand schüttelt energisch den Kopf.

Doch in Wahrheit schmilzt er dahin. Als er Peggys Händchen in seiner breiten rauen Hand fühlt, hat er fast Tränen in den Augen.

Abends, als es dunkel wird, steht Peggy schon wieder vor seiner Tür.

»Ferdinand! Ferdinand! *Dad* und *Mum* möchten, dass du zu uns zum Essen kommst.«

Der alte Mann lässt sich eine Weile bitten. Er ist es nicht gewöhnt, zu Abendeinladungen zu gehen. Und außerdem geht er früh schlafen, gleich nachdem er seine Suppe gegessen und sein Stück Käse verspeist hat. Er weicht nur ungern von seinen Gewohnheiten ab.

»Ach, komm, Ferdinand, sei nicht so«, bettelt die Kleine. »Ich find's so schön, wenn du bei uns bist.«

Damit sieht natürlich alles anders aus. Wenn dieser süße kleine Fratz es unbedingt will, dann muss er eben über seinen Schatten springen und mit ihr zum Hof der Bonnichons rüber.

Ich darf die alte Hütte wirklich nicht mehr so nennen, ermahnt er sich. Es ist doch schon seit Jahren nicht mehr Bonnichons Hof. Die alten Bonnichons sehen jetzt schon verdammt lange Zeit die Radieschen von unten.

Hinter Peggy, die vor ihm herhüpft wie ein Zicklein, betritt er das Haus seiner neuen Nachbarn.

»Entschuldige das Durcheinander«, sagt John. »Wir warten noch auf unsere Möbel. Der Wagen hat Verspätung und kommt erst morgen früh.«

»Aber dank Monsieur Rouchon, dem netten Installateur, haben wir eine funkelnagelneue Küche und ein wunderschönes Badezimmer«, fährt Madame Kelly fort. »Willst du es mal sehen?«

Noch nie in seinem Leben hat Ferdinand ein so modernes Bad gesehen. Der Engländer erklärt ihm jedes Detail, nicht ohne Stolz, das muss man sagen.

»Hier – Duschkabine mit getönten Glaswänden bis zum Boden und Hydromassage. Siehst du, mein Freund, an dem Rohr sind sechs Düsen, die man verstellen kann. Genial, oder?«

Seine Frau unterbricht ihn.

»Und die Farbe, Ferdinand, was sagst du zur Farbe? Ist das Rosa auch nicht zu kräftig?«

Ferdinand ist leicht überfordert. Er hat nie ein Badezimmer besessen und er steigt einmal in der Woche in seine alte Zinkwanne. Was soll er da antworten? Aber da zieht Peggy ihn schon am Ärmel und zwingt ihn, ihr zu folgen.

»Ferdinand, Ferdinand, schau mal! *Dad* und *Mum* haben jeder ein Waschbecken und ich hab auch eins, hier an der Seite, für mich ganz allein!«

John erläutert wieder technische Details.

»Rouchon hat mir gesagt, das sind Kunststoffbeschichtungen mit Teak-Dekor. Außerdem ist unter den Becken eine Schublade, die sich selbst schließt. Raffiniert, was?«

»Und die Kacheln? Magst du die Mosaiksteine? Ich finde das Fries sehr hübsch.«

Ferdinand wird ganz schwindelig.

»Kann ich mich setzen?«, fragt er ganz außer Atem.

»Aber natürlich! Oje, wir gehen dir mit unserem Gerede bestimmt auf den Wecker.«

Patricia ist auf ihn zugeeilt und stützt ihn auf dem Weg in die Küche, wo er sich schwer auf einen Stuhl fallen lässt.

»Entschuldigt bitte«, sagt er. »Ich bin einfach ziemlich müde.«

»Wir werden sofort essen«, beruhigt ihn die Engländerin. »Und dann kannst du schlafen gehen. John und ich benehmen uns wie Kinder, die ein neues Spielzeug bekommen haben. Entschuldige bitte!«

Während des Essens – es gibt Gemüsesuppe mit frischen Gemüsen aus dem Supermarkt von Montcel – preist John weiterhin die Vorzüge seiner perfekt ausgestatteten Küche. Ferdinand hört durch das Gesumm in seinen Ohren nur Teile seines begeisterten Vortrags.

»Massive Kiefer … Das sieht sehr landhausmäßig aus, findest du nicht? Aber es ist trotzdem modern … Die Türen und Schubladen haben sogar Stopper.

Himmel, dieser Rouchon hat wirklich gut gearbeitet! *Darling*, wir werden es hier gut haben. Das spüre ich!«

Ferdinand fühlt sich müde. Peggy, die rechts neben ihm sitzt, ist eingeschlafen und hat ihren Kopf an seine Schulter gelehnt. Als er die Locken der Kleinen sieht, glaubt er mitten in einem Weizenfeld zu stehen, über das der Sommerwind streicht.

»Ich glaube, ich mach mich jetzt mal auf den Weg«, sagt er. »Danke für die Suppe.«

Ferdinand steht auf. So behutsam er auch ist, die Kleine wacht durch seine Bewegung doch auf.

»Gehst du schon, Ferdinand?«, murmelt sie.

»Unser Freund ist müde, Schätzchen«, erklärt ihr die Mutter. »Er muss sich erholen wie wir alle.«

»See you soon«, sagt John und reicht ihm die Hand.

Der alte Bauer will zeigen, dass auch er eine Fremdsprache beherrscht.

»A demo!«, sagte er in seinem Dialekt, statt *à demain*. Bis morgen.

Dann geht er hinaus in die Nacht. Ein paar Flocken fallen ihm ins Gesicht. Der Wind hat sich etwas gelegt, aber es ist trotzdem kalt. Frierend öffnet er die Haustür. Gamine liegt nah am Ofen und hebt kurz ihren Kopf, als sie ihn hereinkommen hört.

Er legt zwei neue Buchenscheite ins Feuer und geht dann mit schweren Schritten die Stufen zu seinem Zimmer hinauf. Er hat Schmerzen in der Brust und zittert, als er in sein eiskaltes Bett steigt.

»Bei den Roastbeefs war es wärmer!« Er schließt die Augen und denkt nach. Er wird sich an diese merkwürdigen Engländer gewöhnen müssen.

»Gottohgott! Wenn die Bonnichons sehen könnten, was die aus der alten Hütte gemacht haben!«

Das ist sein letzter Gedanke, bevor er in tiefen Schlaf fällt.

13

Es hat endlich aufgehört zu schneien, doch große milchige Schneeflächen halten sich noch in den Tälern und den Abhängen, auf die kaum Sonne fällt. Dabei scheint sie und wird jeden Tag heller, ihre Strahlen wärmer, ihre Gegenwart spürbarer. Längs der Wege bilden die Weißdornbüsche wie hingetupft weiße Flecken und die Ränder der Wassergräben sind von gelben Primeln übersät. Der Himmel ist weit, der Frühling kündigt seine Rückkehr an.

Noch drei oder vier solche Tage, sagt sich Ferdinand, und die Kühe können wieder auf die Weide. Auch er fühlt sich wieder munter und spürt, wie neue Energie seinen Körper verjüngt. Natürlich wird er nicht über Berg und Tal springen wie früher. Wie damals, als er an einem Tag mit seinem Moped bis nach Bourges gefahren ist. Hin und zurück!

Ich muss ganz schön verrückt gewesen sein, und das alles nur wegen … Er denkt den Gedanken nicht zu Ende.

Mit einer Handbewegung schiebt er die Erinnerung beiseite und geht zu den Käfigen, in denen die Kaninchen sicher schon ungeduldig auf ihr Futter warten. Ein dickes

Weibchen, das kurz vor der Niederkunft steht, drückt ihre rosa Schnauze gegen das Gitter. Ferdinand öffnet den Käfig und wirft ihr eine Handvoll Gras hinein.

»Auf dich werde ich diesmal gut aufpassen«, brummt er. »Beim letzten Mal hast du beinahe deine Jungen gefressen. Das kommt mir nicht wieder vor, oder du landest im Kochtopf!«

Er schließt die Käfigtür und ruft dem erstaunten Kaninchen zu: »Rabenmutter!«

Tiere sind wie Menschen. Auch unter ihnen gibt es Mörder, Gauner, Diebe. Und sogar Menschenfresser wie dieses Kaninchen. Ferdinand erinnert sich, neulich in der Zeitung gelesen zu haben, dass ein Mann einen anderen getötet, ihn wie ein Schwein geschlachtet und in die Kühltruhe gelegt hat. An einem Tag aß er eine Scheibe Menschenschinken. Am nächsten Tag Nieren, dann wieder Hirn. Und so gab es die verschiedensten Menus.

»Nimm dich in Acht, Rabenmutter«, sagt er noch einmal, als er geht.

Jetzt sind die Roastbeefs fast schon drei Wochen da. Als sie ankamen, war in Garachou ganz schön was los. Ein Möbelwagen wurde ausgeladen. Ein riesiger Laster, endlos lang und so breit wie der Weg zum Dorf. Ferdinand fragt sich bis heute, wie der Fahrer es überhaupt geschafft hat, bis zum Weiler zu kommen.

Die kleine Peggy geht jetzt jeden Tag in Chabassières zur Schule. Morgens bringt ihre Mutter sie mit dem Auto hin, und am Nachmittag holt ihr Vater sie ab.

Früher war das anders, denkt Ferdinand. Da musste ich mit dem Bruder und der großen Schwester fünf Kilometer zu Fuß gehen bis zur Schule. Manchmal mussten wir sogar Holzscheite mitschleppen, um den Klassenraum zu heizen. Und außerdem die Umhängetasche mit dem Mittagessen. Oh ja, heute ist es viel einfacher. Die Welt hat sich sehr verändert.

Zum Guten oder zum Schlechten? Das ist eine andere Geschichte …

Am späten Nachmittag hockt Ferdinand am Fenster, Gamine zu seinen Füßen, und wartet auf die Rückkehr des Mädchens. Er wirft einen Blick auf die Uhr. Es ist bald fünf, die Zeit, da der Wagen von John Kelly normalerweise an der Wegbiegung auftaucht, mit Peggy an Bord, die aus der Schule kommt.

Es ist schon komisch, dass er sich in die Kleine so vernarrt hat, dass er jetzt schon am Fenster sitzt und auf sie wartet. Er hatte nie Kinder und doch fühlt er sich wie ihr Großvater! Das ist vermutlich das, was man Ironie des Schicksals nennt.

Wieder sieht er nach der Uhr. Zehn nach fünf. Das ist seltsam. Sonst hat der Roastbeef doch nie Verspätung. Hoffentlich ist nichts passiert.

Ferdinand beschließt, seine schöne Nachbarin zu besuchen, die genau wie er auf das Schulmädchen wartet. Die Eingangstür ist verschlossen.

»Da stimmt was nicht«, sagt er laut. »Die Chefin (so nennt er sie, wenn er allein ist) muss mit ihrem Mann zusammen weggefahren sein.«

Um sich abzulenken, beschließt er, ein paar herumliegende Äste für den Ofen zu sammeln. Auf dem Stein einer alten Mauer liegt eingerollt eine Aspisviper und wärmt sich in der Sonne. Ferdinand hält den Atem an und hebt seinen Spazierstock hoch, um sie auf den Kopf zu schlagen.

Der Stock saust durch die Luft. Die Schlange zittert, einen Moment lang durchzuckt es ihren Leib, dann bleibt sie reglos liegen. Für immer.

»Stell dir vor, Gamine! Dieses böse Tier hätte unsere Peggy beißen können!«

Er packt die giftige Viper am Schwanz und schleudert sie ins Gebüsch. »Schlangen sind teuflische Tiere«, brummt er. »Man muss sie töten, bevor sie noch Unheil anrichten.«

Mit trockenen Reisigzweigen unterm Arm macht Ferdinand sich auf den Weg nach Hause. Immer wieder hält er Ausschau nach dem Wagen der Engländer.

»Die Roastbeefs sind immer noch nicht da!«, ruft er. »Zum Kuckuck noch mal! Das ist wirklich nicht normal. Nicht dass der Kleinen noch etwas zugestoßen ist …«

Zu Hause geht er auf und ab. Auf und ab. Immer wieder. Jede halbe Minute sieht er aus dem Fenster. Bald wird es Abend. Die Dunkelheit siegt und macht dem Tag den Garaus. In einer halben Stunde wird es in Garachou stockfinster sein. Ein mondloser Himmel, von den

Sternen vergessen. Wolken verbergen sie und lassen sich mit ungesunder Feuchtigkeit auf die Erde nieder.

Es ist fünf nach acht, als die Scheinwerfer des Vauxhall den Hof erhellen. Ferdinand, der am Fenster gewartet hat, springt auf und läuft los, um zu erfahren, was geschehen ist.

»Wo ist Peggy?«

»Sie hatte eine akute Blinddarmentzündung«, erwidert Pat beim Aussteigen. Sie sieht müde aus. »Es hat in der Schule angefangen, am frühen Nachmittag. Heute Abend ist sie im Krankenhaus von Riom operiert worden. Jetzt ist hoffentlich alles in Ordnung.«

»Meine Güte, die arme Kleine!«, ruft Ferdinand ganz außer sich. Er stellt sich vor, wie das arme Mädchen ganz allein in seinem Krankenzimmer liegt, mit jeder Menge Schläuche im Arm, so dass es sich kaum noch bewegen kann. Sie werden sie eingeschnürt haben wie einen Rollbraten. Er weiß nur zu gut, was in den Krankenhäusern vorgeht. Er braucht nur an die Zeit zu denken, als seine Mutter öfter dort war, die arme Henrinette, bevor man ihr schließlich das Bein abgenommen hat und sie dann doch gestorben ist.

»Sind Sie wirklich sicher, dass alles in Ordnung ist?«, fragt er aufgeregt. Die Engländer erscheinen ihm weniger besorgt als er selbst.

»Aber natürlich, Ferdinand«, versucht John ihn zu beruhigen. »Eine Blinddarmoperation ist heute eine reine Routineangelegenheit. *Don't worry, my friend.*«

Jetzt fängt er wieder an, seine Roastbeefsprache zu sprechen, denkt der Alte. Ich wette, er macht sich auch Sorgen, sonst würde er französisch sprechen wie jedermann.

»Willst du vielleicht mit uns zu Abend essen?«, fragt John Kelly da, aber Ferdinand schüttelt den Kopf.

»Nein danke, ich habe schon Suppe aufgesetzt.« Eine reine Lüge, denn bisher war er viel zu beunruhigt, um auf die Idee zu kommen, sich ein Abendessen zu kochen.

Er dreht den Roastbeefs den Rücken zu und geht zu sich hinüber.

»Bis morgen«, ruft er über die Schulter, bevor er seine Tür verschließt.

»*Good night*, Ferdinand.«

»Die mit ihrem Gudneit!« Ferdinand zuckt die Achseln. »Sie hätten besser die Nacht bei ihrer Kleinen verbracht. Findest du nicht auch, Gamine?«

Die Hündin nickt mit dem Kopf.

»Du verstehst alles, was ich sage, meine Gute, was«, meint er dankbar. Dann denkt er einen Moment nach.

Morgen nehme ich auf jeden Fall mein Moped und besuche die Kleine in Riom im Krankenhaus. Also wirklich, Sachen gibt's!

Sein Moped! Auf dem er seit Wochen nicht mehr gefahren ist.

Er erinnert sich noch gut an seine längste Tour.

14

Es war im Juni, im Jahr nach Henrinettes Tod. Er hatte sich mit seinem Bruder gestritten. Oder besser gesagt, Félicien hatte ihn mit Vorwürfen überschüttet.

Verflixt! Sein älterer Bruder war wirklich alles andere als einfach. Ein mieser Charakter, genau wie die Mutter. Alle sollten nach seiner Pfeife tanzen. »Wer hat hier das Sagen?«, schrie er immer. »Ich werde bald ganz andere Saiten aufziehen, du Nichtsnutz!«

An diesem denkwürdigen Tag hatte Ferdinand, wenn er sich recht erinnert, die Verschleißkante an der Schaufel des Frontladers zerbrochen. Er hatte einen dicken Stein übersehen und war darübergefahren. Félicien hatte ihn mit tausend Flüchen überhäuft und beschimpft. Hornochse! Esel! Idiot! Dummkopf! Ferdinand hatte die Fäuste geballt, bereit, sich mit dem großen Bruder zu prügeln. Aber dann zog er es vor, gar nicht zu reagieren. Mit gesenktem Kopf war er in die Scheune gegangen, auf sein Moped gestiegen und nach Montcel gefahren, in die Kantonshauptstadt mit dem Geschäft für Landmaschinen.

»Ich hab das Teil nicht, Ferdinand, tut mir leid. Ich kann es bestellen, aber das dauert acht Tage«, hatte der Händler bedauernd gesagt.

Acht Tage, das kam überhaupt nicht in die Tüte! »Dann kaufe ich es eben beim Großhändler.«

»Was? Willst du bis Montluçon fahren? Mit dem Moped?«

»Warum denn nicht? So weit ist das doch nicht.«

Ferdinand sprang auf sein Moped und fuhr Richtung Departement Allier über Saint-Eloy-les-Mines und Montaigut-en-Combraille. Dann nach Néris-les-Bains. Es war schönes Wetter und Ferdinand fühlte sich von einer Last befreit. Der Fuchtel des Bruders entkommen, der nicht ertrug, dass er etwas auf eigene Faust unternahm. Aber das war ihm egal! Heute hatte er ihn nicht nach seiner Meinung gefragt. Auf den Wiesen, die an ihm vorbeizogen, weideten Kühe, die ganz anders aussahen als die vom Hof. »Das sind Bourbonnais-Kühe, andere gibt es hier nicht. Schöne Tiere, aber meine Charolais sind mir lieber!«

In Montluçon machte er halt, um zu tanken. Gleichzeitig fragte er nach dem Weg.

»Sie haben Glück«, antwortete der Tankwart. »Der Großhändler für Landwirtschaftsmaschinen ist keine fünfhundert Meter von hier entfernt. Sie können ihn gar nicht verfehlen.«

Der junge Mann, der an der Tankstelle half, sah ihn mit weit aufgerissenen Augen an, und Ferdinand sagte sich, dass er mit seinem langen Bart unter dem Helm wohl aussah wie ein Außerirdischer. Der Junge hatte einen wie ihn wohl noch nie gesehen und würde sich erst am Abend wieder einkriegen. Vielleicht würde er sich auch nie mehr einkriegen.

Dann saß Ferdinand wieder auf seiner Maschine. Der Tankwart hatte sich nicht geirrt, der Großhändler war da, ganz in der Nähe. Er stand gerade bei seinen brandneuen Traktoren auf dem Parkplatz. Einen Moment bewunderte der Bauer die glänzenden Maschinen und dachte bedauernd, dass sie nicht lange so sauber bleiben würden, wenn sie erst mal durch Radspuren und Felder gefahren wären.

»Ich habe Ihr Ersatzteil«, sagte der Verkäufer. »Wollen Sie es auf dem Gepäckträger transportieren?«

Ferdinand hätte beinahe geantwortet, dass es ja wohl kaum in seine Tasche passe, aber er verkniff sich die Bemerkung.

»Dann müssen wir es gut befestigen«, sagte der Mann und holte einen Befestigungsgurt.

Kurze Zeit später ging es zurück. An einer Kreuzung aber fuhr Ferdinand in die falsche Richtung. Er merkte es zu spät. Auf dem Schild stand: Bourges 85 km.

»Na, das ist ja gar nicht so weit! Ich kenne Bourges noch gar nicht, vielleicht kein Fehler, mal hinzufahren und sich anzusehen, wie es da ist. Ich bin gar nicht so wild darauf, Félicien allzu schnell wiederzusehen. Soll er ruhig warten, und wenn ihm das nicht passt, ist es mir auch egal.«

Ferdinand tuckerte also langsam die Landstraße entlang und nahm sich Zeit, die Landschaft zu betrachten. Hinter einem Dorf namens Meaulnes folgte die Straße einem Fluss. Auf einem Schild konnte er lesen, dass es sich um den Cher handelte. Da fiel ihm wieder der Geographieunterricht ein, als er in Chabassières zur Schule gegangen war. Der Lehrer trichterte den Schülern die Nebenflüsse der Loire ein, indem er ihnen mit dem Stock auf die Finger und ihre wenig aufnahmebereiten Köpfe schlug. »Der Cher, ihr Dummköpfe, fließt in die Loire, nicht in die Seine!«

Ferdinand erinnerte sich ganz genau daran! Jetzt hielt er bei einer Brücke an, um ins Wasser zu sehen. Der Fluss floss ruhig und gleichmäßig dahin, hier und da gab es kleine Inseln, bestanden von Weiden und Birken, in deren Schatten sich ein paar Erpel tummelten. Am gegenüberliegenden Ufer sah er einen Reiher. »Hier in der Gegend muss es Fisch geben«, folgerte er.

Er fuhr durch Saint-Amand-Montrond. Bourges war jetzt nur noch vierzig Kilometer entfernt und es war zwei Uhr nachmittags. Allmählich bekam er Hunger. In einem kleinen Ort namens Bruère-Allichamps stellte er sein Moped vor einer Bäckerei ab und kaufte sich zwei Croissants, eins davon mit Schokolade, und ließ sich die Hörnchen in der Sonne schmecken, bevor er sich wieder auf den Weg machte. Wenn Félicien mich jetzt sehen könnte, würde er sich vor Wut die Haare ausreißen und seine Mütze essen!, dachte er und jubelte innerlich über den schönen Jux, den er sich gerade machte.

Irgendwann tauchte Bourges am Ende einer langen geraden Platanenallee auf. Es herrschte dichter Verkehr und ungeduldige Autofahrer hupten ihn mehrmals an. Gewissenhaft folgte Ferdinand den Hinweisschildern: Kathedrale Saint-Étienne, Meisterwerk gotischer Architektur, Palais Jacques-Cœur, Musée des Arts décoratifs. Über leicht ansteigende Straßen erreichte das Moped langsam, aber sicher ein altes Viertel mit Fachwerkhäusern.

»Die sind ja schön!«, rief er aus.

Auf einem Schild las er: »Rue Bourbonnoux«. Etwas weiter entfernt lag ein Park, von dem aus man eine Art Kloster oder Kapelle sah. Er stellte sein Moped an einen Baum und öffnete seinen Hosenlatz, um zu pinkeln.

»He! Sie schämen sich wohl gar nicht, was?!«, donnerte eine Frauenstimme. »Wir sind hier bei anständigen Leuten. Für so was gibt's Toiletten, wo sind Sie denn aufgewachsen?«

Die Alte sah ihn so empört an, als hätte er gerade Vater und Mutter umgebracht. Also packte er seine *bijoux de famille* wieder ein und hielt Ausschau nach einer »Pinkelbude«, wie sie das in Chabassières nannten.

»So ist das also in der Stadt. Ach Gott! Bei uns auf dem Land kann man pissen, wo man will, ohne ausgeschimpft zu werden.« Verwundert stieg Ferdinand wieder auf sein Moped und fuhr durch eine enge Gasse. Am Ende stand er plötzlich einem Auto gegenüber, das ihm den Weg versperrte.

»He, Cowboy, hast du nicht gesehen, dass das eine Einbahnstraße ist? Steig vom Pferd und lern erst mal die Verkehrsregeln!«, schnauzte ihn der Fahrer an.

Verunsichert stellte Ferdinand einen Fuß auf die Straße und schob sein Moped über den Bürgersteig. Ein

Stückchen weiter oben war eine Terrassencafé mit jungen Leuten. Als er vorbeikam, begannen sie laut zu kichern.

Was sind das bloß für Verrückte hier in der Stadt, dachte Ferdinand, der nicht aufhörte, sich zu wundern. Na ja, ich wollte Bourges mal kennenlernen, aber mein Leben will ich hier nicht verbringen. Man kann nicht pinkeln, wo man will, durch manche Straßen darf man nicht fahren, und dann trifft man noch komische Leute, die einen auslachen. Das ist ja vielleicht ein Laden hier.

Er beschloss zurückzufahren. Aber wie sollte er den Weg finden in dem Gewirr der Gassen, die nirgendwo hinführten? Er schob sein Moped weiter und sah sich suchend um. An einer Straßenecke sprach ihn eine Frau mit platinblonden Haaren und wild geschminktem Gesicht an.

»Na, Schatzi, wie wär's?« Sie öffnete ihren Ausschnitt und zeigte zwei üppige Brüste. »Ich kann dir noch mehr zeigen, wenn du willst. Du wirst es nicht bereuen, nun komm schon …«

Ferdinand spürte, wie er bis unter die Haarwurzeln rot wurde, und nahm Reißaus, während die Hure laut und anzüglich lachte.

Schnell weg hier! Der Stadt den Rücken kehren, in der er nur unerfreuliche Dinge erlebt hatte. Ferdinand stieg auf sein Moped und fuhr – Einbahnstraße oder nicht – über den Asphalt den Hügel hinunter, bis er auf eine große Kreuzung mit dreifarbigen Ampeln und vielen Schildern stieß. Auf einem war Montluçon angezeigt.

»Das ist der richtige Weg!«, rief er aus. »Jetzt darf ich mich aber nicht mehr verfahren.« Da erkannte er auch schon die lange gerade Allee, über die er auf dem Hinweg gekommen war.

»Uff! Endlich komme ich aus dieser Hölle raus«, seufzte er erleichtert und schwor sich, dass er nie mehr einen Fuß nach Bourges setzen würde.

Die Junisonne brannte erbarmungslos. Ferdinand wurde ganz heiß unter seinem Helm und er spürte, wie ihm im Nacken der Schweiß hinunterlief. Verflucht! Er hatte nichts anderes gegessen als zwei Croissants. Das war ein bisschen wenig für einen Mann, der normalerweise ordentliche Teller voll aß. Außerdem hatte er höllischen Durst. Als er es nicht mehr aushielt, machte er in einem Dorf namens Noirlac halt. Am Dorfeingang sah er ein auffälliges Schild mit der Aufschrift: »Besuchen Sie die Zisterzienserabtei, das Wunder des Berry.«

»Das ist ja alles schön und gut«, sagte er, »aber ich muss jetzt was essen, zum Teufel!«

In einer Bäckerei kaufte er sich ein Schinkenbaguette und trank auf der Terrasse eines Bistros ein Bier. Fürs Erste war sein Hunger gestillt, und als es vom Kirchturm fünf Uhr schlug, fuhr er weiter.

»Los, Titine, wir sind noch nicht zu Hause und haben noch einen weiten Weg!«

Die Straße zog sich hin. Ferdinand spürte Müdigkeit in seinen Gliedern. Seit wann fuhr er schon? War es nicht ein bisschen anmaßend gewesen, sich auf eine solche Tour einzulassen? Er wartete jetzt immer ungeduldiger auf jedes Schild. Ainay-le-Vieil, Urçay, Meaulne, wo er einen letzten Blick auf den Cher warf. Etwas weiter konnte er auf einem Schild lesen: *»In fünf Kilometern Épineuil-le-Fleuriel, das Schulhaus des Grand Meaulnes.«*

»Wer ist bloß dieser Grand Meaulnes?«, fragte er sich laut.

In diesem Moment gab sein Moped ein paar gurgelnde Geräusche von sich, dann ging der Motor aus und er konnte keinen Meter mehr fahren.

»So ein Mist! Jetzt hab ich kein Benzin mehr. Da sitze ich aber schön in der Tinte, zum Kuckuck!«

Die einzige Lösung war, das Moped zu schieben. An einem Meilenstein las er, dass es noch drei Kilometer bis Vallon-en-Sully waren. Vielleicht fand er am Ortseingang eine Tankstelle.

Ein paar hundert Meter lief er so, schnaufend und außer Atem wie ein Schwerarbeiter. Manchmal fuhren die überholenden Autos dicht an ihm vorbei, und in dem heftigen Luftzug verlor er fast das Gleichgewicht. Dann kam ein Traktor vorbei, an dessen Steuer ein Bauer saß.

»Na, mein Freund, hatten Sie eine Panne?«

»Kein Benzin mehr, deshalb schiebe ich.«

»Das sehe ich, dass Sie schieben. Kommen Sie, ich helfe Ihnen.« Der Bauer kletterte von seinem Sitz und hievte gemeinsam mit Ferdinand das Moped auf den Anhänger.

»Mein Hof liegt drei Minuten von hier. In der Garage habe ich immer einen Benzinkanister. Man muss sich im

Leben gegenseitig helfen, stimmt's? Also, setzen Sie sich neben mich.«

Der Bauer rollte das R und hatte eine heisere Stimme.

»Wo geht's denn hin?«, fragte er, während er den ersten Gang einlegte.

»Nach Hause, in die Auvergne.«

»Oh Mann, das ist ja ganz schön weit. Sie sind aber mutig!«

»Und Sie sind sehr nett, danke für die Hilfe.«

Ferdinand zögerte einen Augenblick, dann überwand er sich: »Ich wette, Sie haben gemerkt, dass ich auch Bauer bin.«

»Bauer? Sie sind auch Bauer?« Der Mann lachte breit. »Na, dann schlag ein, mein Freund!«

Auf dem Hof tranken sie erst mal eine Flasche Rotwein. Auf einem Bein kann man nicht stehen, im Berry fährt man nicht weg, ohne ordentlich gebechert zu haben. Eine zweite Flasche musste her. Jetzt duzten sie sich, als würden sie sich seit jeher kennen.

Ferdinand schwankte wie ein Schiff im Hafen, als er wieder losfuhr. Doch sein Moped wusste den Weg von allein und wie sein Herrchen war es bis obenhin abgefüllt.

Montluçon. Néris-les-Bains, Montaigut-en-Combraille. Saint-Éloy-les-Mines. Menat. Ferdinand näherte sich seinem Heimatort. Zum Glück, denn bald war es dunkel, obwohl es im Juni lange hell ist, und Ferdinand wusste, dass die Birne im Scheinwerfer kaputt war.

Dass mich bloß die Polizei nicht anhält!, dachte er immer, wenn die Straße gerade verlief. Aber der liebe

Gott war an jenem Tag auf seiner Seite und kein Gesetzeshüter ließ sich blicken.

Am Ortsausgang von Chabassières hielt Ferdinand noch einmal an, um das Übermaß, das er am Nachmittag mit seinem neuen Freund im Berry genossen hatte, wieder rauszulassen. Dann schlug er den Weg nach Garachou ein.

»Ah, das tut gut, wieder zu Hause zu sein, findest du nicht, Titine?« Er klopfte mit der Handfläche auf sein Moped, wie man es bei einem braven Tier macht, das sein Arbeit fleißig getan hat.

»Verflucht und zugenäht!«, rief er plötzlich.

Das Ersatzteil war nicht mehr auf dem Gepäckträger!

Ferdinand hatte es unterwegs verloren und nichts gemerkt. Da hing nur ein ärmlicher Befestigungsgummi herum, und es war noch ein Glück, dass der sich nicht im Hinterrad verheddert hatte.

Ohnmächtig vor Wut stampfte Ferdinand mit dem Fuß auf. Beinahe wären ihm die Tränen gekommen.

Da wird der Bruder ganz schön sauer sein, dachte er. Wahrscheinlich kriegt er einen cholerischen Anfall. Du wirst was erleben, armer Ferdinand. Aber du hast es auch nicht besser verdient. Warum fährst du auch so viele Kilometer und kommst am Ende mit nichts zurück!

Mit kummervoller Miene tuckerte er langsam bis zur Hofeinfahrt. Hier gab das Moped ein letztes Gurgeln von sich und der Motor erstarb.

Titine hatte wieder kein Benzin mehr.

»Was fällt dir ein, so spät erst nach Hause zu kommen!«, rief Félicien mit Donnerstimme.

Man musste kein Prophet sein, um zu wissen, dass es gleich Vorwürfe hageln würde …

15

An diesem Nachmittag fährt Ferdinand wieder mit dem Moped los. Es ist eine ganz schöne Strecke bis Riom, wo das örtlichen Krankenhaus liegt, in dem die kleine Peggy am Blinddarm operiert worden ist.

»Na, so weit wie nach Bourges ist es nicht«, sagt er.

»Bourges!«, wiederholt er auf dem Weg, der ihn zur Landstraße bringt. Diese verdammte Verschleißkante, die nie wieder aufgetaucht ist! »Irgendwer wird sie schon gefunden haben, aber da kann man nichts machen …«

Ferdinand führt seine Selbstgespräche, aber er ist nicht der Erste unter der Sonne. Wenn man allein lebt, geschieht das oft. Bäume, Mauern und der Himmel widersprechen einem nicht. Das ist ein großer Luxus. Das egoistische Vergnügen eines alten Zottelbären, der keinen hat, mit dem er reden kann.

Es ist ein strahlender Frühlingstag. Überall auf den Hügeln scheint die Sonne. Die Tannen schmücken sich und bilden an den Astenden kleine zartgrüne Spitzen. Unter dem porzellanblauen Himmel herrscht gleißende Helligkeit, und es leuchtet so sehr, dass man die Augen zusammenkneifen muss.

Ferdinand macht einen Moment halt, um die Erde zu benetzen. Vor seinem Moped flattert ein Zitronenfalter über frisch aufgeblühten Primeln. Der alte Bauer, der ein Dichter ist, ohne es zu wissen, stellt sich vor, dass der Schmetterling eine Blume mit Flügeln ist. Er hat den Helm abgenommen. So kann er das Singen der Meisen und das Kreischen der Elstern im zarten Grün der Bäume besser hören.

»Wie schön wäre es, wenn die Kleine jetzt hier sein könnte!« Ferdinand hebt den Kopf. In der Ferne überragt der majestätische Puy de Dôme die Reihe der schlafenden Vulkane.

»Schon komisch, wenn die alle eines Tages wieder aufwachen würden. Das gäbe ein schönes Feuerwerk, oh ja. Und wir säßen in der ersten Reihe, ohne für das Schauspiel zahlen zu müssen.«

Dann fällt ihm auf, dass er schon wieder Selbstgespräche führt, und er ermahnt sich:

»Verflixt, Ferdinand, du redest schon wieder mit dir! Du wirst ja immer sonderlicher, je älter du wirst! Jetzt halt den Mund, sonst sperren sie dich noch in der Klapse ein.«

In der Nähe fährt ein Auto vorbei. Er erkennt Monsieur Trassoudaine, den Lehrer von der Schule in Chabassières.

»Ah, heute ist doch Mittwoch und keine Schule. Ich wette, Trassoudaine fährt auch ins Krankenhaus, um Peggy zu besuchen. Schließlich ist sie seine Schülerin.«

Mit dieser Gewissheit setzt Ferdinand den Helm wieder auf und steigt auf seine Maschine.

Die Straße führt in Serpentinen hinunter nach Châtel-Guyon. In der Gegenrichtung fährt gerade eine Schar trainierender Radler den Berg hinauf. Manche winken ihm zu, aber Ferdinand traut sich nicht, die Hand vom Lenker zu lösen. Das fehlte noch, dass er auf die Straße fällt! Er ist nicht mehr so sicher auf dem Moped wie noch vor ein paar Jahren. Wie zum Beispiel damals, als er nach Bourges gefahren ist.

»Verfluchtes Borges!«, ruft er, während er von der Gegenseite jede Menge Kommentare zu hören kriegt. Im Vorbeifahren schnappt er nur Satzfetzen auf:

»Schneller, Opa! Halt den Kopf nach unten, dann siehst du wie ein Rennfahrer aus!«

»Gib Gas, Alter!«

»Hast du überhaupt einen Führerschein für deinen Feuerstuhl?«

Ferdinand schnaubt durch die Nase.

»Kein Respekt mehr vor dem Alter«, schimpft er vor sich hin. »Aber die werden schon sehen, wenn sie mal so alt sind wie ich!«

Châtel-Guyon, das auf dem Weg liegt, wird von einem Kalvarienberg mit einem Kreuz überragt. Ferdinand nimmt die Straße, die rechts am Casino und an den Thermen vorbeiführt. Die diesjährigen Kurgäste sind noch nicht da, es herrscht Ruhe in dem Viertel. Nur ein paar Neugierige und Hausfrauen mit Einkaufstaschen am Ellenbogen gehen über den Bürgersteig.

Hinter dem Kurort fährt Ferdinand die lange abschüssige Straße Richtung Riom hinunter. Die Ebene der Limagne liegt in der Sonne. In der Ferne die Bergkette des Livradois und des Forez vor dem wolkenlosen blauen Himmelsgewölbe.

An einem großen Kreisverkehr steht das Ortsschild »Riom-le-Beau«. So steht es auch im Prospekt des Verkehrsamts. Sie haben wahrscheinlich Recht. Vielleicht ist die Stadt wirklich schön. Man darf sich seine Meinung nicht anhand des Gewerbegebiets bilden, das die Stadt nicht im besten Licht erscheinen lässt. Aber Ferdinand ist ja nicht hier, um sich mit Fragen der Ästhetik zu beschäftigen. Er will auf schnellstem Weg das Krankenhaus erreichen und sein Moped auf einem Parkplatz abstellen, der ganz in der Nähe liegt. Er möchte nicht, dass es ihm gestohlen wird, während er Peggy besucht.

Der Eingang zur Notaufnahme sieht immer noch so aus wie damals, als Henrinette, »seine arme Mutter«, dort aufgenommen wurde. Er erkennt die kurze Allee, die zu dem Glaskasten führt, an dem die Krankenwagen halten. Rechts liegt das Verwaltungsgebäude. Er geht hinein, um die Zimmernummer des Mädchens zu erfahren.

Nummer 37, dritte Etage links, wenn Sie aus dem Aufzug kommen.

Einen Augenblick hat er Lust, die Frau am Empfang zu fragen, ob sie ein Foto von ihm haben will. So neugierig hat sie ihn inspiziert von Kopf bis Fuß. Ach ja, er hat vergessen, den Helm abzunehmen. Um sie zu erschrecken, zeigt er ihr sein breites Zahnlücken-Grinsen und bemerkt, dass sie ganz fasziniert ist.

Die wird mich so schnell nicht vergessen, denkt er, als er das Büro verlässt.

Der Aufzug … Ferdinand mochte noch nie Aufzüge. Die wenigen Male, die er einen benutzen musste, waren alles andere als angenehm. Zum Beispiel als er sich vertan und auf -2 gedrückt hatte und dann nicht in der zweiten Etage ankam, wo seine Mutter lag, sondern im Keller, und zwar in der Leichenhalle.

Aber was würde er für Peggy nicht tun?

Langsam geht er auf den Aufzug zu. Eine raffiniert gekleidete Dame mit einem Faltenröckchen und einem engen Oberteil will ihn gerade betreten. Ferdinand trottet ein wenig verlegen hinter ihr her, als die Zimperliese sich plötzlich umdreht, ihn mit angewidertem Gesicht zur Seite stößt und eilig die Kabine verlässt. Bevor sich die Tür schließt, hört er sie noch sagen:

»Also so was! Das ist ja widerlich! Da nehme ich lieber die Treppe!«

Sie spricht von dir, Ferdinand, sagt er sich, dabei hast du ihr gar nichts getan. Sie kommt wohl aus der Stadt und ist allergisch gegen ein bisschen Landgeruch. Manche Leute stellen sich wirklich an, du meine Güte …

Das Rucken des Aufzugs unterbricht seine bitteren Gedanken, und die Aufzugtüren öffnen sich zur dritten Etage.

»Beim Herausgehen links«, hat die Dame am Empfang gesagt.

Ferdinand geht den Flur entlang und liest aufmerksam die Zimmernummern: 32 … 33 … 35 … 37!

Hier ist es.

Klopf, klopf, klopf. Patricia öffnet ihm die Tür und gibt ihm zwei laute Schmatzer auf das Gestrüpp seines Bartes.

»Ach, guten Tag, Ferdinand! Das ist aber nett, dass du kommst.«

»Hallo Indianer!«, ruft ein dünnes Stimmchen unter einer Decke hervor. Die Kleine ist ganz blass. Ihre blonden Haare sind schweißnass und kringeln sich auf der Stirn.

»Guten Tag, Monsieur«, sagt eine ernste Stimme hinter ihm.

Ferdinand erschrickt. Er hat den Lehrer nicht gesehen, der auch da ist und hinter der offenen Tür steht.

»Kennst du Monsieur Trassoudaine, Peggys Lehrer?«, fragt Pat Kelly. »Es ist so nett von ihm, dass er vorbeigekommen ist, um nach seiner Schülerin zu sehen.«

»Guten Tag, Monsieur le Professeur«, sagt Ferdinand höflich und hält seinen Helm dicht an die Brust gepresst. Dann legt er ihn auf einen Stuhl und fährt fort: »Ich habe Sie eben im Auto vorbeifahren sehen. Ich war mir sicher, dass auch Sie Peggy besuchen wollten.«

Das kleine Mädchen, das erst vor kurzem operiert worden ist, liegt erschöpft in den Kissen und kann kaum die Augen offen halten. Auf ihrem Bett liegen lauter Kinderzeichnungen der Schüler aus Chabassières. Der Lehrer hat sie mitgebracht und der kleinen Kranken geschenkt. Ferdinand sieht darauf Blumen in allen Farben, einen Regenbogen, Bäume, eine Katze, zwei Mäuse,

Kaninchen. Unter jedem Bild steht ein Vorname in krakeliger Schrift, manchmal auch ein paar Worte.

Für Peggy, damit sie schnell gesund wird.
Für meine englische Freundin mit vielen Küsschen xxx.
Komm bald wieder.
Wir haben Sehnsucht nach Dir.
Es war so lustig mit Dir. Du fehlst uns.

Ferdinand bemüht sich zu lächeln und verbirgt sein Lächeln hinter seiner Riesenhand.

»Sieh mal an«, sagt er, »die haben dich nicht vergessen in der Schule.« Dann fährt er fort: »Gamine lässt dich grüßen. Und die Noiresse auch. Sie macht sich Sorgen um deine Gesundheit. Aber heute Abend erzähle ich ihr, dass ich dich gesehen habe und dass es dir jetzt besser geht.«

»Sag ihr vor allem, dass ich bald komme und sie melke.«

»Das sage ich ihr bestimmt.«

Das Mädchen schließt die Augen, ihre Lider sind zu schwer. In diesem Moment verabschiedet sich der Lehrer diskret und verschwindet geräuschlos. Ferdinand ist mit Patricia allein, die ihm leise anvertraut:

»Wir hatten große Angst. Die Operation war wohl doch schwieriger als gedacht. Aber jetzt wird alles gut.«

»Das hoffe ich.«

Als Ferdinand fortgeht, begegnet er im Flur John Kelly, der gerade aus der Unterpräfektur kommt, wo er Verwaltungsdinge regeln musste.

»Danke, dass du gekommen bist, lieber Freund«, sagt er. »*My God!* Wir haben uns *very* große Sorgen um unseren kleinen Engel gemacht, weißt du? Sie hatte auch noch eine Bauchfellentzündung, damit ist nicht zu spaßen.«

Mit hängenden Schultern geht der Engländer Richtung Krankenzimmer, während sich Ferdinand zum Aufzug bewegt. Die fein angezogene Dame, die ihn so herablassend behandelt hatte, steht davor.

»Schon wieder der!«, ruft sie. Sie erstarrt unter ihrem Gesichtspuder und wird grün wie ein Apfel.

Ferdinand bleibt mitten im Flur stehen. Der Kummer überkommt ihn wie eine große Welle und sein Magen schmerzt. Er hätte gute Lust zu weinen.

16

Es ist so weit. Jetzt ist wirklich Frühling. Die Combraille leuchtet in der Sonne. Die Erde ist fast ohnmächtig von der ersten Wärme, sie dampft und riecht wunderbar. Am odysseeblauen Himmel ziehen ein paar Wölkchen zart wie Seidenflocken. In den Zweigen hört man die Liebesgesänge der Vögel. Überall steigen die Säfte.

Ferdinand hat die Kühe wieder auf die Weide gelassen. Sie kauen friedlich ihr Gras und verjagen mit schnellen Schwanzschlägen die Fliegen. Gaillarde darf jetzt dasselbe fressen wie ihre Schwestern. Es gibt keinen Grund mehr, sie allein im Stall zu lassen. Dasselbe gilt für Noiresse, Peggys Lieblingskuh.

Peggy ist inzwischen wieder zu Hause, aber es wird noch lange dauern, bis sie sich erholt hat. Sie geht noch nicht wieder nach Chabassières in die Schule. Eine Bauchfellentzündung ist keine Bagatelle. Es ist auf jeden Fall viel schlimmer als eine einfache Blinddarmoperation.

Ferdinand besucht seine kleine Freundin zweimal am Tag. Morgens gegen zehn, und abends, wenn er mit dem Melken fertig ist, geht er rüber zum Hof der Bonnichons. Er bringt immer eine Aluminiumkanne mit warmer Kuhmilch mit.

»Hier, meine Kleine«, sagte er, »die gute Milch von Noiresse. Sie lässt dich schön grüßen und hofft, dass du sie bald besuchen kommst.«

»Hat sie dir das gesagt?«

»Natürlich!«

»Du machst dich über mich lustig, mein Indianer, eine Kuh kann doch nicht sprechen!«

Die Kleine hat Mühe, sich von der Krankheit zu erholen. Es scheint gar nicht besser zu werden. Wenn Ferdinand auf dem Nachhauseweg den Hof überquert, geht ihm immer derselbe Satz durch den Kopf: »Sie ist weiß wie Milchmannscheiße.«

Tatsächlich sind die Wangen des Mädchens erschrekkend blass. Das ist umso verstörender, als sie aussahen wie Rosenblüten, bevor sie ins Krankenhaus kam.

»Hoffentlich hat sie sich im Krankenhaus nicht etwas Schlimmes geholt. Da kriegt man ja alles ab, was herumfliegt. Man geht gesund hin und kommt mit einer kranken Leber oder Milz zurück.«

Ferdinand muss an seine arme Mutter denken. Manchmal kommt man sogar in einer Holzkiste aus der Klinik.

John und Pat Kelly wollen es zwar nicht zeigen, aber auch sie sind sehr besorgt. John erledigt die letzten Arbeiten am Haus, damit es so bald wie möglich alle Voraussetzungen erfüllt, um sich »Chambre et table d'hôte« nennen zu dürfen. Der Engländer wirkt noch hagerer als sonst. Wahrscheinlich isst er kaum noch etwas. Seine Frau Pat benutzt Unmengen Creme und Puder, und doch haben sich um die Augen herum kleine Falten gebildet und ihr Lächeln ist traurig geworden.

»Ach, mein lieber Ferdinand«, sagt sie, als er morgens wieder vorbeigeschaut hat und gerade nach Hause gehen will. »Wenn du wüsstest, wie schwer es manchmal ist, Mutter zu sein.«

Ihre meerblauen Augen sind plötzlich feucht. Ein Schleier legt sich über die Netzhaut und dann läuft ihr eine Träne über die Wange.

Der alte Bauer versucht sie zu beruhigen: »Mach dir nicht solche Sorgen. Mit dem schönen Wetter und der guten Luft der Auvergne wird Peggy bald wieder gesund.«

»Ich hoffe, du hast Recht, mein Freund.«

An diesem Morgen sagt sich Ferdinand, dass jetzt etwas passieren muss. Er hat schon die ganze Nacht über das Problem nachgedacht. In der Abstellkammer stehen mehrere Gläser, gefüllt mit Kräutern, die seine Mutter sammelte und zum Kochen und zur Behandlung kleiner Wehwehchen benutzte. Die Etiketten sind verschimmelt, aber man kann doch noch lesen, was darauf steht: wilder Majoran, Wiesenschafgarbe, Fenchel, Hagebutten, Chicorée, Brennnessel, Johanniskraut. Um das Regal haben Spinnen ein dichtes Netz gewebt, in dem er hängen bleibt und flucht.

»Verdammt noch mal! Ich war wirklich lange nicht mehr in diesem Durcheinander!«

Sein ganzer Bart ist voller Spinnfäden.

»Es müsste mit dem Teufel zugehen, wenn ich hier nichts finde, das die Kleine gesund macht. Das ist auf jeden Fall besser als der ganze Chemiekram, den sie ihr geben.«

Er setzt seine Erkundungen fort, verschiebt die mit einer dicken Staubschicht bedeckten Kartons, leeren Dosen, halbvollen Flaschen mit Obstwasser. »Birne 1948«, »Pflaumen 1951«, »Trester«.

»Was hat uns die Mutter als Kindern bloß immer gegeben, um uns am Ende des Winters wieder aufzupäppeln?«

Ferdinand runzelt die Brauen, bei ihm ein eindeutiger Hinweis, dass er angestrengt nachdenkt.

»Chinarinde!«, ruft er plötzlich. Ja das war's, Chinarinde mit Wein gemischt.

Er kratzt sich den Kopf durch seine Mütze.

»Bist du verrückt, Ferdinand? Du kannst die Kleine doch keinen Wein trinken lassen!«

Er streckt eine Hand nach dem oberen Regal aus und wirft fast ein Glas Kirschen in Obstwasser um. Aber da stehen auch noch andere Behälter. Da er sie nicht erreichen kann, geht er in die Küche, holt einen Stuhl und klettert hinauf. Er kneift die Augen zusammen, um besser zu sehen, und entziffert mühsam die Aufschriften: Ackerwinde, Minze, Estragon, Koriander, Holunder, Korinthen, Steinwurz.

»Meine Güte! Ich wusste gar nicht, dass wir das noch alles hatten. Arme Mutter! So böse war sie im Grunde gar nicht, immerhin hat sie das alles gesammelt, um unsere Wehwehchen zu heilen.«

Ferdinand kann gar nichts dagegen machen, er blickt auf die ganzen Behälter und ist irgendwie gerührt. »Arme Mutter«, sagt er noch einmal.

Und dann entdeckt Ferdinand dicht an der Wand, fast hätte er es übersehen, ein kleines Weckglas, das noch staubiger ist als die anderen. Er zieht es zu sich heran, wischt es mit einer Hand ab und hält es an die 25-Watt-Birne, die nur ein schwaches Licht verbreitet.

»Angelica, Engelwurz«, liest er halblaut.

Dann folgt ein Augenblick höchster Konzentration, des Rückzugs in sich selbst, Ferdinand denkt an seine lang vergangene Kindheit und seine schwache Gesundheit. Und plötzlich fällt es ihm wieder ein. »Natürlich, das ist es!«

Die Worte seiner »armen Mutter« kommen ihm wieder in den Sinn: »Engelwurz ist die Wunderheilpflanze schlechthin«, hat sie immer gesagt.

»Hunderweilpflanze?«, hatte Ferdinand erstaunt gefragt – als Kind hat er oft Wörter verdreht.

»Wunderheilpflanze, genau das ist es, Junge.«

Damals hat die Mutter ihm erklärt, dass diese schöne Pflanze mit den weißen Blüten gegen Appetitlosigkeit wirkt, Anämie heilt, Verdauungsstörungen beseitigt, gegen Schlaflosigkeit und Migräne hilft. »Und sie hilft noch bei vielen anderen Dingen«, hatte sie hinzugefügt und ihren Mann Eusèbe mit einem seltsamen Lächeln angesehen.

Als Ferdinand das Glas Engelwurz jetzt in der Hand hält, erinnert er sich an die vielen Liter Kräutertee, die er trinken musste, als er ein Junge war.

»Das muss die Kleine auch nehmen, unbedingt«, sagt er. »Dadurch kommt sie bestimmt wieder zu Kräften.«

Davon ist er fest überzeugt. Er wäscht das Glas gründlich ab, trocknet es sorgfältig mit einem sauberen Tuch und öffnet es dann. Das Gummi widersteht dem Druck einen Moment. Also ist keine Luft von außen eingedrungen, denkt Ferdinand. Der gute, leicht pfeffrige Geruch, der nach dem Öffnen aus dem Glas dringt, lässt vermuten, dass die Blätter im Lauf der Zeit nichts von ihrer Kraft verloren haben.

»Hier habe ich alles, was unsere Peggy braucht!«

Ferdinand, der das Weckglas mit ausgestrecktem Arm hochhält, hat wohl nicht das ganz korrekte Possessivpronomen verwendet. Aber ist dieses kleine Mädchen, das sein Herz erobert hat und in ihm nachts, wenn alles still ist, die Hoffnung weckt, für sie eine Art Großvater zu werden, nicht ein ganz kleines bisschen auch seins?

So schnell er kann, ist er zum Hof der Bonnichons gelaufen. Oder besser gesagt, zum Haus der Kellys.

»Ja«, sagte er unter lautem Schnaufen, »ich glaube, ich habe das Wunderheilmittel gefunden. Meine arme Mutter gab es mir immer, als ich ein Kind war, und ihr wisst ja, was für ein schöner Junge aus mir geworden ist.«

Pat bemüht sich zu lächeln, während John sich das Etikett ansieht.

»Engelwurz? *What is this?*«

Ferdinand, der das Kauderwelsch des Roastbeef inzwischen besser versteht als am Anfang, beeilt sich zu sagen:

»Das ist eine Pflanze, eine Wunderheilpflanze. Man muss sie als Tee trinken, und schon nach ein paar Tagen hat unser Püppchen seine ganze Energie wieder.«

»Na ja, schaden wird es ja nicht«, sagt Patricia resigniert, sie scheint mit ihren Gedanken ganz woanders.

Peggy, die alles gehört hat, steckt ihre Nase durch den Spalt ihrer Zimmertür. Sie ist noch blasser als am Morgen.

»Ja, ich will das Wundermittel von meinem Indianer«, sagt sie bestimmt. »Die indianischen Medizinmänner heilen auch mit Pflanzen und dann beten sie zum Großen Manitu. Ferdinand ist jetzt mein Medizinmann.«

Sie ist noch ganz wackelig auf den Beinen und kommt mit kleinen Schritten ins Zimmer, um zu lesen, was auf dem Glas steht.

»Engelwurz? Wird diese Pflanze von Engeln gemacht?«

Peggy riecht an den Blättern und hustet ein wenig.

»Hm, riecht doch gut. Ja, ich nehme die Medizin von Ferdinand. Dann werde ich sicher schnell wieder gesund.«

Sie schmiegt sich an Ferdinands Rockschöße, und er streicht ihr mit seiner riesigen, ungeschickten Hand übers Haar.

»Seht ihr, die Kleine spürt, dass die Engelwurz ihr guttun wird.«

»Na, dann will ich mal Wasser für den Wundermitteltee aufsetzen«, seufzt Pat und geht zum Herd.

Ein breites Lächeln erhellt das blasse Gesicht des Mädchens und sie blickt Ferdinand verschwörerisch an.

»Danke, Indianer!«

17

Heute Morgen ist Peggy zum ersten Mal wieder in die Schule gegangen. Es lebe die Engelwurz, denkt Ferdinand, der unbedingt dabei sein wollte, als sie losfuhr. Die Kleine hat wieder Farbe im Gesicht, ist aber weniger lebhaft als früher.

»Das ist normal«, sagt er sich, »alles braucht seine Zeit.«

Seit einigen Tagen regnet es, und der alte Bauer leidet unter Schmerzen in den Gliedern. Wenn er über den Hof geht, um die Hühner und Gänse ins Freie zu lassen oder den Kaninchen Gras zu geben, stützt er sich auf einen Stock aus Vogelbeere und zieht sein Bein etwas nach.

»Was hätte die Mutter, wenn sie noch da wäre, mir gegen diese verfluchten Schmerzen zu trinken gegeben?«

Dann fällt ihm ein, dass sein Vater Eusèbe, den das Rheuma plagte, jeden Abend, wenn er Anfälle hatte, Klettenwurzeltee trank.

»Das könnte ich ruhig mal probieren!«

Ferdinand holt das entsprechende Glas herunter, das in der Vorratskammer oben auf einem Regal steht. Kletten! Wie viele Kämpfe hat er auf dem Schulweg mit den stacheligen Kugeln gewonnen! Das Größte war, sie den Mädchen in die Haare zu werfen. Sie schrien und liefen weg wie eine Schar aufgescheuchter Spatzen. Félicien und er lachten aus vollem Hals, wenn sie davonrannten.

In der Ferne hört er Hundegebell. Es ist der Hund von Auguste Chaffraix in Taravelles.

»Na, den alten Kläffer hab ich ja lange nicht mehr gehört. Vielleicht ärgert er sich über den Regen, man kann nie wissen.«

»Führst du Selbstgespräche, alter Einsiedler?«

Ferdinand dreht sich erstaunt um. In der Tür steht ein Mann. Es ist Firmin Machebeuf, der Bürgermeister.

»Ich bin gerade vorbeigekommen, um zu sehen, ob bei den Engländern alles in Ordnung ist«, sagt der Bürgermeister. »Und da wollte ich auch dir guten Tag sagen und …«

»Und ein Fläschchen trinken, ich weiß. Setz dich hin, dann stoßen wir an.«

Firmin Machebeuf kennt Ferdinands raubeinige Art zur Genüge. Wenn man mit dem alten Sturkopf was zu bereden hat, würde man am liebsten gleich wieder aufgeben. Er weiß aber auch, dass der Alte, der wild aussieht wie ein Höhlenmensch, sehr großzügig sein kann und dies bei jeder Gelegenheit auch unter Beweis stellt.

»Tja. Ich war lange nicht mehr hier«, beginnt er.

»Nun, mein Haus steht dir immer offen. Ich hab dir schließlich nicht verboten hierher zu kommen, was?

Aber vielleicht bist du ja hier, weil du etwas von mir willst.«

»Ferdinand! Holst du jetzt was zu trinken oder nicht?«

Die beiden Männer stoßen die Gläser aneinander.

»Auf deine Gesundheit!«

»Auf deine!«

Dann herrscht eine Weile Schweigen. Sie trinken ein oder zwei Schluck des herben Weins, von dem alle Gläser im Haus seit Ewigkeiten dunkel verfärbt sind.

»Also, sag schon«, wiederholt Ferdinand, »was hast du mir so Wichtiges zu sagen, Herr Bürgermeister?«

Der andere hustet verlegen, zögert, streicht mit der Hand über seinen rauen Bart, den er heute Morgen nicht rasiert hat. Dabei entsteht ein Kratzgeräusch, das Gamine einen Moment die Ohren spitzen lässt. Firmin trinkt wieder einen Schluck, verzieht das Gesicht, dann endlich entschließt er sich.

»Also, hör zu …«

»Sieh mal einer an! Das ist es also. Ich hab doch gespürt, dass da was im Busch ist!«

Das war wirklich eine Überraschung. Niemals wäre Ferdinand auf so etwas gekommen. Während das Auto des Bürgermeisters hinten am Hof davonfährt, kneift er sich, um sicher zu sein, dass er nicht geträumt hat.

»Also, so was!«

Nein, er ist wach und was Firmin Machebeuf ihm da erzählt hat, klingt ihm noch in den Ohren.

»Ferdinand, mein Lieber«, sagte er, nachdem er sich zum x-ten Mal die Stimmbänder frei geräuspert hatte. »Ferdinand, kannst du mich von einer Sorge befreien?«

»Nun sag schon, was es ist, und wenn ich kann, antworte ich dir.«

»Es hat etwas mit deinen Kühen zu tun.«

»Mit meinen Kühen? Was ist mit meinen Kühen?«

»Also, deine Kühe … offenbar schlafen sie bei jedem Wetter draußen und du versorgst sie nicht, wie du es solltest.«

»Und was geht dich das an, ob sie draußen schlafen oder bei mir in der Küche?«

»Es geht mich was an, weil sich einige Leute beschwert haben, mein Lieber. Ich wollte es dir sagen, in aller Freundschaft, bevor dich die Polizei am Arsch kriegt.«

»Und kannst du mir sagen, wer das ist, einige Leute?«

»Das kann ich nicht, Ferdinand. Das kannst du nicht von mir verlangen.«

»Dann nichts wie raus, Firmin! Die Tür ist da, wo sie war, als du reingekommen bist. Geh in der entgegengesetzten Richtung durch und sag deinen ›einigen Leuten‹, sie sollen sich um ihren eigenen Kram kümmern und dass ich meine Tiere noch nie schlecht behandelt habe.«

»Ferdinand, jetzt sei doch nicht so, ich …«

»Ich halte Sie nicht auf, Herr Bürgermeister. Sie können Ihr Glas ruhig stehen lassen.«

»Also wirklich, so was!« Ferdinand kann sich noch immer nicht beruhigen. In der Ferne, in Taravelles, bellt der Hund von Auguste Chaffraix sich die Seele aus dem Leib.

»Ich wette, dieser bescheuerte Auguste hat das in die Welt gesetzt. Dieser Mistkerl ist neugierig wie ein Schlüsselloch und bösartig wie ein Wildschwein. Er soll sich lieber um seinen Arsch kümmern und seinen blöden Kläffer daran hindern, den ganzen Tag lang zu heulen. Aber ich werde schon herausfinden, wer das war.«

Mit hängenden Schultern schlurft Ferdinand durch den Hof. Das Postauto kommt in schnellem Tempo angefahren und wirbelt den Kies auf.

»Wenn du nicht mehr Briefträger bist, kannst du ja Rennfahrer werden«, ruft er dem Postbeamten zu.

Der wirft die Zeitung kommentarlos ab und fährt umgehend in einer Staubwolke wieder davon.

»Ungehobelter Bursche!«, donnert Ferdinand.

Und wenn der Postler sich beim Bürgermeister beschwert hat?, denkt er plötzlich. Dieser eingefleischte Gewerkschafter will vielleicht, dass meine Tiere in die CGT eintreten …

Nachdenklich geht Ferdinand zum Haus der Engländer. John tapeziert gerade ein Zimmer in der oberen Etage und rührt vor der Tür einen Eimer Leim an. Pat ist nach Montcel gefahren, um einzukaufen, und Ferdinand ist ein wenig enttäuscht, dass sie nicht da ist. Sie ist oft wie ein Sonnenstrahl in seinem eintönigen Leben. Es ist etwas anderes als seine Freude über die kleine Peggy.

Von der hübschen Frau geht etwas aus, das seine Ängste beschwichtigt.

Und gerade heute Morgen hätte er gern mit ihr über den Besuch des Bürgermeisters gesprochen. Sie gefragt, was sie meint, ob sie auch glaubt, dass er seine Kühe misshandelt, weil er sie bei jedem Wetter draußen lässt, in Regen, Wind und Schnee. Sie hätte ihn sicher beruhigt. »Aber nein, Ferdinand. Du liebst deine Tiere doch, und ich weiß ganz genau, dass du sie in den Stall lässt, wenn es im Winter zu kalt ist«, hätte sie gesagt.

Aber nun ist sie nicht da, und John sein Herz auszuschütten, das ist nicht dasselbe. Der Engländer blickt auf und hält einen Moment im Rühren inne, als Ferdinand hereinkommt.

»Was ist los, alter Freund? Du siehst aus, als ob dir eine Laus über die Leber gelaufen wäre. *Do you have a problem, my friend?*«

»Hör mit deinem Kauderwelsch auf, ich verstehe kein Wort«, brummt Ferdinand.

»Oh! *Sorry!* Also, was ist passiert?«

»Der Bürgermeister war da und hat …«

Und dann erzählt Ferdinand John doch von dem Gespräch mit Firmin Machebeuf und gibt mit seinen Worten wieder, was der überhebliche Kerl ihm so unverblümt wegen seiner Kühe gesagt hat.

»Oh! *My poor friend!*«, ruft John Kelly. »Die Leute sind manchmal wirklich schlimm. *But, don't worry.* Pat und ich helfen dir und sagen zu deinen Gunsten aus, wenn es nötig wird.«

»Danke«, antwortete Ferdinand. »Ich würde zu gern wissen, wer sich herausgenommen hat …«

Aber er kann den Satz nicht beenden. Ein heftiges Brennen in der Brust hat ihn gepackt. Er greift mit den Händen an sein Herz, öffnet den Mund, atmet, ringt nach Luft.

»*My God!* Ferdinand! Was ist los, *my friend*?«

John Kelly kann den Alten gerade noch auffangen, bevor er mit dem Kopf gegen die Hauswand schlägt.

Gamine, die draußen ist, heult wie wahnsinnig. Ferdinand liegt im Bett, seine Wolldecke bis zum Kinn hochgezogen. Er ist wieder bei Bewusstsein. John Kelly und seine Frau sind bei ihm. Pat ist gerade wiedergekommen. Beide warten auf den Notarzt, den John sofort gerufen hat.

»Das ist bestimmt ein Infarkt!«, flüstert der Bauer.

Seine Lippen sind violett angelaufen. Der Schmerz im Brustkorb ist nicht mehr so stechend, hält aber an. Er liegt wie ein Eisenband um seinen Brustkorb.

»Das Herz«, flüstert er wieder, »das liegt in der Familie … schon Félicien ist …«

»Nicht sprechen, Ferdinand«, ermahnt ihn Pat. »Gleich kommt der Rettungswagen und bringt dich ins Krankenhaus. Alles wird gut, du wirst sehen.«

Ferdinand schließt die Augen. Blitze springen hervor. Eigentlich eher leuchtende Punkte, die sich auf seiner Netzhaut abbilden. In seinen Ohren lautes Trommelgewirbel. Er hört sein Blut rauschen, wie ein unbändiges Meer, das sich über den Strand ergießt.

Dann hört er die Sirene des Rettungswagens. Kieselsteinchen spritzen gegen die Hauswand. Die Sanitäter sind da.

»Die sind ja schlimmer als der Briefträger, zum Kuckuck!«, murmelt er. »Romain Brousse macht auch nicht mehr Getöse, wenn er in den Hof fährt.«

Danach sind Schritte von Stiefeln zu hören, dann Getrappel im Treppenhaus.

Jetzt werden sie sich gleich um ihn kümmern.

Was wird jetzt nur aus meinen Kühen?, denkt Ferdinand. Und aus Gamine? Und der kleinen Peggy?

Dann möchte er nur noch schlafen. Sich fallen lassen.

Nichts mehr …

18

Ein Zimmer mit schneeweißen Wänden. Im Ohr ein unerträgliches Brummen, eine Art atmende Pumpe, die wer weiß was verschlingt. Und dann in stetem Rhythmus das langsame, geduldige Tropfen einer Flüssigkeit, die reinste Folter. Schmerzen im ganzen Körper. Vor allem in der Brust.

Ferdinand öffnet die Augen. Er erkennt nichts in dieser feindlichen Umgebung.

Sein erster Gedanke ist, ob er tot ist. Vielleicht ist das die Hölle? Oder das Fegefeuer? Das Paradies ist es ganz sicher nicht. Denn im Paradies hätte man keine Schmerzen.

Er schließt die Augen wieder. Bemüht sich, den Schmerz zu vergessen. Seltsam, im Traum ging es ihm gut. Er hatte das Gefühl, über seinem eigenen Körper zu schweben. Er konnte sich selbst von oben sehen, sich beobachten, als sei er ein Fremder. Ein anderer Ferdinand, der er war und zugleich auch nicht war, sein Doppelgänger.

Irgendwann war dieses Bild verschwunden und er ging auf eine Reise durch Gegenden, die er nicht beschreiben kann. Ganz am Ende ein Feuerball. Der immer größer wurde, und noch größer. Ein gleißendes Licht, das ihm aber nicht in den Augen brannte. Er hätte sich gern dorthin geflüchtet, um bis in alle Ewigkeit da zu bleiben.

Und dann war plötzlich alles vorbei.

Wieder öffnet er die Augen. Das Zimmer mit den grellweißen Wänden. Das rhythmische Pochen über seinem Kopf, das die Sekunden zählt und zählt und zählt. Das Summen des Bienenschwarms in seinen Ohren.

Plötzlich denkt er an seine arme Mutter. Ob sie das vor ihrem Tod auch erlebt hat? Musste auch sie diese Krankenhausmaschinerie über sich ergehen lassen?

Die Traumbilder kommen ihm wieder in den Sinn. Er möchte sie festhalten, aber sie entwischen ihm, verblassen mit ungeheurer Schnelligkeit.

Wie soll er es erklären? Wie kann er dieses absolute Glücksgefühl beschreiben, das er nie mehr erleben wird? Es ist spät, zu spät. Wird es nur eine schöne Erinnerung bleiben?

Der Schmerz sitzt tief in seiner Brust. Er kommt und geht im Rhythmus seines Herzens. Sein Herz? Offenbar hat dieser alte Kuckuck, der ihn seit so vielen Jahren begleitet, den Schock ausgehalten. Sonst wäre er, Ferdinand, ja gar nicht mehr da und könnte sich nicht all diese Fragen stellen. Und könnte sich nicht sagen, dass er noch nicht ganz tot ist, auch wenn es vielleicht nicht mehr lange dauert.

Er versucht, den Kopf zur Seite zu drehen. Seine Augen sind dicht an einer Art Glas, das ein Gurgeln von sich gibt wie ein kranker Bauch. Er will die Hand ausstrecken, aber die Bewegung wird am Handgelenk gestoppt. Sein erster Gedanke ist, dass sie ihm Handschellen angelegt haben. Jedenfalls ist er auf seinem Bett festgeschnallt. Er kann rufen, schreien, bitten: Niemand wird ihn von seinen Fesseln befreien.

»Diese Idioten!«, schimpft er.

Selbst seine Stimme scheint eingesperrt zu sein. Nur ein leises Geräusch kommt ihm über die Lippen. Und schon wieder das rhythmische Klopfen, das ihm fast die Ohren zerreißt, Hintergrundgeräusch dieses langen Pfeifens, das nicht aufhören will.

Mutter, denkt er wieder, die arme Mutter, was muss sie im Krankenhaus gelitten haben. Bei meiner Seele! Ich möchte lieber nach Hause und dort in Ruhe sterben! Wie haben das die Alten auf dem Land früher gemacht? Sie verbrachten das Ende ihrer Tage zu Hause.

Plötzlich hat er Lust, sich zu wehren. Aber der Schmerz ist zu stark und von seiner Absicht bleibt nichts zurück als ein verzerrtes Gesicht.

Die Zimmertür ist aufgegangen Eine Schwesternhelferin mit Brüsten groß wie die einer Amme sieht ihn ungläubig an, wie er daliegt, vor sich hin starrt und das Gesicht verzieht.

»Sie sind ja aufgewacht! Wie geht es?«

Er würde ihr gern antworten, doch kein Laut dringt aus seinem Mund.

»Ich werde Sie jetzt waschen.«

Die Schwester packt ihn unter den Achseln und hebt ihn hoch wie einen Strohhalm. Ferdinand spürt die riesige Brust der Frau in seinem Rücken und an den Schultern. Es ist ihm fast peinlich. Und dann zieht sie ihm auch noch das Nachthemd aus und öffnet die Windel. Am liebsten würde er schreien. Protestieren. Ihr sagen, sie soll ihn in Ruhe lassen. Dass er sich seinen Hintern und alles andere immer selbst gewaschen hat. Dass er ihre Hilfe nicht braucht.

Aber das Weib hat Kraft. Im Handumdrehen ist sein Hintern im Freien und seine kostbaren Weichteile ebenfalls. Dann legt sie los, und legt dafür keine Samthandschuhe an, das freche Ding.

Wenig später erscheint das gesamte Ärzteteam. Vorn steht der Oberarzt und macht deutlich, dass er der Chef ist. Er redet als Einziger, die anderen hören zu und machen sich Notizen.

»Geben Sie mehr Calciumantagonist, aber gleichzeitig das Diuretikum senken. Der Blutdruck ist mir noch zu hoch, besonders der diastolische. Aber nicht zu viel auf einmal absenken!«

Dann dreht er sich zu Ferdinand um, der bisher nur seinen athletischen Rücken gesehen hat.

»Na, das ist ja schön, dass Sie endlich die Augen aufgemacht haben, Monsieur Pélissier! Keine Sorge, das wird schon wieder!«

Ferdinand will ihm so viele Fragen stellen: Wo ist er? Was ist mit ihm passiert? Was machen sie jetzt mit ihm? Ist er operiert worden? Und warum? Verflucht! Kein

Wort kommt ihm über die Lippen, sie bleiben geschlossen, eine bleierne Müdigkeit lastet auf ihm.

Die Meute der Ärzte zieht wieder ab, im Gleichschritt mit ihrem Meister, dessen Stentorstimme im Flur widerhallt. Ferdinand ist niedergeschlagen und dämmert vor sich hin. Am liebsten möchte er nicht mehr da sein. Nichts mehr spüren, keine Schmerzen mehr haben, einfach so.

Als er aufwacht, spürt er, dass jemand im Raum ist. Da ist einer, links, nahe an seinem Bett. Im Zimmer ist es dunkel. Sie haben wohl die Rollos heruntergezogen. Vielleicht ist auch Nacht und sie haben das Licht gelöscht, um ihn nicht zu stören.

Da hört er wie durch einen Nebel ein Kauderwelsch, das ihm vertraut vorkommt.

»*Hello*, Ferdinand, *my friend*!«

Der Roastbeef! Ja, das muss er sein. Das ist aber nett, dass er ihn besuchen kommt. Ferdinand würde sich gern bedanken, versucht, den Kopf zu drehen, doch es gelingt ihm nicht.

»*How are you, my dear?*«

Kann der Mann nicht ein Mal vernünftig reden, denkt Ferdinand und versucht zu lächeln.

»Mach dir keine Sorgen um deine Tiere«, fährt der Engländer fort. »*Don't worry, my friend*. Pat und ich, wir kümmern uns darum. Und Peggy kann inzwischen schon ganz toll melken. Sie freut sich schon, es dir zu zeigen, wenn du aus dem Krankenhaus kommst. Bald ist es so weit, Ferdinand, bald.«

Dann hört er noch eine andere Stimme. Eine hohe, etwas brüchige, unangenehme Stimme.

»Es ist Zeit zu gehen, Monsieur. Das wird zu anstrengend für unsern Patienten.«

»*I'm sorry,* Madame. Ich gehe gleich. Ferdinand, ich komme dich wieder besuchen. Jetzt wird alles gut. *See you soon.*«

Ferdinand hat die Augen wieder geschlossen. Die Augen offen zu halten, ermüdet ihn zu sehr. Die kleinste Anstrengung ist eine Qual. Da ist es doch besser, sich in den Schlaf zu flüchten, nicht nachzudenken, sich von dem Schmerz forttragen zu lassen, an den er sich allmählich gewöhnt.

Der Engländer hat gesagt, seine Tiere würden versorgt. Mag sein, aber weiß er überhaupt, wie man das macht? Man wird nicht ohne weiteres zum Bauern, nicht mal, wenn der Heilige Geist hilft.

Hör auf, dir tausend Fragen zu stellen, ermahnt er sich. Warum sich den Kopf zerbrechen, wenn man doch nichts ändern kann?

Bald zeigt sich unter seinem dichten Bart so etwas wie ein Lächeln, vielleicht eher ein Grinsen.

Die kleine Peggy, die versucht, Noiresse zu melken, denkt er. Dieses unermüdliche Mädchen! Sie gibt sich bestimmt große Mühe! Ich bin sicher, dass Noiresse alles tut, um ihr ihre Milch zu geben. Eine liebe Kuh ist das. Ach! Wie gern würde ich …

Und dann ist Ferdinand eingeschlafen.

Noch einmal wacht er plötzlich auf. Der Engländer melkt meine Kühe und füttert Hühner und Kaninchen? Verflixt! Wo hat er das bloß gelernt? Hoffentlich macht er alles richtig! Doch die Müdigkeit ist zu stark. Ferdinand dämmert wieder weg. Der Schmerz ist immer noch da, er bewegt sich in ihm wie eine Brandung und schläft zur selben Zeit ein wie sein Bewusstsein von der Welt, von allem, was um ihn herum ist, von seinem ganzen Leben.

Ein neuer Tag bricht an. Die Sonne dringt durch die Plastiklamellen am Fenster und zeichnet eine geometrische Konstruktion aus Licht und Schatten an die Wand.

Ferdinand öffnet ein Auge. Ein Blick durch seine Wimpern lässt den Raum noch unwirklicher erscheinen. Das zweite Lid öffnet sich. Er setzt den gestern Abend angehaltenen Film fort: Können die Kellys überhaupt Kühe melken? Diese Roastbeefs sind wirklich unglaublich. Wo haben sie das bloß gelernt? Bestimmt nicht in England! Gibt es in England überhaupt Kühe? Das muss ich sie mal fragen.

Plötzlich kommt ihm eine Erleuchtung: Ah, natürlich, der Rinderwahn! Das hat doch bei den Engländern angefangen mit den armen Viechern, die sich nicht mehr auf den Beinen halten konnten!

Die Tür geht wieder auf. Die Pflegehelferin von gestern – die mit dem riesigen Busen, die stark ist wie ein Bulle – kommt ins Zimmer und schiebt einen Wagen vor sich her.

»Guten Morgen, Opachen!«, ruft sie mit der wurschtigen Freundlichkeit der Krankenschwestern. »Zeit für die Morgentoilette!«

Ferdinand flucht stumm vor sich hin. Verdammt, wie lange soll dieses Affentheater noch dauern?

Dann gibt er auf und lässt es über sich ergehen. Er findet es sogar ganz schön, wenn sich die riesigen Brüste der Schwester beim Hochheben gegen seinen Rücken drücken.

Ferdinand! Auf was für Gedanken kommst du da plötzlich? Und das in deinem Alter!

Aber diesen Gedanken behält er natürlich für sich.

19

John Kelly hatte den alten Ferdinand im Rettungswagen der Feuerwehr selbst begleitet. Sie fuhren in die Uniklinik Clermont-Ferrand, in die Notaufnahme. Der Fahrer muss ein Ass am Steuer gewesen sein, denn sie kamen unglaublich schnell im Krankenhaus an.

John hatte sehr lange warten müssen, bis jemand bereit gewesen war, ihm zu sagen, wie es dem Patienten ging. Er hatte Patricia vom Handy aus angerufen und ihr gesagt, was passiert war. Sie hatten ausgemacht, dass Pat ihn abends abholen würde.

Nach einer Zeit, die John endlos vorkam, erschien endlich eine Schwester.

»Ihr Freund ist jetzt im OP. Heute können Sie ihn unmöglich besuchen.«

»*Why not?* Warum denn nicht?«

»Es ist eine schwierige Operation. Er wird danach für ein paar Tage auf der Intensivstation bleiben müssen.«

Abends, als er wieder zu Hause war, hatte John noch einmal im Krankenhaus angerufen, aber man konnte ihm nichts sagen, außer dass Ferdinand einen dreifachen Bypass bekommen hatte, wegen verstopfter Arterien und all dem. Der Eingriff sei nach Plan verlaufen.

»*Darling*, wer kümmert sich denn jetzt um die ganzen Tiere von unserem Freund?«, hatte er Pat gefragt, als sie zu Bett gingen.

»Wir natürlich, mein Schatz!«

»Kannst du denn Kühe melken?«

»Aber ja!« Patricia hatte gelacht. »In meiner Kindheit in der Normandie gab es auch Kühe. Ein Bauer aus dem Livarot hat das Restaurant meiner Eltern immer mit Käse beliefert. Ich war oft auf ihrem Hof im Pays d'Auge, weil ich mich mit ihrer Tochter angefreundet hatte. Also, mein Lieber, auch wenn du jetzt überrascht bist: Ich kann wirklich Kühe melken!«

Seit Ferdinand im Krankenhaus ist, verbringen John und Pat jeden Tag mehr als zwei Stunden auf dem Hof des alten Bauern. Auch die kleine Peggy hilft mit. Sie hat schon viel gelernt und lässt niemand anderen an Noiresse ran. Die Kuh hat sich inzwischen an die Kleine gewöhnt und hält ganz still, wenn sie ihre Händchen um die Zitzen legt. Es ist, als ob sie Peggy für ihren ganzen Eifer belohnen wollte. Auch Gamine hält sich immer in der Nähe des Stalles auf, als wolle sie sicher sein, dass alles in Ordnung ist, obwohl Ferdinand nicht da ist.

Hat es mit der Engelwurz zu tun und dem Tee, den sie jeden Tag gewissenhaft trinkt? Peggys Wangen haben wieder die schöne Farbe von früher und ihre Kraft ist zurückgekehrt. Manchmal ist sie noch ein wenig müde, aber Pat meint, das habe mit dem Wachstum zu tun. Das

Mädchen ist groß für sein Alter. Sie ist erst acht, sieht aber aus wie zwölf.

»Mama, wie geht es Ferdinand?«, fragt sie jeden Tag.

Und ihre Mutter antwortet immer: »Es wird jeden Tag besser, mein Schätzchen.«

»Wann kommt er wieder nach Hause?«

»Bald.«

»Wann ist bald?«

Wie soll sie auf alle Fragen antworten, die Peggy stellt, wo sie selbst nichts Genaues weiß? Ferdinand liegt jetzt nicht mehr im künstlichen Koma, in das ihn die Ärzte nach der Operation versetzt hatten. John und Pat wissen, dass er beinahe gestorben wäre. Die Verletzungen des Herzmuskels durch den Infarkt hätten weitaus schlimmere Folgen haben können. Er habe es wohl nur dank seiner guten Konstitution geschafft, haben die Ärzte gesagt. Es wird lange dauern, bis er sich ganz erholt hat, und er muss in Zukunft mehr auf sich achten.

»Wann ist bald?«, fragt das Mädchen wieder.

Die Mutter sagt sich, dass Peggy bald genauso stur sein wird wie die Menschen der Auvergne. Was sie sich einmal in den Kopf gesetzt haben, wird beharrlich weiter verfolgt.

»Bald? Ich weiß es nicht, mein Schätzchen. Du musst Geduld haben. Vielleicht in einem Monat oder zwei.«

»Woah, das ist aber lang. Das ist viel zu lang!«

An diesem Morgen besucht der Bürgermeister die Engländer. Nachdem er die Kellys überaus freundlich begrüßt hat, erkundigt sich Firmin Machebeuf gleich danach, wie es Ferdinand geht.

»So gut wie es einem nach einer solchen Sache gehen kann«, entgegnet Pat trocken.

Die roten Hängebacken des Bürgermeisters werden noch eine Spur dunkler. Er bemüht sich, seine Verlegenheit mit einem Scherz zu überspielen.

»Ja ja, unser guter Ferdinand hätte fast ins Gras gebissen, was?«, sagt er und gibt ein glucksendes, dummes Lachen von sich.

»Ja, Monsieur, Sie sagen es.«

Patricia scheint entschlossen, dem armen Firmin nichts zu schenken.

»Daran sind Sie wohl nicht ganz unschuldig, oder?«, fährt sie fort. »An dem Tag, als Ferdinand den Herzanfall hatte, hat er sich ziemlich aufgeregt – und zwar über Sie.«

Firmin reißt erstaunt die Augen auf und verteidigt sich so gut er kann: »Hören Sie, ich war nur gekommen, um ihm zu sagen, wie hier über ihn geredet wird. Das war alles! Gerüchte gehen schneller um, als Hasen rennen. Dann kann man sie nicht mehr aufhalten.«

Der Bürgermeister knetet seine fleischigen Hände. Ihm ist nicht ganz wohl, das kann man sehen. Sein dicker Hals ist voller feuerroter Flecken. Sie reichen bis zu seinem Nacken, dessen Speckfalten an Nacktschnecken erinnern.

Er sieht komisch aus, wie er da so im Hof steht wie ein dickes aufgeregtes Huhn, und Pat verspürt plötzlich den Drang zu lachen. Zum Glück kommt in diesem Moment John aus dem Stall und gesellt sich zu ihnen.

»Ah, der Herr Bürgermeister! Was verschafft uns die Ehre Ihres Besuchs, Monsieur Machebeuf?«

»Unser lieber Herr Bürgermeister ist gekommen, um sich nach Ferdinand zu erkundigen«, sagt Pat.

»Wie überaus freundlich von Ihnen, Monsieur Machebeuf.« John Kelly grinst. »*My wife* … meine Frau hat Ihnen bestimmt gesagt, dass es ihm jeden Tag besser geht.«

Firmin knautscht seinen Hut mit den Händen, hustet, als stecke ihm ein Speiserest in der Kehle, und sagt schließlich: »Umso besser, umso besser. Ferdinand hält was aus, der wird es schaffen. Der Kerl hat schon ganz andere Dinge gepackt und …«

»Übrigens, Monsieur Machebeuf«, unterbricht Pat ihn plötzlich, »was ist das für eine üble Geschichte, dass unser Freund seine Tiere schlecht behandelt? Sie müssen zugeben, das ist ein starkes Stück, und ich hoffe doch sehr, dass Sie diesen üblen Nachreden nicht geglaubt haben!«

»Natürlich nicht, Miss Kelly (Firmin weiß immer noch nicht, dass Miss nicht Madame bedeutet)«, beteuert der Bürgermeister. »Wie schon gesagt, es war nur meine Pflicht, Ferdinand von diesem Gerede zu berichten, das war alles. Ich hoffe, Sie glauben mir.«

Dann zeigt er ein breites Lächeln.

»Außerdem«, fährt er fort, »damit Sie sehen, dass ich es ehrlich meine, bin ich gekommen, um meine Hilfe anzubieten.«

»Ihre Hilfe?«, rufen Pat und John erstaunt.

»Ja, wenn ich mir das erlauben darf. Ich habe erfahren, dass Sie selbst die Kühe melken und Ferdinands Hof sauber halten. Bald ist Heuernte. Ich wollte Ihnen anbieten, die technischen Einrichtungen der Kommune zu nutzen, um die Maschinen unseres Freundes instand zu setzen. Was halten Sie davon?«

»Den Traktor und den Mäher?«, fragt John.

»Genau. Aber wissen Sie, wie man damit umgeht?«

»Wir werden es lernen.«

Patricia ist das einfach so herausgerutscht.

»Gut, ich komme mit meinem Sohn, der in Clermont Agrarwissenschaft studiert. Man muss sich doch gegenseitig helfen, finden Sie nicht? Und als Bürgermeister muss ich doch mit gutem Beispiel vorangehen.«

Als sie Firmin Machebeuf in seiner alten Schrottkiste wegfahren sehen, sind John und Pat Kelly ziemlich überrascht.

»Glaubst du, der meint es ehrlich?«, fragt Pat.

»Oh! *Darling! I don't know.* Ja, vielleicht.«

»Was für ein Spiel spielt er da?«

»Vielleicht will er uns wirklich helfen.«

»Vielleicht, wir werden ja sehen.«

»Wir müssen positiv denken, *Darling.*«

Das tun sie schon bei der Gesundheit ihrer kleinen Peggy. Das Mädchen glaubt fest daran, dass sie wegen Ferdinands Engelstee wieder zu Kräften gekommen ist. Nie fährt sie morgens zur Schule, ohne eine Tasse von dem Gebräu getrunken zu haben. Und abends, bevor sie ins Bett geht, ebenso. Wenn ihre Mutter vergisst, Wasser aufzusetzen, ruft sie sie heftig zur Ordnung.

»Glaubst du wirklich, dass Peggy durch diese Pflanze gesund geworden ist?«, fragt John seine Frau.

»Mein Gott, wie skeptisch du bist! Du siehst doch das Ergebnis. Außerdem sind Heilkräuter aus der Natur meiner Meinung nach wirksamer als das ganze chemische Zeug, das wir immer schlucken sollen.«

»Du hast wahrscheinlich Recht, *Darling*.« John Kelly nimmt seine Frau in die Arme und küsst sie zärtlich auf beide Mundwinkel. »Weißt du eigentlich, dass du die wunderbarste Ehefrau der Welt bist, *my Darling*? Durch dich lebe ich wieder auf. Bald können wir unsere Zimmer vermieten und die Früchte unserer Arbeit ernten.«

Dann küsst er sie wieder, diesmal heftiger und seine Hände wandern langsam in Pats Ausschnitt.

Pat wehrt ihn lachend ab. »Nein, nein, mein lieber Ehemann, jetzt doch nicht. Ich habe noch tausend Sachen im Haus zu tun und auch bei Ferdinand auf dem Hof und …«

»Tausend Dinge? Warum fangen wir nicht mit dem Wichtigsten an?«

Gamine ist in dem Augenblick hereingekommen, als Firmin Machebeuf wieder zu seinem Auto ging. Jetzt zieht sie ihre Lefzen. Es sieht aus, als lache die Hündin, während sie mit einem Blick aus ihren klugen dunklen Augen dem Paar folgt, das eng umschlungen die Stufen zum Schlafzimmer hinaufsteigt.

Ach, die Liebe!

20

Ferdinand liegt auf einer Trage im Krankenwagen und sieht die Straße vorbeiziehen. Der Himmel ist grau, im Moment regnet es viel. Die Scheibenwischer geben ein eintöniges Brummen von sich. Manchmal fährt der Wagen durch Pfützen und man hört es spritzen. Wegen der Tropfen am Fenster kann man alles nur verschwommen wahrnehmen. Ferdinand schließt die Augen und schläft ein.

Als er sie wieder öffnet, hat der Chauffeur die Heckklappe aufgemacht und zieht die Griffe der Rolltrage zu sich heran.

»Alles aussteigen«, sagte der Mann grinsend. »Hier ist Endstation.«

»Sind wir da?«, fragt Ferdinand.

»Ja, Meister. Sie sind im Hotel.«

Das Hotel ist die Rehaklinik für Herz und Lungenkranke, oberhalb von Clermont-Ferrand. Hier soll Ferdinand ein paar Wochen bleiben, um wieder gesund zu werden. Dann darf er nach Garachou zurückkehren.

Die Sekretärin in der Aufnahme sieht ihn hinter ihrer Plexiglasscheibe an, als stehe ein Außerirdischer vor ihr.

Na, was ist los?, schimpft Ferdinand innerlich. Ist die Gute so überwältigt von meinem Anblick? Findet sie, dass ich gut aussehe? Na ja, so Unrecht hätte sie ja nicht, hahaha.

Die Frau studiert die Krankenakte, die ihr der Krankenträger gegeben hat. Sie liest eine Seite, blättert weiter, sieht zwischendurch immer wieder zu Ferdinand herüber.

Vielleicht findet sie ja, dass mein Bart und meine Haare zu lang sind, denkt er.

Also schenkt er ihr sein gruseligstes Grinsen und entblößt die Lücken in seinen Zahnreihen. Die Matrone, die mit schreckgeweiteten Augen und einer Hand vor dem Mund unruhig auf ihrem Stuhl hin und her rutscht, fällt fast vom Stuhl. Dann wendet sie sich an den Pfleger und zeigt ihm die Zimmernummer.

»Zimmer 106 im ersten Stock. Man wird sich gleich um den Patienten kümmern. Auf Wiedersehen«, sagt sie und schließt rasch die durchsichtige Luke.

Während sein Rollstuhl zum Aufzug gerollt wird, brummt Ferdinand: »Nicht gerade freundlich, die Tante!«

Im Ärztezimmer drängen sich die Leute, die auf den neuen Patienten warten. Die Frau aus dem Erdgeschoss hat übers Haustelefon angerufen und alle rechnen offenbar mit einem seltenen Original.

»Guten Tag, Monsieur Pélissier«, tönt eine Frau im weißen Kittel. »Willkommen in unserer Klinik.«

Die Dame ist um die fünfzig, ihr weißgraues Haar hat eine perfekte Dauerwelle. Sie ist ziemlich stattlich, eine beeindruckende Person. Hinter ihr stehen Krankenschwestern und Dienstpersonal. Alle starren den Neuankömmling neugierig an. Auch diese Leute würde Ferdinand am liebsten fragen, ob sie ein Foto von ihm wollen. Aber er schweigt lieber. Besser, er macht sich nicht gleich zu Anfang unbeliebt.

»Guten Tag, alle zusammen«, sagt er höflich.

»Ich bin Doktor Leontyna Skrzeczkowska und leite die Abteilung, der Sie zugewiesen wurden«, sagt die Dame jetzt und Ferdinand bemerkt, wie sie das R rollt.

Schon wieder eine aus Osteuropa, denkt er. Als gäbe es bei uns nicht genug Ärzte.

Der Sanitäter ist gegangen. Jetzt schiebt ein Pfleger seinen Rollstuhl bis zum Zimmer 106. Ferdinand hat nicht alles verstanden, was die Stationsärztin ihm erzählt hat. Bei diesem komischen Akzent, russisch oder polnisch oder irgendwo aus dieser Gegend.

»Sie müssen pünktlich zu den Mahlzeiten erscheinen … unten im Errdgeschoss … Ihnen wurrde ein Platz zugewiesen … Kommen Sie nicht zu spät … Man muss die anderren und sich selbst rrespektieren … Noch Frragen, Monsieur Pélissier?«

Nein, er hat keine Fragen. Er wird schon sehen und fragen, wenn es so weit ist.

Sein Zimmer geht auf den Park hinaus. Er stützt sich mühsam auf die Armlehnen seines Rollstuhls, reckt sich nach oben, sieht aus dem Fenster. Eine riesige Libanonzeder streckt weit ihre Zweige aus, sie steht fast in der Mitte eines frisch gemähten Rasens. Eine breite Allee schlängelt sich bis zu einem tiefer liegenden Weißdorngebüsch. Es gibt überall Blumenbeete mit Narzissen, Stiefmütterchen in allen Farben, rote, gelbe und violette Tulpen. Nach welchem Prinzip sie angeordnet sind, scheint nur der Gärtner zu wissen. Weiter hinten an der äußeren Begrenzung des Parks liegt ein Birkenwäldchen beiderseits des Eingangstors. Dort tummeln sich ein paar Amseln. In Ferdinands Nähe tschilpen Spatzen, Kohlmeisen, ein Elsternpaar, drei Tauben.

Plötzlich packt Ferdinand die Lust, aufzustehen und das Fenster zu öffnen, um alles besser sehen zu können. Doch was ist nur passiert? Seine Beine, kraftlos nach all den Tagen erzwungener Untätigkeit, tragen ihn nicht mehr, und so fällt er der Länge nach auf den Boden und stößt sich den Kopf an dem metallenen Bettgestell.

»Verflixt und zugenäht! Hier liege ich gut!«

Das Geräusch seines Sturzes hat das Pflegepersonal alarmiert. Sofort kommt ein Pfleger herbeigelaufen und hebt ihn wieder auf.

»Herrje!«, brummt er. »Wie können Sie nur rumlaufen, wo Sie sich nicht auf den Beinen halten können? Und verletzt haben Sie sich auch noch! Wenn Sie nicht festgebunden werden wollen, müssen Sie lernen, ruhig sitzen zu bleiben.«

Als sie davon gehört hat, erscheint auch die Russin-Polin-Slawin. Die Hände in die Hüften gestützt, mit zornigem Blick und strengem Gesicht schimpft die Stationsärztin mit dem unvorsichtigen Patienten.

»Das ist doch wohl nicht wahrr! Gerrade errst gekommen und schon müssen Sie auffallen! Mein lieberr Mann, verhalten Sie sich rruhig, sonst gibt es Ärrger! Sie dürfen sich nurr im Rrrollstuhl fortbewegen, ist das klarr?«

Immer noch so unfreundlich, diese Mutter Leontyna, denkt Ferdinand, während ihm der Pfleger eine Kompresse auf die Wunde an der Stirn legt.

Mittags holen sie ihn ab, um ihn in den Speisesaal zu bringen.

»Achten Sie gut auf den Weg«, sagt die Pflegehelferin. »Es ist ganz einfach. Hinter dem Aufzug links und dann immer geradeaus. Können Sie sich das merken?«

Die Frau hat seinen Rollstuhl an einen Tisch gefahren, unter dem es kaum Platz für seine Beine gibt. Und dann – und das war das Schlimmste – musste er den Blick der anderen ertragen … Er hätte sich vorher einen ganzen Vorrat an Fotos zulegen sollen, um sie an all diese unhöflichen Leute zu verteilen, die ihn so abschätzend anglotzen. Eigentlich vergeht ihm der Appetit bei all diesen auf ihn gerichteten Blicken.

Er hat trotzdem ein Stück Ragout mit Kartoffeln gegessen. Das Fleisch war zäh, auch wegen seiner schlechten Zähne war es nicht einfach. Er musste sogar trotz der missbilligenden Blicke der beiden zugeknöpften Nachbarinnen ein paar Reste auf seinen Teller zurücktun. Den Käse hat er nicht angerührt. Er sah zu sehr nach orange angestrichenem und mit Parafin überzogenem Gummi aus.

Der Tag kommt ihm lang vor. Er kann nicht nach draußen, weil es seit dem Mittagessen doppelt so stark regnet wie vorher. So als machten sie es extra, nur um ihn zu ärgern. Wenn man stundenlang im Rollstuhl sitzt und sich die Fliegen an der Wand anschaut, vergeht die Zeit sehr langsam.

Wie lange muss er wohl in dieser Reha-Klinik bleiben? Wäre es nicht viel besser, zu Hause zu sein, bei Gamine und den Tieren? Und all die Arbeit, die jetzt zu tun ist, so kurz vor der Heuernte … Das Leben ist manchmal wirklich schwer. Dabei müsste der Allwissende oben im Himmel mal versuchen zu verstehen, was geschieht!

Na gut, die Roastbeefs sind da und kümmern sich, das ist schon mal nicht schlecht. Und offenbar hat der Bürgermeister versprochen, mit seinem Sohn zu helfen. Das gibt es auf dem Land eben auch: Wenn Not am Mann ist, helfen sich die Leute, anstatt sich gegenseitig aufzufressen. Da ist es nicht wie hier bei all diesen miesen Schrumpfköpfen, die sich über einen lustig machen!

Ferdinand hat alle Zeit der Welt, um sich Gedanken zu machen. So denkt er an die wichtigen Momente seines Lebens. Am häufigsten kommt ihm die Begegnung mit Yvette in den Sinn. Er sagt sich, dass die Hochzeit einfach nicht möglich war. Es stand vermutlich in den Sternen geschrieben. Was soll man machen, wenn das Schicksal es anders will? Die arme Yvette … Er wäre lieber zu ihr gegangen, hinüber in diese andere Welt, aus der es keine Rückfahrkarte gibt, als hier in diesem trostlosen Zimmer zu hocken.

Dann und wann tauchen auch die Bilder aus dem Krieg wieder auf. Dieser verrückte Sergeant Lefol … Die Fellaghas … Die Hinterhalte … Das Gemetzel in den Gebirgen … Kameraden, die neben ihm gefallen sind …

Einen Moment lang schämt er sich beinahe, dass er mit heiler Haut davongekommen ist, während andere mit dem Leben bezahlten. Wäre es nicht besser gewesen, auch dort zu bleiben? Wenn man bedenkt, was er später aus seinem Leben gemacht hat, dann wäre es sicher besser gewesen. Seine Augen werden feucht. Komisch, dass ihn diese Dinge immer noch berühren nach so langer Zeit.

Ferdinand bewegt seinen Rollstuhl zum Fenster hin und sieht auf die tief hängende Wolkendecke am Horizont.

Ich soll nicht mehr versuchen aufzustehen, hat die Polin-Russin-Slawin zu mir gesagt. So ein Unsinn! Da merkt man gleich, dass sie nicht selbst drinsitzt, sonst würde sie es verstehen!

»Ja, sie würrrde es verrrstehen!«, sagt er laut und ahmt dabei den slawischen Akzent der Stationsärztin nach.

Da muss er laut lachen und dann muss er plötzlich auf die Toilette. Aber wie soll man seinen Bedürfnissen nachgeben, wenn man an den Rollstuhl gefesselt ist!

»Verflucht! Ich muss doch dahin.« So gut er kann, fährt er mit dem Rollstuhl Richtung Toilette und schafft es auch, die Tür zu öffnen. Er hält sich an dem Griff fest, zieht sich mit der Kraft seines Armes hoch und schafft es schlecht und recht, sich hinzustellen. Doch dann pardauz! Liegt er am Boden, alle viere in der Luft, den Kopf auf Höhe der Toilettenschüssel.

»Also wirklich, Sie schon wieder!«

Die Pflegehelferin ist hereingestürzt wie ein Wirbelwind. Jetzt hebt sie ihn hoch, ohne jede Rücksicht.

»Zum Glück sind nicht alle so wie Sie, sonst würde ich hier noch durchdrehen!«, schimpft sie.

Ferdinands Hose ist patschnass.

»Und dann pisst er auch noch in die Hose! Meine Güte! Warum können Sie denn nicht klingeln, damit jemand kommt?«

Endlich geht die Meckertante. Ferdinand ist total deprimiert. Muss er denn jetzt jedes Mal einen rufen, nur wenn er mal pinkeln muss? Und was ist mit seiner Würde? Zählt das überhaupt noch für diese Leute hier?

Oben in Garachou musste er nicht dauernd solche Umstände machen.

Und schon wieder sind seine Augen ganz feucht geworden. So was Idiotisches!

Schließlich wird es Abend und der gefürchtete Moment des Essens ist gekommen. Ferdinand plagt der Hunger, er hat ja mittags nur wenig gegessen. Aber er hat ein Problem: Wie soll er den Weg in den Speisesaal finden? Wird er sich in diesem Labyrinth von Gängen nicht verirren? Hat die Schwester jetzt hinter dem Aufzug rechts oder links gesagt? Er weiß es nicht mehr …

Es ist fast halb sieben. Es lässt sich nicht ändern, ich muss dahin, denkt er. Dann dreht er seinen Rollstuhl, seine Hände bewegen die Räder und er fährt aus dem Zimmer. Ein Leuchtpfeil über ein paar großen Buchstaben mitten im Flur weist die Richtung zum Aufzug. Er drückt auf den Rufknopf und fährt in die Kabine. Nach oben? Nach unten? Was soll er tun? Er wählt auf gut Glück. Wir werden schon sehen, denkt er.

Der Aufzug öffnet sich, Ferdinand rollt durch die Tür, erkennt den Flur nicht und denkt, er habe sich in der Etage geirrt.

»Hier bin ich schon mal falsch«, sagt er.

Leichte Panik ergreift ihn. Der Flur ist düster und es brennt kaum Licht. Es ist wie im Keller, Fenster gibt es keine. Er hört ein ständiges Brummen wie von einem Motor oder einer Heizung.

Ferdinand beschließt, wieder den Aufzug zu nehmen. Doch das Minutenlicht ist ausgegangen und um ihn herum herrscht mit einem Mal tiefste Finsternis.

»Verdammt! Das hat mir gerade noch gefehlt!«

Verloren wie er ist, beschließt er zu warten, bis jemand vorbeikommt und ihn befreit.

Wie lange hat Ferdinand gewartet? Er weiß es nicht, aber es ist ihm verdammt lange vorgekommen. Er hat nur das stetige Brummen des Heizkessels gehört und das Klicken in den Rohren. Wenn es an einer Seite aufhörte, fing es auf der anderen wieder an. Und das ununterbrochen, als wolle man ihn in der Dunkelheit wach halten.

Und dann plötzlich grelles Licht auf seiner Netzhaut.

»Was machen Sie denn hier?«

Ein Mann in grauem Kittel über einer blauen Hose kratzt sich ungläubig am Kopf. Er geht auf Ferdinand zu, berührt ihn vorsichtig, wie um sicher zu sein, dass er nicht träumt. Dann sagt er freundlicher:

»Sie haben sich wohl in der Etage geirrt, das tut mir leid, Monsieur. Kommen Sie, ich bringe Sie nach oben.«

Oben herrscht helle Aufregung. Monsieur Ferdinand Pélissier ist verloren gegangen. Er ist nicht mehr in seinem Zimmer und auch nicht zum Abendessen erschienen. Sie haben überall gesucht, auf sämtlichen Etagen, aber keiner ist auf die Idee gekommen, dass er allein in den Keller gefahren sein könnte.

»Also, Sie schon wiederr! Solche Patienten wie Sie habe ich noch nie errlebt!« Mutter Leontynas Haar ist zerzaust. Sie scheint ganz verrückt vor Wut.

»Ab jetzt krriegen Sie Ihrre Mahlzeiten aufs Zimmerrr gebrracht. Ich verrbiete Ihnen in allerr Forrm, Ihr Zimmerr zu verrlassen! Also wirrklich!«

Während Ferdinand darauf wartet, dass die Stationsärztin sich wieder einkriegt, würde er gern etwas essen. Aber nein, heute bekommt er kein Abendessen mehr.

Er wird ohne Essen ins Bett geschickt wie als Kind, wenn ihn seine Mutter wegen einer Dummheit bestrafte.

21

Leontyna Skrzeczkowska hat in der Klinik ein paar wichtige Entscheidungen getroffen:

Monsieur Ferdinand Pélissier werden die Mahlzeiten aufs Zimmer gebracht und er soll den Speisesaal nicht mehr betreten.

Jeden Tag um zehn kommt ein Masseur und Physiotherapeut zur Behandlung, damit der Patient bald wieder selbständig wird.

Das Pflegepersonal wird angewiesen, den obengenannten Ferdinand Pélissier gründlich zu überwachen, damit er sein Zimmer nicht unbeaufsichtigt verlässt, zumindest in der nächsten Zeit.

Alle sind aufgerufen, diese Anweisungen strikt zu befolgen.

Die Dienstanweisung der Polin-Russin-Slawin, wie Ferdinand sie nennt, hängt an gut sichtbarer Stelle im Dienstzimmer der ersten Etage und lässt keinen Zweifel daran, dass das »Phänomen« aus Zimmer 106 genau beobachtet werden muss und keine Lockerung der Regelung zugelassen wird.

Ferdinand drückt seine Nase an der Fensterscheibe platt und bläst Trübsal. Zum Glück ist die Natur in seiner Nähe, auch wenn er ihren Geruch nicht wahrnehmen kann. Heute Morgen hat er auf den unteren Zweigen der Libanonzeder einen Distelfink gesehen. Der Vogel saß auf der Lauer und blieb zwei Minuten reglos sitzen, Zeit genug, seine schönen gelben Federn und sein rotes Gesicht über dem spitzen Schnabel zu bewundern. Dann flog der Vogel plötzlich fort und verschwand im Birkenwäldchen am Ende des Parks.

Ferdinand richtet die Augen zum Himmel. Heute ist ein schöner Frühlingstag. Nur wenige Wolken zerfasern den hellseidenblauen Horizont. Er seufzt. Die Zeit vergeht schleppend, so als bewege sich die ganze Welt in langsamerem Rhythmus.

Draußen auf den Wegen gehen die Patienten spazieren. Ihnen wurde nicht verboten, hinauszugehen. Wenn es ihm besser geht, kann er auch nach draußen. »Bald können Sie wieder laufen wie ein Hase, Monsieur Pélissier«, hat ihm sein Physiotherapeut versichert.

Mathieu, der ihn jeden Morgen massiert und Übungen mit ihm macht, ist nett. Er ist noch »ein junger Kerl«, gerade fünfundzwanzig. Er nennt ihn ganz unbefangen »Opa« und macht ihm Mut.

»Ja, Opa, so ist es gut. Fast geschafft. Noch eine kleine Anstrengung. So ist es prima, Monsieur Pélissier.«

Mit Mathieu kommt ihm alles so einfach vor. Es ist ganz anders als mit Mutter Leontyna. Die ist wirklich ein Scheusal. Sie hat ihn auf dem Kieker. Das ist nicht verwunderlich, denn man muss zugeben, dass »Opa« Ferdinand am Tag seiner Ankunft ziemlich übers Ziel hinausgeschossen ist. Davon hat sie sich bestimmt noch nicht erholt.

Na ja, das ist ihr Problem. Inzwischen wartet er ungeduldig darauf, ein paar Schritte im Park zu gehen. Er hat schon Fortschritte gemacht. Er kann aus dem Rollstuhl aussteigen und auf die Toilette gehen, ohne hinzufallen. Er geht langsam, wie Mathieu es ihm geraten hat, und stützt sich dabei an der Wand ab. Allerdings ist er ungeschickt und pinkelt meistens neben die Schüssel, wofür er Vorwürfe der Pflegehelferin erntet, einer schlanken Blondine, die ihn immer etwas schräg ansieht und deren viel zu stark geschminkte himmelblaue Augen ihn an Gewehrkugeln erinnern.

Neulich hat sie sich doch, als sie ihm die Haare wusch, tatsächlich die Bemerkung erlaubt:

»Wir haben einen sehr guten Friseur, der jeden Dienstagnachmittag in die Klinik kommt. Finden Sie nicht, Sie sollten das nutzen, damit er Ihnen die Haare schneidet und den Bart stutzt?«

»Was!«, hat Ferdinand gebrüllt. »Lassen Sie meine Haare und meinen Bart in Frieden, zum Teufel noch mal! Versuchen Sie mir auch nur ein Haar wegzunehmen und Sie werden mich kennenlernen!«

Die Gazelle hat nicht weiter darauf bestanden, aber seither sieht sie ihn an, als wollte sie ihn mit Blicken töten.

Er tut, als gäbe es sie nicht, und ignoriert ihre Glutaugen. Wenn Mutter Leontyna ihn in seinem Zimmer besucht, dreht er den Kopf zur Seite und tut, als schliefe er. Oft macht sie dann Bemerkungen wie:

»Err scheint sich berruhigt zu haben, hoffen wirr, dass es andauerrt!«

Tatsächlich kehren seine Kräfte langsam zurück. Vor allem wohl durch die Hilfe von Mathieu. Wegen der Behandlung und weil er ihm gute Ratschläge gibt. Auch seinem Herzen scheint es besser zu gehen, denn er hat nicht mehr diese stechenden Schmerzen in der Brust, die ihn vor der Operation fast jeden Tag quälten.

Oft denkt er an sein Haus. Es ist schon Mai, und bis zur Heuernte kommt er hier bestimmt nicht raus. John Kelly hat ihn besucht und ihm versichert, dass sie die Arbeit ohne ihn schaffen und er sich keine Sorgen machen soll. Wie soll denn das gehen? Ein Roastbeef! Kann so einer überhaupt Heu ernten? Da oben in England haben sie Rasen, aber richtige Wiesen kennen die doch gar nicht. Und wenn sie Kühe haben, dann haben die Rinderwahn. Ferdinand hat gehört, dass die Tiere krank geworden sind, weil man sie mit Fleisch gefüttert hat statt mit Gras. Deshalb wissen die Roastbeefs bestimmt schon lange nicht mehr, was Heu ist.

Hör auf, so schwarz zu sehen, ermahnt er sich immer wieder. Was hast du davon, dir den Kopf zu zerbrechen, wenn du genau weißt, dass du eh nichts ändern kannst!«

Aber so ist er nun mal, der arme alte Ferdinand, und man kann kaum erwarten, dass er sich in seinem Alter ändern wird.

Heute Morgen ist die Russin-Polin-Slawin in sein Zimmer gekommen. Er hat sofort die Augen geschlossen, um sie nicht sehen zu müssen, doch sie hat es gesehen.

»Tun Sie nicht so, als ob Sie schlafen, ich weiß genau, dass Sie wach sind. Hören Sie zu: Ich habe mit Ihrem Physiotherrapeuten gesprrochen und beschlossen, Ihnen zu gestatten, in den Parrk zu gehen, Monsieurr Pélissier!«

Da reißt Ferdinand die Augen auf.

»Wirklich?«, fragt er ungläubig.

»Natürrlich. Aberr Sie dürffen nicht durch das Eingangstorr gehen, verstanden?«

Plötzlich ist er heiterer Stimmung, damit hatte er nicht gerechnet. Mutter Leontyna ist offenbar gar nicht so streng, wie sie aussieht. Ferdinand tut es fast leid, sie falsch eingeschätzt zu haben.

»Danke, Madame«, stammelt er gerührt.

»Bitte sehrr! Aberr keine Dummheiten, Monsieur Pélissier«, ermahnt sie ihn. »Sonst, Sie wissen schon: Rückkehrr in Ihrr Zimmerr und kein Ausgang mehrr!«

Er hat den Rollstuhl verlassen und ist bis zum Aufzug den Flur hinuntergegangen. Er hat den richtigen Knopf zum Erdgeschoss gedrückt und das Reich der Freiheit betreten. Es ist keine richtige Freiheit, er wird überwacht.

In der frischen Luft kann er kaum atmen. Vielleicht, weil er es nicht mehr gewöhnt ist. Nach all den Tagen, an denen er die enge Klinikatmosphäre ertragen musste, kann er nicht mehr normal atmen. Aber bald geht es wieder. Alle Gerüche des Frühlings dringen in seine Nase. Er schnuppert, schmeckt sie und schluckt sie begierig herunter.

Unter der Libanonzeder stehen zwei Bänke. Er setzt sich auf eine von ihnen. Als er den Kopf hebt, glaubt er, sein Zimmerfenster zu entdecken. Um ihn herum machen die Vögel einen Riesenlärm. Oben in den Zweigen schreien die Kleinen nach Nahrung, in den Nestern haust eine neue Generation Spatzen.

Seit langem fühlt sich Ferdinand zum ersten Mal wohl. Am liebsten würde er singen wie die Kohlmeisen im nahen Weißdorn. Ohne dass er es merkt, zeigt sich in seinem bärtigen Gesicht ein feines Lächeln und er malt sich aus, wie er vor seinem Haus sitzt, Gamine zu seinen Füßen, während die kleine Peggy im Hof herumtollt.

»Oh, Ferdinand! Wie schön! Hast du's geschafft, aus deinem Gefängnis herauszukommen?«

Er hört ein Räuspern und wacht plötzlich aus seinen Träumen auf. Vor ihm steht in voller Größe Firmin Machebeuf und lächelt ihn freundlich an. Aber Ferdinand ist ihm im tiefsten Innern noch sehr böse.

»Ach, der Herr Bürgermeister«, sagt er, ohne ihn anzusehen.

»Herr Bürgermeister, Herr Bürgermeister! Nenn mich doch Firmin wie früher.«

»Ich werd's versuchen, Herr Bürgermeister.«

»Du bist ein alter Dickkopf! Dabei bin ich mit guten Nachrichten hergekommen!«

»Dann erzähl.«

Der Bürgermeister zögert, ziert sich, kratzt die Erde von seinen Schuhen, zeichnet komische geometrische Figuren in den Sand.

»Also«, sagte er endlich, »dein Traktor und dein Mäher sind repariert und stehen für die Heuernte bereit. Wie findest du das?«

»Das ist gut. Du hättest dir die Mühe nicht machen brauchen. Die Maschinen hätten es noch eine Weile gepackt.«

»Und so dankst du es mir, du Sturkopf?!«

»Ein Sturkopf, der seine Kühe ständig nachts draußen frieren lässt, weiß eben nicht, wie man sich benimmt. Trotzdem vielen Dank, Herr Bürgermeister, wo du es unbedingt hören willst.«

Firmin setzt sich neben ihn auf die Bank und legt ihm freundschaftlich eine Hand auf die Schulter. Oben in den Zweigen schreien die kleinen Vögel weiter vor Hunger.

»Ich freue mich sehr, dass es dir besser geht«, sagt Firmin. »Und ich meine es ehrlich.«

Ferdinand lässt die Schultern hängen.

»Ich weiß, dass ich ein alter Griesgram bin«, sagt er schließlich. »Aber so ist das, wenn man allein lebt, dann wird man biestig. Und mit dem Alter wird es nicht besser. Also jedenfalls, danke, dass du das alles für mich getan hast.«

Es wird Abend, es wird kühl, und ein schwacher Wind aus Norden lässt die jungen zartgrünen Blätter erzittern.

Ferdinand beschließt hineinzugehen, er ist ein wenig müde. Langsamen Schrittes erreicht er das Hauptgebäude. Die Sekretärin hinter der Plexiglasscheibe ist immer noch da. Sie sieht ihn an wie am ersten Tag, mit demselben dummen Gesichtsausdruck, als sähe sie einen Außerirdischen. Am liebsten würde er eine fürchterliche Fratze schneiden. Aber er lässt es lieber und geht zum Speisesaal.

»Heute werde ich mich nicht verirren, zum Kuckuck!«, sagt er.

Und dann geht er selbstsicher vorwärts.

22

John Kelly ist früh aufgewacht. Er ist aufgestanden, hat alte Bermudashorts und sein Lieblings-T-Shirt angezogen, auf dem die Stadt Wolverhampton abgebildet ist, und dann hat er unten in der Küche Tee gemacht wie jeden Morgen. Dieser Junitag ist ein besonderer Tag in seinem Leben. Zum ersten Mal geht der ehemalige Banker John Kelly Heu ernten.

Pat, die noch nicht ganz wach ist, setzt sich zu ihm an den Tisch, trinkt mit vom Schlaf noch ganz kleinen Augen mechanisch ihr Gebräu und beißt in einen Zwieback, den sie vergisst, mit Butter zu bestreichen.

Das Wetter könnte nicht schöner sein. Die Sonne steht schon hoch am tiefblauen Himmel und trocknet den Morgentau. Die Berge in der Ferne liegen im gleißenden Licht, in den Feldern zirpen die Grillen und auf den Bäumen zwitschern die Vögel.

John will gerade den Mäher an den Traktor hängen, als die alte Kiste des Bürgermeisters auf den Hof fährt. Ein großer, schlanker junger Mann mit rotem Stoppelhaar und einem Dreitagebart steigt aus.

»Hallo«, sagt er. »Ich bin Pierrot Machebeuf, Firmins

Sohn. Mein Vater sagt, ich soll Ihnen beim Heumachen helfen. Und da bin ich.«

»*Hello, boy!* Du bist pünktlich, das ist gut.«

John gibt ihm die Hand und bittet ihn, ihm in die Scheune zu folgen. Als Pat kommt, sind die beiden Männer gerade dabei, die Messer des Mähers einzustellen.

»Los, *boy*, fahr du den Traktor«, sagt John Kelly.

Er setzt sich auf den Sitz über dem rechten Kotflügel der Maschine, und das Gefährt fährt auf den weiträumigen Hof hinaus.

»Ich will mit! Ich will mit!« Peggy kommt in ihrem bonbonrosafarbenen Nachthemd angelaufen.

»Und die Schule, *little girl*, hast du daran gedacht?«, sagt John zögernd.

»Aber *Dad*, es ist der letzte Tag vor den Sommerferien, und der Lehrer hat gesagt, dass wir heute sowieso keinen Unterricht machen!«

»Kommt nicht in Frage«, sagt Patricia Kelly streng. »Du gehst auf jeden Fall in die Schule.«

Das kleine Mädchen verzieht beleidigt den Mund und dreht ihrer Mutter den Rücken zu. Dann stampft sie mit dem Fuß auf und fängt wieder an:

»Ich will aber mit!«

»Und ich sage dir, dass du dich jetzt für die Schule anziehen sollst!«

Pat ist wütend. Seit einiger Zeit ist Peggy störrisch, und es ist mühsam, sie immer wieder auf den rechten Weg zu bringen. Wegen der kleinsten Dinge kann die

Kleine zur Furie werden. Und John, den sie um den Finger wickelt, gibt ihr ständig nach.

»Geh, wasch dich und zieh dich an, Schätzchen, du musst *Mum* gehorchen. Morgen ist der erste Ferientag und dann kannst du mit uns Traktor fahren.«

John Kelly hat die richtigen Worte gefunden, um Peggy zu beruhigen. Sie gibt nach und geht entschlossen auf das Haus zu, während sie mit dem Fuß gegen kleine Erdklumpen tritt.

»Los, Pierrot. Leg den Gang ein und dann fahren wir!«

John winkt seiner Frau zu und dann verspürt er plötzlich ein wahnsinniges Glücksgefühl, weil er jetzt seine erste Heuernte erlebt.

Die beiden Männer haben beschlossen, zuerst die Weide von Truchevent zu mähen, die am weitesten von Ferdinands Hof entfernt liegt. Gleich daneben ist ein Weiher und John legt die beiden mitgebrachten Wasserflaschen und die Bierdosen hinein.

Pierrot schaltet die Zapfwelle des Traktors ein, jetzt kann der Mäher loslegen. Die vier Messer sind auf die richtige Höhe eingestellt und drehen sich gleichzeitig. Die Halme sind schon hoch, werden umgemäht und büschelweise nach hinten geworfen. Kleine Teilchen fliegen durch die Luft. Ein starker Geruch reizt John Kellys Nasenlöcher. Er freut sich wie ein Kind über sein neues Spielzeug. Am liebsten würde er vor Begeisterung schreien.

In einer knappen Stunde ist die Wiese von Truchevent gemäht wie ein Kurzhaarschnitt. Auf dem geschnittenen Gras sammeln sich massenweise Vögel, die alle Arten von Insekten verspeisen.

»Jetzt haben wir uns einen Schluck verdient, meinst du nicht?«, sagt John. Im Nu hat er eine halbe Flasche des gekühlten Wassers heruntergestürzt, Pierrot aber, der zeigen will, dass er ein Mann ist, trinkt sein Bier in einem Zug und rülpst dann laut.

Shocking!, denkt der Engländer, der solche Geräusche nicht gewöhnt ist und sie *typically* auvergnatisch findet.

Jetzt müssen sie zu einer anderen Weide fahren. Die in Eydieux, ganz nah am Dorf Garachou, ist größer, und erst um halb eins sind John und Pierrot mit der Morgenarbeit fertig.

»Lädst du mich zum Aperitif ein?«, fragt der junge Man geradeheraus.

Er duzt John, ohne zu fragen. Vermutlich hat diese neue Vertrautheit auch mit den vielen Bierdosen zu tun, die er gegen Mittag heruntergestürzt hat. John Kelly findet die Auvergnaten unberechenbar. Im ersten Moment können sie kalt und abweisend sein, und dann schlagen sie einem plötzlich mir nichts, dir nichts auf den Rücken, als hätten sie einen schon immer gekannt.

»Aperitif? Oh *yes*, warum nicht? Wir haben es verdient. Was willst du trinken?«

»Pastis, natürlich.«

»Also gut, Pastis. Ich trinke Wasser, *of course*.«

Nachdem sie in aller Eile zu Mittag gegessen haben, hält Pierrot in der Scheune Siesta, um das Übermaß an Anisette zu verkraften. Um zwei Uhr ist es Zeit, weiterzumachen, und der Traktor, der den Mäher zieht, fährt durch die heiße Sonne Richtung Gourlanges, wo Ferdinands größte Weide liegt.

John hat den Eindruck, dass das Gerät nicht mehr so gerade fährt wie am Morgen, aber er sagt nichts und behält es für sich.

Als sie bei der Wiese angekommen sind, bittet er Pierrot aber, ihn ans Steuer zu lassen.

»*Please*, lass mich mal fahren. Ich habe dir heute Morgen zugeschaut und ich weiß jetzt, wie es geht.«

»Okay, Boss. Es ist keine Zauberei. Du musst immer nur bis ans Ende der Reihe geradeaus fahren. Danach wendest du und fährst am Außenrand entlang. Und so immer weiter bis zur Mitte.«

Pierrot reckt die Arme gen Himmel, streckt sich aus und gähnt laut. »Ich lege mich inzwischen ein bisschen in den Schatten der Pappeln«, sagt er schnaufend.

Dann nimmt er sich als Begleitung eine Dose Bier, reißt den Deckel auf und fängt gleich an zu trinken.

Es ist Abend. John tun die Armgelenke ein bisschen weh. Das Steuer eines Traktors zu halten, der über zahlreiche Hubbel fährt, ist weniger bequem, als einen Vauxhall zu fahren. Dennoch ist er sehr zufrieden. An einem Tag hat er es geschafft, alle Wiesen von Ferdinand zu mähen und einen Teil der eigenen, die an sein Haus grenzen.

Pierrot ist schon losgefahren. Er ist mit seinen Freunden in der Sportbar von Chabassières verabredet. Sobald der Traktor in der Scheune stand, hat er sich mit der alten Kiste seines Vaters auf den Weg gemacht. Das Auto machte ein paar Hopser wegen der vielen Biere, die er den ganzen Tag über getrunken hatte, aber so ist die Jugend eben.

John hat sich mit dem Sohn des Bürgermeisters erst wieder für übermorgen verabredet, denn das Gras muss vierundzwanzig Stunden im Freien liegen, um anzutrocknen. Morgen fährt er selbst mit dem Heuwender herum und Pierrot kommt erst wieder, um das Heu zu bündeln, wenn es schön trocken ist.

Peggy ist nachmittags aus der Schule gekommen – der letzte Tag dieses Schuljahres! – und erinnert ihn an sein Versprechen vom Morgen.

»*Daddy*«, sagt sie einschmeichelnd, »ich darf doch mit dir Traktor fahren, oder?«

»Aber klar, *little girl*, ich hab's dir doch gesagt. Und *Daddy* hält, was er verspricht.«

Während Pat demonstrativ die Schultern zuckt, springt das Mädchen seinem Vater auf den Schoß und küsst ihn tausendmal auf die schlecht rasierten Wangen.

Der letzte Teil der Heuernte war schnell erledigt. Nur knapp zwei Stunden hat es gedauert, die wenigen Ar um das Haus der Kellys herum zu mähen. Sie haben genügt, um die Laune des kleinen Fräuleins zu heben, das stolz wie eine Henne, die gerade ein Ei gelegt hat, auf dem rechten Kotflügel des Traktors saß. Hätten doch die Jungen und Mädchen aus der Schule sie sehen können, es hätte ihnen die Sprache verschlagen!

John will am Nachmittag zur Weide von Truchevent fahren, um das Heu zu wenden. Es ist immer noch schönes Wetter und sehr warm. Man muss die Gelegenheit nutzen. Peggy ist müde und will lieber in ihrem kühlen Zimmer bleiben. Und so fährt John allein.

Der Heuwender hebt das gemähte Gras wie die Finger einer riesigen Hand und verteilt es dann wieder auf dem Boden, der durch die Sonne bald trocken und gelb sein wird. John konzentriert sich sehr auf seine Bewegungen, aber im Grunde erscheint ihm diese Arbeit nicht schwer. Sie lässt sich fast automatisch erledigen.

Wie man ihm erzählt hat – vor allem Ferdinand hat viel von der guten alten Zeit berichtet –, brauchte man früher viel Zeit und Geduld für die Heuernte. Tagelang waren die Bauern mit ihren Harken auf den Wiesen, breiteten das Heu aus und beteten zum Himmel, dass die Frucht ihrer Arbeit nicht durch ein Gewitter vernichtet wurde. Im Vergleich dazu erscheint es heute fast wie ein Kinderspiel.

John muss wieder an Pierrot denken. Der junge Machebeuf neigt zum Alkohol. Er ist noch nicht zwanzig und säuft wie ein Loch. Ob alle jungen Männer aus der Auvergne so sind?

Die Stunden vergehen und der Heuwender erledigt seine Arbeit regelmäßig wie eine gut geölte Maschine. Um sechs Uhr abends kommen Pat und Peggy aufs Feld.

»Na, *gentleman farmer*, alles in Ordnung?«, fragt Pat ironisch.

»*Everything's perfect*, meine geliebte Bauersfrau. Morgen können wir mit Pierrot das Heu bündeln. Wenn es nur nicht regnet!«

Es hat nicht geregnet, und John ist sich sicher, dass ihm die Götter bei seiner ersten Heuernte gewogen sind. Er hat ein Riesenglück, das Glück des Ahnungslosen, der seinen Weg unbeirrt fortsetzt.

Heute wird das Heu in Reihen gezogen und gebündelt. John hat die Bindemaschine an die Welle des Traktors angekoppelt. Diese Maschine ist ein Renault-Modell aus den siebziger Jahren. In den Augen ihres Besitzers Ferdinand ist sie zwar nicht mehr ganz neu, aber kocht man nicht in alten Töpfen die besten Suppen?

Die Maschine soll das Heu in kleine Ballen mittlerer Dichte formen. Das Gras soll weder in Plastik gepresst noch zerhackt in dicke, luftdicht abgepackte Würste gestopft werden, wie man es heutzutage macht. Nein, hier in Garachou wird noch gearbeitet wie früher, und die Ballen werden von Hand auf den Hänger geladen, bevor sie auf dem Hof in die Scheune kommen.

Pierrot kommt erst um neun. John, der inzwischen ein paar Ausdrücke der heimischen Sprache kennt, fragt ihn:

»Na, *boy*, war dein Wecker heute Morgen kaputt?«

Der Junge hat zerzaustes Haar, ist bleich im Gesicht und stottert so etwas wie eine Entschuldigung.

»Spät im Bett … schlecht geschlafen … ein Freund hatte Geburtstag, den haben wir begossen …«

Sein Atem riecht nach Alkohol und er hat offenbar Mühe, mehrere Wörter hintereinander zu sprechen.

»Gut, dann geh am besten wieder schlafen. Pat und ich schaffen es auch allein.« John Kelly spürt eine leise Wut in sich aufsteigen. Selbst wenn er sich freundlich gibt und gern einräumen will, dass man nicht immer zwanzig ist, gibt es Momente, in denen man mit der Faust auf den Tisch hauen muss. Und er tut es jetzt.

»Dein Vater wird sich freuen, wenn er das erfährt. Schämst du dich gar nicht? Los, geh schon. Du fährst sonst noch den Traktor in den Graben! Geh mir aus den Augen, Nichtsnutz!«

John und Pat sind erschöpft. Das war ein harter Tag, aber sie haben alles Heu von Ferdinands Wiesen in die Scheune gebracht. Jetzt sind nur noch ihre eigenen Wiesen dran.

»Weißt du was, *my Darling*?«, sagt John ohne Vorwarnung. »Wir sollten einen Esel kaufen, der unser Heu frisst.«

»Einen Esel? Und was sonst noch?« Pat scheint diese spinnerte Idee nicht verstehen zu wollen. Aber Peggy springt vor Begeisterung in die Luft und schmiegt sich an beide Eltern.

»Ein Esel! Ja! Ein Esel! *Mummy, please*, es wäre so schön, einen Esel zu haben. Sag ja, *Mummy*, sag ja!«

Aber da klingelt plötzlich das Telefon.

»Hallo? Ja, ich bin es … Die Reha-Klinik? Guten Abend, Madame … Was ist los? Aha! Ich … gut, in Ordnung. Ich komme, so schnell ich kann.«

23

»Das Heu! Herrgott! Ob sie mit dem Heu klarkommen?«

Von früh bis spät und manchmal auch nachts plagt sich Ferdinand mit immer denselben Fragen. Sie quälen ihn und er wird von Tag zu Tag grimmiger.

Ich bin doch jetzt gesund, warum lassen sie mich immer noch in dieser blöden Klinik, wo ich mich fühle wie im Gefängnis? Mutter Leontyna Skrzeczkowska überwacht mich noch immer mit strengem Blick, dabei würde es mir zu Hause viel besser gehen als bei dieser verdammten Russin-Polin-Slawin, die grinst wie eine Ölsardine.

Morgens geht es ja noch. Mathieu ist ein netter Zeitgenosse. Durch ihn und die Übungen, die sie machen, hat Ferdinand wieder ein Gespür für seinen Körper und fühlt sich sicherer, wenn er zehn Schritte gehen muss, vorwärts, rückwärts, und ein Bein heben, sich auf Zehenspitzen stellen oder den Hintern vom Stuhl hochheben soll.

Aber die Nachmittage sind so lang! Die Zeit schleicht dahin bis zum Abend, der einfach nicht kommen will.

»Wenigstens ist schönes Wetter. Das ist wichtig fürs Heu, und die Arbeit der Menschen wird nicht vom Gewitter zerstört.«

Mittlerweile geht Ferdinand oft auf den Parkwegen spazieren.

»Sie verlassen auf keinen Fall den Park«, hat ihm die Ärztin mit dem unaussprechlichen Namen gesagt. Dabei hätte er große Lust dazu. Mit den Amseln, Tauben und Meisen hier auf den Bäumen kann man sich nicht gut unterhalten, und die anderen Bewohner scheinen etwas gegen ihn zu haben. Hat das mit den langen Haaren und dem wilden Bart zu tun? Oder mit den gelben Zähnen, die man sieht, wenn er sich zu lächeln bemüht? Kurz und gut, wenn er näher kommt, nehmen die anderen sowieso Reißaus und er hat von ihnen nichts zu erwarten.

An diesem Frühsommertag beschließt Ferdinand nach dem Mittagsschlaf in seinem Zimmer, nach draußen zu gehen. Es ist heute Nachmittag sehr heiß und man bekommt nur schwer Luft, doch sein Bedürfnis, sich die Beine zu vertreten ist größer. Sobald er den Eingangsbereich verlassen hat, schlägt ihm heiße Luft entgegen und füllt seine Lungen. Es erinnert ihn an das heiße Klima der algerischen Wüste.

»Zum Teufel! Tauwetter!«, sagt er laut.

Ein Gärtner mit einem Rechen auf der Schulter kommt vorbei und rät ihm:

»Bleib lieber im Kühlen, Opa! Bei dieser Hitze kriegt man schnell einen Sonnenstich. Nehmen Sie sich in Acht!«

»Ich habe doch meine Mütze. Machen Sie sich um mich mal keine Sorgen.«

Der Gärtner schüttelt den Kopf und macht sich wieder an die Arbeit, während Ferdinand sich auf einer Bank niederlässt, im Schatten der großen Zeder. Über ihm machen die Vögel in den Nestern einen Mordslärm, die Hitze scheint ihnen nichts auszumachen.

»Was für ein Radau! Könnt ihr nicht mal einen Moment ruhig sein?«, schimpft Ferdinand.

Er schimpft immer öfter. Bei jedem kleinen bisschen beschwert er sich. Je älter er wird, desto schlimmer wird es. Schlimmer als bei seinem armen Bruder Félicien, dem immer ein Furz quersaß und der sogar über eine Fliege fluchen konnte, die zu laut summte.

Die Bank ist nicht sehr bequem und bald hat Ferdinand Schmerzen im Rücken. So steht er auf und geht Richtung Ausgang die Allee hinunter. »Überschrreiten Sie nicht diese Grrenze, sonst passierrt Ihnen was!« Wieder sieht er die Russin-Polin-Slawin vor sich mit ihrem rollenden R und ihren dicken Froschaugen.

Einen Moment zögert er. Er dreht sich um, schaut nach rechts und nach links. Nach vorn und wieder zurück. Auf dem Weg ist niemand zu sehen, nicht mal eine Katze und auch der Gärtner ist nicht in der Nähe. Ob sich ihm eine solche Gelegenheit noch einmal bietet? Nein, sicher nicht, er muss diese Chance nutzen.

Er macht sich aus dem Staub, so schnell ihn seine Füße tragen, und schon ist er auf der Straße. Sein Herz klopft schneller, und er fühlt sich plötzlich wie ein Junge, der die Schule schwänzt. Er ist zehn Jahre alt und seine Augen sprühen wie der Schaumwein, den sein armer Vater früher entkorkte, um Neujahr zu feiern.

Nachdem er das Tor durchquert hat, wirft er einen letzten Blick auf die Fassade. Auf einem mit Ökogrün umrahmten Schild liest er in roten Buchstaben: Reha-Klinik für Herz- und Lungenleiden.

»Na gut, heute Abend komme ich wieder. Aber jetzt bin ich ein freier Mann!«

Die leicht abschüssige Straße führt zu einer Kreuzung, an der eine Lampe blinkt, um Bauarbeiten anzuzeigen. Zwei Bauarbeiter mit schweißtriefendem nacktem Oberkörper klopfen mit verhaltener Energie die Straße auf. Ferdinand geht dicht an der Baustelle vorbei und grüßt sie. Aber die Männer antworten nicht und werfen nur ganz kurz einen Blick auf ihn.

Nicht gerade höflich, die Kerle, denkt er. Offenbar sind in den Städten alle so und sagen sich nicht einmal guten Tag.

Die Autos rasen an ihm vorbei. Jedenfalls hat Ferdinand den Eindruck, der so viel Verkehr nicht gewöhnt ist. So bleibt er vorsichtig auf dem Bürgersteig und fragt sich, was für ein Leben die Leute führen, die es immer so eilig haben.

Die Bilder seines Ausflugs nach Bourges kommen ihm wieder in den Sinn. Bourges! Ganz schön verrückt war das, sich mit dem Moped auf ein solches Abenteuer einzulassen. Aber was passiert ist, ist passiert. Und es wird nicht wieder passieren. So machen die Menschen hier auf Erden ihre Erfahrungen.

Plötzlich erschrickt er. Ein Polizeiwagen mit Sirene und Blaulicht fährt an ihm vorbei. Ferdinand drängt sich hastig gegen eine Mauer.

Verflucht! Was ist, wenn sie schon nach ihm suchen?

Aber nein, das Fahrzeug fährt weiter. Dennoch klopft Ferdinand das Herz bis zum Hals und ihm läuft der Schweiß in den Nacken. Er muss sich gegen eine Einfahrt lehnen, weil er völlig außer Puste ist.

»Monsieur! Monsieur! Geht es Ihnen nicht gut?«

Jemand hat ihm die Hand auf die Schulter gelegt. Er öffnet die Augen wieder und sieht eine leicht gekleidete Dame mit dunkler Haut, deren weiße Korsage ihre üppigen Formen nur spärlich verbirgt.

Eine Negerin!, denkt er. Na so was! Nichts wie weg!

Unter den besorgten Blicken der Frau ergreift er die Flucht. Der Schweiß läuft ihm herunter, die Sonne brennt immer stärker. Wie gern hätte er jetzt ein großes Glas Wasser. Aber er hat keinen Centime in der Tasche. Wie soll man unter solchen Umständen ein Bistro betreten und etwas bestellen? Freiheit ist eine schöne Sache, aber sie ist noch schöner, wenn man Geld hat und sie sich leisten kann.

Rechter Hand sieht er einen kleinen Park. Dort ist auch ein rundes Becken mit einem Schwan und schnatternden Enten. Sofort bekommt er Lust, die Schuhe auszuziehen und sich in dem kühlen Wasser zu erfrischen. Er stört die Vögel ein wenig, probiert es erst mit einer Zehe, dann mit zweien, dreien und schließlich dem ganzen Fuß. Er hebt die Hosenbeine an und watet auf dem sandigen Grund, der ihn angenehm kitzelt.

»He, Sie da! Haben Sie das Schild nicht gesehen? Baden verboten, steht da! Außerdem darf man nicht auf dem Rasen laufen! Können Sie denn nicht lesen?«

Diesem Mann, einem Koloss von mindestens hundertzwanzig Kilo, würde kein Mensch zu widersprechen wagen. Ferdinand gehorcht, kommt aus dem Wasser und geht leise und vorsichtig über das grüne Gras und zieht seine Schuhe an, ohne sich die Füße abzutrocknen, bevor er verschwindet.

»Das will ich wohl meinen! Und lassen Sie sich hier bloß nicht wieder blicken!«, ruft der Parkwächter ihm nach.

Ferdinand geht einen Weg entlang und stößt am Ende des kleinen Parks wieder auf eine Straße. Die Sonne brennt und es gibt keinen Schatten, um sich zu schützen.

»GottohGott!«, ruft er. »Ich wäre besser in aller Ruhe im Park der Klinik geblieben.«

Autos fahren dicht an ihm vorbei. Er wischt sich die Stirn ab. Sein Taschentuch ist schon schweißnass. Das Schlimmste aber ist, dass er den Rückweg nicht weiß.

»Das hab ich toll gemacht. Ferdinand, da sitzt du ganz schön in der Patsche!«

Er beschließt, denselben Weg zurückzugehen. Aber er erkennt nichts wieder. Er sieht Sterne vor den Augen und ihm wird so schwindelig, dass er sich auf eine kleine Mauer setzen muss. Jetzt fängt sein Herz wie wild an zu klopfen …

In der Reha-Klinik für Herz- und Lungenleiden herrscht Alarm. Ferdinand ist verschwunden!

»Wie ist das nur möglich!«, ruft Dr. Leontyna Skrzeczkowska außer sich. »Können Sie mirr sagen, warrum und wie der 106 ausgerrissen ist?«

Ein Gärtner erzählt, dass er den »Bärtigen mit den langen Haaren«, wie er ihn nennt, am frühen Nachmittag gesehen habe.

»Ich habe ihm sogar noch gesagt, er soll im Kühlen bleiben, und dass er einen Sonnenstich kriegt, wenn er so draußen herumspaziert. Nachher habe ich dann nicht mehr auf ihn geachtet.«

»Err hat bestimmt den Parrk verrlassen!«, schreit Leontyna wütend. »Schnell, ein Auto, wirr müssen ihn errwischen, bevorr etwas Schlimmes passierrt!«

Ferdinand hat einen Schwindelanfall. Blitze vor den Augen, Bienen in den Ohren, ihm dreht sich alles und wieder muss er sich auf die erstbeste Mauer setzen. Nach und nach kehren seine Lebensgeister zurück und er zwingt sich, ruhig und so tief wie möglich zu atmen.

Der kleine Junge aus dem Haus gegenüber hat aus dem Fenster geschaut. Er hat gesehen, wie der Alte auf die Mauer sackte.

»Oma, Oma, da ist ein Mann, ihm geht es nicht gut!«

Die Großmutter kommt gelaufen und schaut auch hinaus.

»Du hast Recht, Kevin. Der arme Mann ist schlecht dran. Sehen wir mal, was wir tun können.«

Ferdinand lässt sich von der Dame und dem kleinen blonden Jungen, der seine Hand umklammert und sie festhält, als fürchte er, dass er hinfällt, ohne weiteres über die Straße führen.

Dann betritt der alte Bauer hinter ihnen das Haus. Ein so teures, sauberes Haus, dass er sich fast ein bisschen unwohl fühlt. Es tut ihm leid, dass er so verzottelt aussieht. Die Leute müssen ihn ja für einen Landstreicher halten!

Die »Oma« hat ein dreieckiges Gesicht wie eine Katze mit blau schimmerndem Haar wie Amselfedern. Die Lachfältchen an den Augenwinkeln beweisen, dass sie ein schönes Leben gehabt hat. Sie sieht sehr gütig und freundlich aus.

»Haben Sie Durst, Monsieur?«

»Ja, Madame.«

Er trinkt das Glas Wasser, das sie ihm bringt, in einem Zug leer. Kevin hockt vor ihm auf dem Küchenboden und sieht ihn mit großen Augen fasziniert an.

Du wirst sehen, er wird dich auch noch für einen Indianer halten, sagt sich Ferdinand in Gedanken an die kleine Peggy und ihre erste Begegnung. Aber nein, der Junge schaut ihn nur mit seinen beiden blaugrünen Murmeln schweigend an, während Ferdinand im Handumdrehen das zweite Glas austrinkt, das ihm die Großmutter reicht.

»Was ist mit Ihnen passiert, Monsieur?«, fragt sie anteilnehmend.

»Die Sonne, sie brennt zu heiß!«

»Allerdings. Bei dieser Hitze sollte man besser im Haus bleiben. Soll ich einen Arzt anrufen? Oder Ihre Familie? Jemand, der Ihnen helfen könnte?«

Das kommt für Ferdinand nicht in Frage. Schon will er aufstehen und aus dem Haus fliehen. Ein Arzt! Und was noch? Er will auf keinen Fall wieder in die Herz-Lungen-Klinik, denn da werden sie ihn, das kann er sich schon ausrechnen, in seinem Zimmer einsperren, als Strafe für seinen Ausflug.

Doch dann sinkt er wieder in seinem Stuhl zurück. In seinem Kopf dreht sich alles, doch dann hat er eine Idee.

»Es wäre nett, wenn Sie meine Nachbarn anrufen würden«, sagt er endlich. »Aber ich weiß ihre Nummer nicht.«

»Wir holen das Telefonbuch.«

Bei den Engländern ist niemand zu Hause.

»Sie machen Heu. Natürlich können sie dann nicht ans Telefon gehen«, murmelt Ferdinand vor sich hin.

Da sagt der Junge: »Mein Papa kommt gleich. Er kann dich mit seinem Laguna nach Hause bringen.«

»Das ist eine sehr gute Idee, die mein Enkel da hat«, sagt die alte Dame. »Wo wohnen Sie, Monsieur?«

»In Garachou. Das kennen Sie bestimmt nicht.«

»Nein, leider nicht. Wo liegt es genau?«

»In der Combraille.«

»Nun ja, wenn Sie möchten, bringt mein Schwiegersohn Sie sicher gerne dort hin.«

»Das wäre sehr nett von ihm. Vielen Dank, Madame.«

Ferdinand hat noch nie so lange gewartet. Es kommt ihm vor wie eine Ewigkeit. Inzwischen stellt er sich vor, dass in der Klinik jetzt alle auf hundertachtzig sind. Die Russin-Polin-Slawin hat sicher schon die Polizei alarmiert.

»Da ist jetzt die Hölle los«, sagt er halblaut.

»Was hast du gesagt?« Der Junge ist ganz dicht bei ihm und sieht ihn aufmerksam an.

Wie seltsam, er redet wie Peggy, denkt Ferdinand. Die beiden würden sich sicher gut verstehen. Die Kinder sind heutzutage wirklich anders als früher, viel unbefangener.

Er hat Kopfschmerzen, ihm ist, als drückte ihm eine riesige Zange die Stirn zusammen.

»Was hast du gesagt?«, fragt der Junge noch einmal.

Um nicht antworten zu müssen, schließt Ferdinand die Augen und hört, wie die Großmutter zu ihrem Enkel sagt:

»Er ist müde, mein Junge. Lassen wir ihn sich ausruhen, bis Papa ihn nach Hause bringt.«

Erst nach sechs kommt der Schwiegersohn zur Haustür herein. Ein sehr eleganter Mann, etwa Mitte dreißig, sportlich, mit sonnengebräuntem Gesicht. Er trägt eine weiße Hose und ein weinrotes offenes Hemd, das seine Brusthaare erkennen lässt.

Ferdinand kneift die Augen zusammen und tut immer noch, als schliefe er.

»Ich soll den alten Herrn nach Hause bringen? Was hat er denn?«, hört er den Mann seine Schwiegermutter fragen.

»Ich weiß es nicht. Wir haben ihn hereingeholt. Es ging ihm nicht gut.«

»Vielleicht hättet ihr besser einen Arzt gerufen? Ihn in die Notaufnahme eines Krankenhauses bringen lassen?«

»Das schien er nicht zu wollen.«

»Na gut, wo, hast du gesagt, wohnt er?«

Kurze Zeit später sitzt Ferdinand auf dem Rücksitz des Laguna und macht ein zufriedenes Gesicht. Er sieht aus wie jemand, der nach zu langer Abwesenheit in die Heimat zurückkehrt. Der Kopf tut ihm immer noch weh, trotz des Aspirins, das ihm die alte Dame vor der Fahrt gegeben hat. Links neben ihm sitzt der kleine Kevin und starrt ihn weiter an. Sein Vater konzentriert sich auf die Straße und sagt kein Wort. Ab und zu wirft er einen Blick in den Rückspiegel, um nach dem Passagier zu sehen.

Sie fahren durch Riom, dann Richtung Montcel über Château-Guyon, und Ferdinand sieht die vertraute Landschaft wieder, die Straße, die er schon mit seinem Moped gefahren ist. Alte Erinnerungen werden wach.

Es ist schön, wieder nach Hause zu kommen, denkt er.

»Warum lächelst du die ganze Zeit?«, fragt der Junge.

»Weil ich mich freue, bald wieder in meinem Haus zu sein.«

»Warst du denn lange weg?«

»Oh ja, viel zu lange!«

Kevins Vater hat wieder in den Rückspiegel geschaut. Sicher fragt er sich, wer dieser seltsame Ostgote hinten in seinem Wagen ist.

Aber das spielt jetzt keine Rolle mehr, denn nun sind sie gleich in Garachou. Dank einer kleinen Tafel, einer Art kleinen Fernseher, den der Junge »Navi« nennt, hat der Fahrer ohne weiteres den Weg hierher gefunden.

Man könnte denken, er wäre schon mal hier gewesen, sagt sich Ferdinand. Aber woher kommt diese komische Stimme, die ihm immer befiehlt, geradeaus zu fahren oder nach rechts und links abzubiegen?

Endlich bleibt der Wagen auf dem Hof stehen.

»Jetzt sind Sie wieder zu Hause«, sagt der Mann.

»Vielen Dank, Monsieur!«

Einen Moment möchte er fragen, wie viel er ihm für seine Mühe schuldet. So ist das in der Auvergne, wie überall verdient jede Anstrengung ihren Lohn. Aber er schweigt, als die schlanke schöne Gestalt von Patricia Kelly auf sie zuläuft.

»Ferdinand? Bist du es wirklich?«

Die Engländerin scheint ihren Augen nicht zu trauen.

»Sie suchen dich in der Klinik! Und John ist nach Clermont gefahren! Sicher ist die Polizei schon hinter dir her! Meine Güte, das kann richtigen Ärger geben!«

»Ist mir egal, was es gibt. Ich will zu Hause leben und ich setze keinen Fuß mehr in dieses elende Reha-Loch.«

Und da ist auch schon die kleine Peggy.

»Oh! Ferdinand! Ferdinand! Wie froh bin ich dich wiederzusehen, mein Indianer!«

Sie stürzt sich so heftig auf ihn, dass sie ihn fast umwirft, und hält sich an seinem Bart fest.

»Nie wieder die Russin-Polin-Slawin! Nie wieder Krankenhaus! Ich bin wieder da und ich bleibe jetzt hier!«, wiederholt der alte Bauer.

»Na schön, Ferdinand. Ich rufe John auf dem Handy an, damit sie aufhören, nach dir zu suchen, aber du wirst Ärger kriegen!«

Kevin und sein Vater beobachten die Szene schweigend. Schließlich sagt der Mann:

»Ich lasse Ihnen meine Karte da. Auf so ein Melodram war ich nicht gefasst. Auf Wiedersehen, Madame. Sie wissen, wo Sie mich erreichen können.«

Während der Laguna in einer Staubwolke verschwindet, nimmt Ferdinand den Kopf in beide Hände. Er hat immer noch starke Kopfschmerzen. Aber die Hauptsache ist, dass er wieder zu Hause ist. Hätte er das ahnen können, heute Morgen, als er sich so viele Fragen stellte nach dem Heu und wie sie wohl ohne ihn ausgekommen waren?

Das Heu …

Ob John damit fertig geworden ist? Ist alles gut gegangen?

Verfluchte Kopfschmerzen!

24

Warum dieser ganze Wirrwarr! Das war doch nicht notwendig. Wirklich nicht!

Ferdinand muss im Bett liegen. Heute Morgen hat er hohes Fieber, wahrscheinlich hat er zu viel Sonne auf seine Birne gekriegt. Eins ist sicher: Niemals, um keinen Preis geht er zurück in dieses Gefängnis, das sie Reha-Klinik nennen, und deren Oberaufseher eine Frau ist. Und was für eine Frau! Ein abschreckendes Mittel gegen die Liebe, denkt Ferdinand, ein Impfstoff gegen Heiraten!

Er musste ein Papier zur Entlastung der Klinik unterschreiben. Das hat John gesagt, als er ihm das Blatt mit dem Stempel der Herz-Lungen-Klinik vorlegte. Das war gestern Abend, als der Roastbeef wiederkam. Mister Kelly war ziemlich aufgebracht. Man muss auch zugeben, dass er allen Grund hatte, schlecht gelaunt zu sein.

Ferdinand schlottert trotz des dicken Federbetts, das er bis zum Kinn hochgezogen hat. Obwohl es draußen immer noch sehr heiß ist, friert er am ganzen Körper.

»Wie kann man auch nur an einem solchen Tag in der prallen Mittagshitze spazieren gehen!«, hat Pat zu ihm gesagt.

»Ich wollte eben nicht mehr eingesperrt sein«, hat er geantwortet.

Heute Morgen hat John den Doktor in Montcel angerufen. Am Nachmittag will er vorbeikommen. Bis dahin trinkt Ferdinand literweise Kamillentee, den seine Nachbarin für ihn gekocht hat.

»Nach einem Sonnenstich braucht der Körper viel Flüssigkeit«, hat sie ihm erklärt.

»Zu Befehl, Frau Doktor«, sagte er im Scherz.

»Ferdinand, das ist nicht zum Lachen! Ein Sonnenstich kann schlimme Folgen haben!«

Er schämt sich ein wenig, wenn Pat mit ihm schimpft wie eine Mutter. Sie leert sogar seinen Nachttopf auf dem Misthaufen im Hof.

»Findest du nicht, du solltest dir hier mal eine Toilette einbauen?«

Sie hat es in ganz neutralem Ton gesagt, aber es hat ihn hart getroffen und ganz verlegen gemacht.

»*Hey, man!* Weißt du eigentlich, dass dein Heu in der Scheuer ist? Ich hoffe, du bist mit unserer Arbeit zufrieden.«

Auch John Kelly ist zu ihm ins Schlafzimmer vorgedrungen. Heute scheint er seine gute Laune und seinen Schwung wiedergefunden zu haben. Er lacht sogar richtig.

»Ich komme gerade aus Clermont. Ferdinand, was bist du nur für ein Kerl! Deine Polin Leontyna hat dich nicht gerade ins Herz geschlossen! *Anyway*, hier sind deine Sachen«, sagt er und stellt den alten Koffer seines Nachbarn auf den Boden. »Deine Entlassungspapiere sind jedenfalls in Ordnung, jetzt brauchst du dir keine Sorgen mehr zu machen und kannst ruhig schlafen.«

Schlafen ... letzte Nacht hat Ferdinand kaum ein Auge zugemacht, so sehr plagte ihn das Fieber. Aber vielleicht macht er das jetzt. Wie durch einen Schleier sieht er den Roastbeef an seinem Fußende und hört dessen hohe Stimme mit dem unmöglichen Akzent.

»Ja, das ganze Heu ist drin ... Meins übrigens auch ... Der Sohn des Bürgermeisters ist vielleicht ein Heini ... Wir haben es aber auch allein geschafft. Oh! Schläfst du, Ferdinand? *My God!* Ja, er schläft tatsächlich ...«

Der Arzt weckt ihn. Doktor Gadrat ist ein Äskulap alter Schule. Er ist fast siebzig – bis zur nächsten Weinernte –, wie er selbst sagt. Ausgeschlossen, die Hausbesuche im Kanton aufzugeben. Jahrelang ist er am Steuer seines alten Citroën 2 CV überall hingefahren. Ganz gleich, welches Wetter herrschte, wie der Zustand der Straßen war, bei Tag, bei Nacht, seine alte Karre zog ihre Spuren bis in die entlegenen Dörfer, die man im Winter kaum erreichen konnte. Einziges Zugeständnis an die Moderne: Inzwischen hat er den 2 CV durch einen Geländewagen ersetzt, einen Lada-Niva, den er mit großem Geschick fährt, die steilsten Wege hinauf bis in die letzten Dörfer.

»Na, Pélissier, Sie alter Haudegen«, ruft er, als er ins Zimmer kommt. »Da haben Sie ja in Clermont ganz schön was angerichtet. Eine meiner Kolleginnen ist ziemlich sauer auf Sie.«

Ferdinand hebt ein Augenlid. Über ihm erscheint das lange schmale Gesicht des Arztes, dessen kastanienbraune Augen ihn durch seine dicke Hornbrille zu durchdringen scheinen. Der Mann ist klein, sein Rücken leicht gewölbt durch die Jahre. Er sieht aus wie ein einzelner Baum, der zu lange im Wind gestanden hat.

Jetzt legt er eine Hand auf die heiße Stirn seines Patienten.

»Mein Gott, lieber Freund! Sie haben ja tierisches Fieber. Spaziergänge in der Sonne sind nicht gut für Sie!«

Er holt ein Blutdruckmessgerät aus seiner Tasche und legt die Manschette um Ferdinands rechten Arm.

»Auch nicht gerade gut, 170 zu 110, da müssen wir ein bisschen aufpassen.«

Dann setzt er das Stethoskop auf mehrere Stellen von Ferdinands Brustkorb.

»Gut. Sie bleiben jetzt ein paar Tage ruhig im Bett liegen, versprochen? Gehen Sie nicht nach draußen, es ist so heiß, dass man Eidechsen auf einem Stein braten könnte. Und trinken Sie viel. Wasser und Tee, keinen Wein oder Schnaps!«

Der Arzt legt die Instrumente wieder in seine Tasche und geht zur Zimmertür. Dann dreht er sich noch einmal um: »Und keine Dummheiten, Papa Pélissier!«, ruft er. »Ich verbiete Ihnen, nach draußen zu gehen, solange diese Hitze herrscht. Sie haben mich verstanden, oder?«

Plötzlich sieht er den Alten schelmisch an.

»Es sei denn, Sie haben Lust, die reizende Frau in der Klinik wiederzusehen. Die Arme sehnt sich bestimmt schon nach Ihnen. Sie scheinen sie ja auch sehr ins Herz geschlossen zu haben …«

Ferdinand muss sich beherrschen, um nicht mit dem Pantoffel nach ihm zu werfen.

»Auf Wiedersehen, Papa Pélissier.«

»Grrrr!«

Die Zeit vergeht so langsam, wenn man im Bett liegen muss und nichts sieht als die Fliegen an der Decke. Ferdinand würde gern aufstehen und in die Scheune gehen, um zu sehen, ob das Heu richtig eingebracht wurde. Ob der Roastbeef auch nichts Unsinniges angestellt hat. Dass er Traktor und Mäher am richtigen Platz abgestellt hat, dass alles seine Ordnung hat.

Und seine Kühe … Lieber Gott! Wie gern er seine Kühe wiedersehen würde. Und den Stall mit seinem Geruch nach Kuhmist, vermischt mit Stroh und Gülle, bei dem den Leuten aus der Stadt übel wird, der aber so sehr zu seinem Leben gehört. Könnte er nur für eine Minute diesen unvergleichlichen Geruch einatmen!

Aber der Kopf schmerzt noch immer und er muss sich an die Weisungen des Arztes halten, sonst landet er am Ende wirklich wieder bei Mutter Leontyna Cracrakowska oder Cacacinski oder wie immer sie heißt. Alles, nur nicht dieses Gefängnis und die teuflische Aufseherin mit dem Namen, der nach einem Urtier klingt.

Er streckt sich der Länge nach in seinem Bett aus und ein Schauer fährt ihm über den ganzen Körper und überzieht ihn mit einer Gänsehaut. Draußen fährt das Auto von Dr. Gadrat weg. Sicher hat er bei den Engländern ein Rezept für Medikamente hinterlassen, die sie in Montcel in der Apotheke kaufen müssen.

Diese Kellys sind wirklich nette Nachbarn. Was für ein Glück er mit ihnen hat, nirgendwo sonst gibt es Menschen, die anderen so gern helfen. Für Engländer ist das wirklich enorm. Hätten sie bloß nicht Jeanne d'Arc verbrannt, diese Engländer!

Dann hört er es auf der Treppe knarren. Pat klopft zweimal kurz an den Türpfosten, bevor sie hereinkommt. Peggy folgt ihr. Das Mädchen kneift sich eilig die Nase zu und sagt: »Puh, das sti…«

Schnell legt ihr die Mutter eine Hand auf den Mund und sieht sie streng an. Da wendet die Kleine den Kopf ab, hält sich weiter die Nase zu und versucht, so wenig zu atmen wie möglich.

In dem Zimmer riecht es wirklich scheußlich. Aber wie soll es anders sein, wo der Kranke, der dort liegt, keinen Fuß aus dem Bett tun darf?

»Ich lüfte mal ein bisschen«, sagt Pat und öffnet weit das Fenster.

»Ich würde so gern rausgehen«, seufzt Ferdinand. »Meine Kühe sehen, meine Hühner, meine Kaninchen! Frische Luft atmen und nicht einen Kopf haben, der so schwer ist wie ein Kürbis!«

»Etwas Geduld, mein Freund, John ist schon losgefahren, um die Medizin zu besorgen, die Dr. Gadrat dir verschrieben hat. Wenn du vernünftig bist, kannst du in zwei oder drei Tagen wieder herumlaufen wie ein Ziegenbock.«

»Und mit mir die Noiresse melken«, fügt Peggy hinzu.

Aber Ferdinand ist deprimiert.

»Ich glaube, ich bin zu nichts mehr gut. Und wer wird sich um meine Tiere und mein Land kümmern, wenn ich nicht mehr da bin?«

»Komm, du darfst so etwas nicht sagen! Noch bist du ja da.«

Auch Peggy steht jetzt dicht neben ihm und legt ihm ihre kleine Hand auf die Schulter.

»Ich bin da, mein lieber Indianer. Und ich lasse dich nie im Stich!«

GottohGott! Wie kann man nur so sentimental sein! Eine dicke Träne rinnt in Ferdinands alten schneeweißen Bart.

Kurze Zeit später ist er wieder eingeschlafen. Er schläft nicht tief, nur oberflächlich und ist in einem Zustand, in dem er über sich selbst schwebt und die Welt um sich herum dennoch wahrnimmt. So hört er zum Beispiel die Hühner draußen gackern. Er stellt sie sich vor, wie sie, einen Fuß in der Luft, mit dem Schnabel suchen, dann in der trockenen Erde scharren, bevor sie sich im Staub Vertiefungen graben, sich dort hinhocken und dabei mit den Flügeln schlagen. Unter dem Vordach zwitschern die Schwalben und die Enten quaken im Hof.

All diese Zeichen von Alltagsleben sind wie ein wiedergefundenes Glück. Wenn er nicht krank geworden wäre, dann wäre er niemals hier weggegangen.

Ab und zu öffnet er ein Auge und kneift es zusammen. Gegenüber sieht er durch das Fenster ein Stück blauen Himmel. Oder eher grau. Sagen wir blaugrau, er weiß es nicht mehr. Hinter einem Vorhang ist eine Mücke gefangen, die wütend gegen die Scheibe fliegt. Im Hof glaubt er, Motorenlärm zu hören, fliegende Steinchen, die die Wagenräder aufwirbeln.

Der Roastbeef kommt mit der Medizin zurück, denkt Ferdinand. Er hat nicht lange für den Hin- und Rückweg gebraucht. War ganz schön schnell, dieser Engländer. Dann fallen ihm die Augen wieder zu. »Ich lasse dich nie im Stich, mein lieber Indianer.« Wieder hört er Peggys Flötenstimme, bevor er in der Welt der Träume versinkt.

Morgen geht es ihm vielleicht besser. Oder übermorgen …

25

Ein neuer Tag bricht an. »Das Wetter ändert sich, es wird Gewitter geben«, sagt Ferdinand voraus. Dabei hat er nur das Morgenlicht hinter seinem Fenster gesehen. Im Kopf sagt er den Spruch auf, den er früher von Eusèbe, seinem Vater, gelernt hat:

»Roter Morgenhimmel im Juli
Und der Regen ist nicht weit.«

Schnell wird es draußen heller, ein fast milchiges Licht. Der Genesende hält sich am Nachttisch fest und stellt sich auf die Beine. Sie sind noch ziemlich schwach und können ihn kaum tragen. Was soll's! Man muss nicht immer in sich hineinhorchen und sich beklagen. Er wird doch nicht den Rest seiner Tage auf dieser Flohkiste liegen.

»Ich muss pissen«, brummt er. »Verflucht, ich will nicht immer den Eimer nehmen. Ich geh im Hof Wasser lassen, warum sollte ich das nicht schaffen?«

Schon ist er auf der Treppe. Als Gamine sieht, dass ihr Herrchen herunterkommt, traut sie, in ihrem Korb liegend, dem einen Auge nicht, das sie gerade geöffnet hat. So lange ist er nicht mehr unten gewesen! Sie winselt zufrieden und drängt sich an seine Beine.

»He, he! Pass auf, dass ich nicht falle!«, schimpft er. »Das hat noch gerade gefehlt!«

Ihm ist noch immer etwas schwindelig und er muss sich am Türrahmen festhalten. Aber wie schön ist es, die frische Morgenluft zu atmen! Das feuchte Gras zu riechen! Die Vögel in den Zweigen zwitschern zu hören! Wenn er die Kraft hätte und wüsste, wie es geht, würde Ferdinand gleich Gigue oder Menuett tanzen.

Nachdem er beim Misthaufen seine Blase entleert hat, hält er sich am Stamm eines kleinen Birnbaums fest und wartet, dass der leichte Schwindel vorübergeht.

»Verflucht! Heute Abend tanzen ist nicht drin!«

Ferdinand ist der Ansicht, dass es besser ist, über seine Beschwerden zu lachen, und das tut er auch, als er jetzt in Richtung Hühnerstall geht.

»Da werden noch andere überrascht sein, mich zu sehen«, sagt er grinsend. »Vielleicht haben die schon gedacht, ich hätte ins Gras gebissen, wer weiß?«

Er lässt das Geflügel ins Freie, ist glücklich, seine Tiere wiederzusehen, die hinter dem Chantecler-Hahn herlaufen und ihm heute besonders fröhlich scheinen.

»Na, bist du immer noch so ein Angeber?«, fragt er den Hahn.

Der hockt auf einem Erdhügel und antwortet ihm mit einem schallenden Kikeriki.

»Na, dann weck mal die Roastbeefs. Es ist Zeit, dass sie aufstehen.«

Die Sonne steht schon hoch am Himmel. Ferdinand denkt, wenn Doktor Gadrat ihn jetzt sähe, würde er ihm was erzählen. »Wollen Sie wieder zu Ihrer Liebsten in die Klinik?«, würde er bestimmt sagen. »Wollen Sie das? Können Sie nicht mehr ohne sie sein?«

Da geht er etwas mühsam mit wenigen Schritten zu seinem Haus zurück. Gamine begleitet ihn, sie läuft an seiner Seite. Diese Hündin ist wie ein Schutzengel. Als könne sie ihn vor einem Sturz bewahren, lässt sie ihn nicht aus den Augen, bleibt stehen, wenn er stehen bleibt, und läuft dann mit ihm weiter.

»Sehr gut, meine Liebe. Sehr gut. Siehst du, der alte Ferdinand hat seinen Geburtsschein noch nicht zurückgegeben.«

Kaum hat er seine Hand an die Türklinke gelegt, da erscheint am anderen Ende des Hofes die schlanke Gestalt von John Kelly.

»*Hey, man!* Was machst du hier draußen? Du solltest doch nicht rausgehen!«

»Ich mache, was ich will, zum Kuckuck!«, donnert Ferdinand. »Ich musste pissen, also bin ich pissen gegangen. Jetzt schimpf mich bloß nicht aus, das hätte gerade noch gefehlt!«

Der Roastbeef ist ja sympathisch, aber manchmal sollte er sich um seine eigenen Angelegenheiten kümmern. Er soll bloß nicht anfangen, ihn zu kontrollieren. Die Russin-Polin-Slawin in der Klinik hat ihm gereicht. Hier ist er zu Hause, er ist frei wie der Wind in den Weiden. Oder wie der Hahn, der kräht, wenn die Sonne aufgeht, und seine Hühner tritt, wann er Lust hat.

Der Engländer scheint sich zu beruhigen.

»*Okay, man.* Wie du meinst. Ist ja schließlich dein Problem, nicht meins.« John dreht ihm den Rücken zu und will wieder in sein Haus gehen. Plötzlich hört er das dumpfe Geräusch eines fallenden Körpers.

»Oh! *My God!* Ferdinand!«

John stürzt zu seinem Freund herüber. Der hat sich mit dem Fuß verfangen, in etwas, das früher wohl die Fußmatte war und heute nichts ist als eine graue Masse, die man mit dem Boden verwechseln kann.

»Hast du dich verletzt, Ferdinand?«

»Verdammte Beine, die einfach so einknicken!«, poltert der alte Bauer. »Diese blöde Matte!«

John packt ihn unter den Achseln und hilft ihm wieder auf die Beine. Als er wieder steht, versucht Ferdinand, ruhig zu atmen. In regelmäßigen Abständen hört man leises Röcheln.

»Eins musst du mir schwören, Englischmann«, sagt er schließlich in halb bittendem Ton.

»Was soll ich dir schwören?« John Kelly sieht ihn erstaunt an.

»Dass du deiner Liebsten nicht erzählst, dass ich hingeknallt bin, klar?«

»Teufel noch eins! Warum sollte ich das nicht tun?«

»Weil das Männersache ist und Frauen nichts angeht. Und jetzt gehe ich wieder ins Bett zurück.«

Was für ein Unglück, alt zu werden und zu nichts mehr zu taugen, denkt Ferdinand, während er sich mühsam unter die dicke Wolldecke legt. Er friert wieder. Seine knochigen alten Finger krallen sich an die Decke, die er am liebsten bis zur Nase hochziehen würde.

»Verflucht! Was soll aus mir werden, wenn ich nicht mal mehr drei Schritte gehen kann, ohne hinzufliegen? Da kann ich ja gleich ein Seil an einem Balken festmachen und mich aufhängen!«

Seine Stimmung ist im Keller. Er schließt die Augen und versucht nicht mehr zu grübeln. Aber wie soll man das machen, wenn einem lauter Ideen im Kopf herumwirbeln, die man nicht aufhalten kann?

Er sieht sein Leben vor sich wie im Film. Was hat er, Ferdinand Pélissier, aus diesem Leben gemacht? Ist es wert, dass man sich auch nur eine Sekunde mit ihm beschäftigt? Er kann es nicht verhindern, dass plötzlich das Bild von Yvette wieder vor ihm auftaucht. Der einzigen Liebe, die er auf dieser Welt erlebt hat. Mit ihr wäre alles vielleicht anders geworden und er wäre nicht so ein einsamer, alter, bitterer Kerl geworden. Aber wer weiß das schon. Das Schicksal geht seltsame Wege.

Er öffnet die Augen und sieht sich im Zimmer. In seinem Schlafzimmer, das früher das Schlafzimmer der Eltern war. Der Ort, an dem er gezeugt worden sein muss wie sein Bruder und seine Schwestern. Dem Bett gegenüber steht der Schrank, in dem noch Stapel von Betttüchern liegen und alte Anzüge hängen, Kleider, Hemden. Das ganze Zeug wird durch Mottenkugeln geschützt, deren Geruch nach außen dringt, sobald die Türen aufgehen.

An einer Wand hängt das vergilbte Foto von Vater und Mutter am Tag ihrer Hochzeit. Sie sehen beide sehr ernst aus, wie zwei geplagte Esel.

Stur wie Esel! Ja, er hat eine schöne Familie. Er weiß wenigstens, woher seine Dickköpfigkeit stammt.

Draußen fängt der Hahn wieder an zu krähen. Der Kerl hat wohl gerade seine Henne getreten. Bei dem Gedanken muss er grinsen. Ein Glück, dass er nicht lange traurig sein kann.

Ein bisschen Weltschmerz hat jeder mal. Ich genau wie die anderen. Verflucht noch mal! Ferdinand! Komm schnell wieder zu Kräften, um den Roastbeefs zu zeigen, dass die Zeit noch nicht gekommen ist, dein Grab zu schaufeln.

Die kleine Peggy ist wieder da. Diesmal ist sie allein gekommen wie ein großes Mädchen. Eine Weile ist sie still am Bett des Indianers stehen geblieben und hat gelächelt, als sie ihn schnaufen hörte wie eine Dampflok.

Um sich nicht zu sehr zu langweilen, hat sie in einem auf dem Nachttisch gefundenen Buch geblättert, dem »Almanach Vermot«. Darin findet sie humoristische Zeichnungen, die Zeiten von Sonnenaufgang und Sonnenuntergang, Kreuzworträtsel, Küchenrezepte und auch den Spruch des Tages:

»Regen, Wind und Eltern, nach drei Tagen gehen sie einem auf die Nerven.«

»Unsinn!«, ruft sie beleidigt. »Meine Eltern sind aber nicht so!«

Ihr Ausruf scheint Ferdinand geweckt zu haben. Nein, er dreht sich nur zur Wand, seufzt tief und setzt dann sein Schnarchkonzert fort. Trotzdem hört Peggy das laute Ticken des Weckers. Es ist eine große Kuckucksuhr, die noch aus der Zeit der Eltern Pélissier stammen muss. Das Mädchen hat so etwas noch nie gesehen und ist fasziniert von dem sich drehenden Sekundenzeiger, der bei jeder Sekunde kurz stehen bleibt und sich dann beharrlich weiterbewegt.

Dann fällt ihr Blick auf das Kruzifix an der Wand gegenüber. Ein Buchsbaumzweig ist daran befestigt, so alt, dass er schon ganz braun und trocken ist. Sie tritt näher heran. Jesus hat den Kopf zur Seite geneigt. Sie wird ganz traurig, als sie sieht, wie er leidet.

»Siehst du dir unseren Herrn Jesus an, meine Kleine?«

Ferdinand ist ausgeschlafen und stützt sich auf den Ellbogen. Er lächelt Peggy zu, sein lückenhaftes Lächeln, das ihr inzwischen so vertraut ist. »Wie nett von dir, dass du deinen alten Indianer besuchst.«

»Mein alter Indianer schnarcht wie ein Bison in der Prärie!«

»Du machst dich lustig über mich!«

»Zum Glück bist du nicht verheiratet. Deine Frau würde zu viel kriegen von dem Krach.«

Das Lächeln auf dem Gesicht des Bauern erstarrt. Ihn überkommt eine Welle der Traurigkeit.

»Aber nein, das war doch nur Spaß! *I was joking!* Das sagt *Daddy* immer, wenn er guter Laune ist. Du bist doch nicht beleidigt, oder?« Sie geht drei Schritte vor und nimmt die Hand von Ferdinand, die aus dem Bett heraushängt.

»Ich hab dich sehr, sehr gern, Indianer. Sogar wenn du schnarchst …« Sie lächelt ihn an und Ferdinands Kehle schnürt sich zusammen.

»Diese Kinder! Na so was! Die Jugend!«

Aber Peggy ist schon ausgeflogen und er hört, wie sie die Treppe nach unten rennt und auf den Hof läuft, begleitet von Gamines fröhlichem Gebell.

26

Ferdinand hatte es vorausgesehen, jetzt sind die Gewitter da. Und was für Gewitter, es hagelt! In der Nähe von Gourlanges, nur zwei Kilometer Luftlinie entfernt, ist eine Kuh vom Blitz erschlagen worden. Ferdinands Tiere wurden verschont und er ist froh darüber.

Ganz allmählich kommt er wieder zu Kräften, jeden Tag macht er kleine Fortschritte. Natürlich kann er noch nicht wieder durch Wiesen und Wälder streifen und Pilze sammeln oder mit Hacke und Rechen im Gemüsegarten arbeiten, der seit seiner Krankheit arg vernachlässigt ist. Aber alles zu seiner Zeit. Irgendwann kommt der Moment, in dem er wieder anfangen wird.

Auch die Engländer arbeiten hart. Ende August kommt eine Kontrollkommission nach Garachou, um festzustellen, ob sie unter der Rubrik *Chambres d'hôtes* Zimmer vermieten dürfen. Sie wachsen, schrubben, richten alles her, machen das Haus blitzsauber bis in die kleinste Ecke. Auch die kleine Peggy hilft mit. Sie arbeitet mit großem Eifer wie eine echte Hausfrau, denkt Ferdinand, als er ihr zuschaut.

Jeden Morgen um neun geht er zu seinen Nachbarn und trinkt dort eine Tasse Kaffee. Es ist zur Gewohnheit geworden, zu einem Ritual, auf das er ungern verzichtet. Er bringt ihnen dann immer eine Kanne kuhwarmer Milch mit.

»Ist es die Milch von Noiresse?«, fragt die kleine Peggy.

»Nein, heute kommt sie von der Marquise.«

»Warum melkst du nicht mehr die Noiresse?«

»Weil sie müde ist. Tiere sind wie Menschen, manchmal muss man sie schonen.«

»Was heißt schonen?«

Das Mädchen stellt Fragen über Fragen. Ferdinand weiß nicht immer, wie er darauf antworten soll. Aber das ist unwichtig. Hauptsache, sie interessiert sich für die Arbeit der Bauern und das Leben auf dem Land.

In der Nacht, als er wieder einmal nicht schlafen kann, kommt ihm eine Idee. Wie wäre es, wenn er die Kleine zu seiner Erbin machte? Warum eigentlich nicht? Das wäre doch gar nicht dumm. Was würden seine Neffen und Nichten sagen, die Kinder seiner Schwestern Marguerite und Odette? Er sieht sie so gut wie nie. Sie kümmern sich nicht um ihn und kommen nur, wenn sie etwas Dringendes von ihm wollen.

Und so wacht Ferdinand an diesem Tag mit dem Gedanken auf, den Notar in Montcel aufzusuchen und ihn zu fragen, wie er bei so etwas vorgehen muss.

Er wirft einen prüfenden Blick zum Himmel, an dem nur noch ein paar Wolkenschleier zu sehen sind. In der Nacht wurde die Vulkankette von einem Gewitter heimgesucht. Das Grollen in der Ferne ist ein Zeichen dafür, dass es nicht abziehen will.

Immer noch zeichnen sich zackige Blitze an der niedrigen Wolkendecke im Westen ab. Im Osten und im Livradois hingegen ist der Horizont frei, fast hell.

»Gegen Mittag wird es schön«, sagt Ferdinand voraus. »Der Regen zieht ins Limousin ab. Jeder ist mal dran, findest du nicht auch, Gamine?«

Die Hündin wedelt mit dem Schanz, reibt sich an seinen Beinen und winselt zweimal. Ferdinand sieht dies als Zustimmung zu dem Gesagten.

»Ferdinand! Ferdinand! Bist du da?«

Peggy kommt mit wehendem Haar und aufgeregt wie ein Fohlen über den Hof gerannt. Sie hat noch ihren Pyjama an und unterwegs eine Sandale verloren und gelangt schließlich auf dem linken Bein hüpfend zu Ferdinand.

»Ich freue mich so sehr, mein Indianer!«

»Was ist denn passiert, Liebchen? Hattest du eine Erscheinung? Hast du etwa die Heilige Jungfrau gesehen?«

»Meine Eltern haben mir einen Esel gekauft!«

»Einen Esel? Warum das? Hattet ihr mit einem kleinen Esel zu Hause nicht genug?«

»Ferdinand, das ist aber gar nicht nett, was du da sagst.«

»Entschuldige bitte. Auch ich … wie heißt das noch mal? Ai was dschoking!«

Das kleine Mädchen steht da, störrisch, die Hände in den Hüften, und der Alte weiß nicht, wie er seine bösen Worte wiedergutmachen soll.

»Ein Esel! Das ist sehr gut. Wie soll er denn heißen?«

»Nachdem du gerade so gemein warst, würde ich sagen, am besten Ferdinand. Na, was sagst du jetzt?«

Sie ist schlagfertig die Kleine. Ferdinand bemüht sich zu lächeln. Geschieht ihm ganz recht.

»Du hast Recht, über jeden muss mal gelacht werden.« Er legt der Kleinen ungeschickt seine große Pranke auf die Schulter.

»Zeigst du mir deinen Esel jetzt?«

»Okay, Indianer. Komm mit.«

Immer noch auf einem Bein hüpfend, erreicht Peggy ihre zweite Sandale und läuft dann zu der kleinen Koppel, die ihr Vater letzte Woche eingerichtet hat, ohne ihr den Grund dafür zu nennen.

»Und jetzt stelle ich dir …« Sie zögert einen Moment, reckt sich, dreht sich um und bricht dann in kindliches Lachen aus.

»Das hier ist Geronimo. So heißt ein alter Apachenhäuptling, der das Kriegsbeil gegen die Bleichgesichter ausgegraben hat.«

»Also ein Indianer…«

»Ja, ein Indianer, genau wie du!«

Der dumme Esel sieht die Ankömmlinge mit traurigen Augen an und streckt Peggy sein Maul entgegen, das sie mit den Fingerspitzen streichelt.

»Siehst du«, sagt Ferdinand, »er fühlt sich bei dir schon ganz zu Hause.«

»Ja, ich glaube, wir beide werden uns gut verstehen.«

»Er braucht nur noch Federn zwischen den Ohren, um wie ein echter Apache auszusehen.«

»Und warum? Du bist doch auch ein Indianer und du hast keine Federn auf dem Kopf!«

Was kann man gegen kindliche Logik einwenden, denkt Ferdinand, der über Peggys Antwort grinsen muss.

»Weißt du was, mein Täubchen? Du musst deinem Geronimo Karotten zu essen geben. Esel lieben Karotten, es ist für sie wie Süßigkeiten. Sie knabbern daran, wie du Bonbons lutschst oder Eis schleckst.«

»Ich würde nicht sehr gerne Karotteneis essen!«

Was soll man darauf antworten?!

»Komm mit mir in den Garten, wir reißen ein paar Karotten für deinen Apachen-Esel aus. Du wirst sehen, wie sehr er sich freut.«

Geronimos Geschrei erfüllt inzwischen die Gegend, von der Koppel der Engländer, auf der er eingesperrt ist, bis zum Ende des Tals von Garachou hinter dem Dorf. Wenn der Esel anfängt, seine Klagelieder zu singen, hält sogar der Hund von Auguste Chaffraix in Taravelle die Klappe.

»Wirklich eine tolle Idee von deinem Vater, dir einen Esel zu kaufen. Jetzt brauchen wir keine Wecker mehr!«

»Vielleicht langweilt er sich allein«, meint Peggy. »Er braucht sicher eine Freundin.«

»Eine Eselin. Solche Tiere sind wie Menschen, sie sind nicht zum Alleinleben gemacht«, sagt Ferdinand. Dann verstummt er für einen kleinen traurigen Moment.

Das Wetter ist sonnig und golden. Ein Augusttag nach dem anderen vergeht, und die Tage werden schon kürzer.

»Es riecht nach Herbst«, sagt der alte Bauer und reicht dem Mädchen einen Weidenkorb, der zur Hälfte mit Karottenschalen für Geronimo gefüllt ist.

»Wie riechst du das, Indianer?«, fragt Peggy und schnuppert.

»Es gibt einen alten Spruch, der heißt: ›Hebst du einen Stein nach dem ersten August, ist es darunter kühl.‹ Spürst du diese Kühle nicht?«

Nein, Peggy kann schnuppern, so viel sie will, sie spürt nichts Kühles an diesem warmen sonnigen Morgen Sie zuckt die Schultern und gibt ihrem grauen Tier zu essen. Sofort hört der komische Kerl auf zu schreien.

Und gleich hört man wieder das ewige Gejaule des Hundes von Auguste Chaffraix dort drüben in Taravelles.

Die Idee, die kleine Engländerin zu seiner Erbin zu machen, lässt Ferdinand keine Ruhe. Sie geht ihm nicht mehr aus dem Kopf.

Ich muss natürlich mit ihren Eltern darüber sprechen, denkt er, ohne sich zu diesem Schritt entschließen zu können. Dabei wäre dies das Wenigste. Aber wären sie überhaupt damit einverstanden? Andererseits – warum sollten sie es nicht sein? Ich lebe nicht ewig und spüre, wie meine Kräfte nachlassen. Also, bevor ich meine Güter meinen Neffen und Nichten überlasse, die sich nicht die Bohne um mich kümmern … »Los, Ferdinand, mach einen Termin beim Notar und hör auf, vergeblich dein Spatzenhirn anzustrengen!«

Er tritt vor seine Tür. Gamine, die ihn keinen Moment allein lässt, wirft ihm mit ihren schönen Augen hingebungsvolle Blicke zu. Es ist, als sei die Hündin besorgt, weil er so unruhig ist. Ja, sie spürt die Dinge. Wenn ihr Herrchen die Stirn runzelt, versteht sie wahrscheinlich als Einzige, was im Kopf des alten Sturkopfs aus der Auvergne vor sich geht.

Ferdinand stützt sich auf seinen Weißdornstock, den er jetzt immer bei sich hat, auch wenn er nur über den Hof läuft, und geht zum Haus seiner Nachbarn. John und Pat Kelly, in engen Shorts und Trainingshosen gekleidet, wollen gerade anfangen zu arbeiten und streichen die letzte lila Farbschicht auf die Fensterläden des Zimmers im Parterre.

Oh Gott, was ist denn das für eine Farbe!, denkt Ferdinand. Nur Roastbeefs mögen so was! Wenn die Bonnichons ihr Haus wieder sehen könnten. Was daraus geworden ist!

Sein Blick ruht ein wenig zu lange auf den Kurven der schönen Engländerin. Wie kann man sich nur so anziehen! Denkt sie sich gar nichts dabei? Die alten Männer von früher würden sich im Grab herumdrehen, wenn sie das sehen könnten! Und die alten Frauen würden gleich einen Schlaganfall kriegen.

»*Hey, man!* Wie findest du unsere wunderschönen violetten Fensterläden?«, fragt John.

Ferdinand fühlt sich auf frischer Tat ertappt und schrickt auf. Sein Gesicht wird dunkelrot und seine Wangen brennen. Er stottert.

»Was? Wie? Wer?«

»He, Nachbar«, stichelt Pat, »gib zu, dass du ganz begeistert bist. Von unseren Läden natürlich.«

Ferdinand weiß nicht mehr, was er sagen soll, bringt aber doch ein paar Sätze hervor: »Nun … Geschmäcker sind verschieden, gerade bei Farben … Macht es so, wie es euch gefällt, ich habe nichts dagegen. Jeder ist frei zu tun, was er will.«

Nach diesen Worten macht er kehrt. Heute will er nicht mit den Roastbeefs über sein Erbe sprechen.

Stell dir vor, sie streichen dein Haus violett, wenn du tot bist Das hätte gerade noch gefehlt!, denkt er entsetzt. Und dann denkt er: Na ja, ich bin ja dann nicht mehr da und muss es nicht sehen. Also, was ist schlimm daran?

Als er an der Koppel vorbeikommt, muss er Geronimos Iiii-Aaa-Gesänge über sich ergehen lassen.

»Sei doch still, du dummes Vieh. Sieh her! Auch ich bin allein. Aber mache ich deshalb so ein Theater?«

27

Es ist September geworden. Die Schule fängt an und die Tage werden kürzer wie zu klein gewordene Kleider. John und Pat Kelly haben die Anerkennung als *Chambres d'hôte* bekommen. Jetzt warten sie auf ihre ersten Kunden. Sie haben im Verkehrsamt von Montcel und denen von Riom und Umgebung Prospekte ausgelegt von ihrem *bed and breakfast*. Jetzt kann man nur noch hoffen, dass die Mund-zu-Mund-Propaganda gut funktioniert.

Die Engländerin möchte so schnell wie möglich mit ihrer neuen Arbeit beginnen.

»Glaubst du, dass es laufen wird?«, fragt sie Ferdinand immer, wenn er morgens bei den Kellys seinen Morgenkaffee trinkt.

»Warum sollte es nicht laufen?«, fragt er dann immer zurück, obwohl er sich manchmal fragt, welcher Tourist wohl durch die Auvergne kommt. Heute Morgen fügt er noch hinzu: »Die Touristen müssen halt ihre Sonnenbrille auf lassen, um sich vor dem grässlichen Violett der Fensterläden zu schützen.«

»Oh! Ferdinand! Du bist gemein!«

Pat tut zunächst, als schmolle sie, dann bricht sie plötzlich in Lachen aus.

»Du kannst ja richtig lustig sein, mein Freund, wenn du dir ein bisschen Mühe gibst.«

John springt ihr bei. »Ja, genau, *Darling*. Ferdinand ist ein, wie nennst du das immer? Ein drolliger Kerl.«

Er streicht sich über den Schnurrbart und küsst seine Frau auf die Mundwinkel. Draußen fängt Geronimo an zu brüllen.

»Ich glaube, *my dear*, wir müssen ganz schnell eine Gefährtin für unseren armen Junggesellen finden.«

Und dann fügt er ernst hinzu: »Ich meine natürlich nicht dich, Ferdinand.«

Ferdinand hat beschlossen, zum Notar nach Montcel zu fahren, ohne den Roastbeefs etwas zu erzählen. Mit Hilfe von Romain Brousse, dem Briefträger und Gewerkschaftsmitglied, hat er einen Brief an den Notar Chaussinand geschickt und der hat ihm für nächsten Mittwoch einen Termin gegeben.

»Ich fahre mit dem Moped hin«, sagt sich Ferdinand. »Das arme Ding muss sich furchtbar langweilen, wo es immer nur so herumsteht.«

Er überprüft den Ansaugstutzen, nimmt die Kerze heraus, reinigt sie, setzt sie wieder ein. Dann entfernt er den Staub, der sich in all den Monaten angesammelt hat. Noch nie hat Titine so in der Sonne geglänzt und er ist ganz stolz.

Das Wetter ist durchwachsen. Im Hof scheint die Sonne, aber über den Vulkanen drängen sich dichte Wolken und man kann in der Ferne nicht mehr die hohe Fernsehantenne auf dem Puy de Dôme erkennen. Der Berg wirkt plötzlich weniger majestätisch. Die Kühe haben sich in einem Unterstand versammelt, ein Zeichen, dass es bald kalt wird. Gamine zögert, ob sie nach draußen gehen soll, und drückt sich in der Nähe des Kamins herum, in dem Ferdinand noch gar kein Feuer gemacht hat.

»Du bist aber ganz schön empfindlich, meine Liebe«, ruft er ihr zu. »Hast du Angst vor dem Frost?«

Auf seinen Stock gestützt, steckt er den Kopf nach draußen. »Gott noch mal! Es wird kalt sein auf dem Moped. Ich muss mich heute Nachmittag warm anziehen!«

Unter den vorwurfsvollen Blicken der Hündin geht er ein paar Schritte über den Hof. Beim Misthaufen hat der Hahn sich eine Henne ausgesucht, die den Schnabel vor Erstaunen aufreißt, als würde sie ersticken.

»Alter Freund, man kann nicht behaupten, dass dich die Kälte bei deinen Gockeleien stört! Du bist ein toller Kerl!«

Ferdinand grinst und geht zur Scheune, wo sein Moped wartet. Er klappt den Ständer hoch und schiebt die Maschine zu seinem Hauseingang.

»Hast du deinen Rennwagen rausgeholt?«, fragt Pat, die gerade herausgekommen ist.

»Wie du siehst«, brummt er.

»Ist das nicht ein bisschen unvorsichtig?«

»Ich mache, was ich will!«

Die Engländerin tritt verwundert zurück. Mit so einer heftigen Reaktion hat sie nicht gerechnet. Was ist mit ihrem Nachbarn los? Warum ist er so abweisend?

Pat beschließt, es mit Humor zu nehmen.

»Lieber Freund, bist du etwa mit dem falschen Bein aufgestanden?«

Ferdinand kann ihr doch nicht sagen, dass er heute Nachmittag mit dem Notar in Montcel verabredet ist, um Peggy zu seiner Erbin zu machen. Deshalb beschließt er, sich vorsichtig auszudrücken.

»Ich muss zum Crédit Agricole«, lügt er.

»John oder ich könnten dich mit dem Auto hinfahren und …«

Da wird er wieder heftig: »Kommt nicht in Frage! Ich fahre mit dem Moped und fertig. Es ist schon schlimm, wenn man in seinem eigenen Zuhause nicht tun kann, was man will.«

Warum habe ich mich eigentlich so aufgeregt?, fragt er sich, als er am frühen Nachmittag über die kleine Straße zur Kantonshauptstadt fährt. Ich glaube, ich war einfach nervös. Die arme Roastbeefin hat gar nicht verstanden, was los war. Wenn ich zurückkomme, muss ich mich bei ihr entschuldigen.

Inzwischen ist es ziemlich kalt geworden. Um diese Jahreszeit ist das ungewöhnlich, sonst ist es immer mild. »Im September ist es schön, den ganzen Tag auf dem Land zu verbringen«, heißt ein alter Spruch. Man möchte den Sommer hinauszögern und vor der kalten Jahreszeit noch etwas Wärme speichern.

Ferdinand hat seinen dick gefütterten Parka an und ein Paar Wollhandschuhe. Durch das Tempo und den

Wind tränen ihm die Augen, aber er ist zufrieden, wieder Moped zu fahren. Nach all den Monaten in der Scheune ist die Zündung nicht mehr ganz in Ordnung. Der kleine Motor hüstelt ab und zu, und an den Steigungen scheint er zu ersticken. Um ihm nach oben zu helfen, tritt Ferdinand ein bisschen in die Pedale. Dabei gerät er außer Atem.

»Alt werden ist keine schöne Sache«, brummt er.

Endlich kommt das Gespann doch ans Ziel. Das Büro des Notars liegt mitten in der Stadt nahe beim Kirchplatz. Es ist ein altes zweistöckiges Bürgerhaus aus Vulkangestein. Der wilde Wein, der an der Mauer wächst, lässt die strenge Fassade freundlicher aussehen. Rechter Hand befindet sich eine Einfahrt durch eine efeuberankte Mauer mit dem Schild »Kundenparkplatz«. Ferdinand fährt hinein und stellt sein Moped unter eine alte Linde.

Einen Moment überlegt er, seinen Helm auf dem Mopedsitz liegen zu lassen, aber dann hält er es für klüger, ihn mitzunehmen. Entschlossen stößt er die Tür des Notars auf. Zwei Sekretarinnen, die hinter Bildschirmen sitzen, heben den Kopf und scheinen etwas irritiert über die Person, die vor ihnen steht.

»Was wünschen Sie?«, fragt die eine, eine stark geschminkte Blondine mit tiefem Ausschnitt.

»Ich habe einen Termin bei Ihrem Chef.«

»Bei Maître Chaussinand?«

»Allerdings, nicht beim Papst.«

»Und wer sind Sie?«

»Pélissier … Ferdinand Pélissier.«

»Bitte nehmen Sie einen Moment im Wartezimmer Platz.«

Höflich begrüßt Ferdinand das Paar, das dort bereits wartet. Er, ein winziges Männchen, antwortet mit einem rauen Gebrumm, und die Frau neben ihm, dicklich und unwirsch, sieht ihn wegen seines unfreundlichen Tons böse an. Sie selbst denkt allerdings nicht daran, guten Tag zu sagen, und liest gleich weiter in ihrem Modemagazin. Geräuschvoll blättert sie darin und blickt ab und zu wie eine Kuh auf den Eindringling, der die Kühnheit besitzt, sie in ihrer Ruhe zu stören.

Ferdinand fühlt sich unwohl. Zur Krönung des Ganzen fällt ihm mit Riesengetöse sein Helm auf das gewachste Parkett. Die Schreckschraube fährt hoch und wirft ihm einen wütenden Blick zu.

Wenn Blicke töten könnten, wäre ich jetzt durchlöchert wie ein Sieb, denkt Ferdinand amüsiert. Dann steckt die Blonde vom Empfang den Kopf zur Tür herein:

»Madame und Monsieur Duparfait, Maître Chaussinand kann Sie jetzt empfangen. Bitte kommen Sie …«

Uff! Endlich ist Ferdinand allein im Wartezimmer und kann sich entspannen. Er streckt sich lustvoll auf seinem Lehnstuhl aus. Auf dem Zeitschriftenstapel fällt ihm das Titelblatt eines Magazins auf. Einen Moment glaubt er, die schöne Frau auf dem Foto sei Patricia Kelly. Die gleichen blonden Haare und aquamarinblauen Augen wie die Engländerin. Aber nein, wenn man genauer hinsieht, ist das Mannequin lange nicht so hübsch wie seine reizende Nachbarin, wie er mit Stolz feststellt.

»Pat ist hübscher«, sagt er und merkt erst dann, dass er wieder laut geredet hat.

Die Zeit vergeht ihm viel zu langsam und er wird allmählich unruhig. Auf einem Tischchen liegt eine Zeitschrift über Landwirtschaft und er blättert darin, denkt aber an ganz andere Dinge.

Der Notar wird meine Frage etwas komisch finden. Wird er mir vielleicht sagen, es geht nicht, dass ich meinen Hof einem ausländischen Mädchen überlasse? Brauche ich vielleicht das Einverständnis der Eltern? Oh Gott, ist das kompliziert!«

Im Landwirtschaftsmagazin findet er eine Reportage über einen Ziegenhirt aus der Creuse, der sein Vieh biodynamisch aufziehen will und auf die Feindschaft fast aller Bauern seiner Gegend stößt.

»Bio!«, brummt Ferdinand. »Heute redet man über nichts anderes mehr. Ich mache Bio schon seit Jahren und doch mache ich nicht so ein Geschrei darum!«

Er bedauert allerdings, dass die Nachbarn dieses Bauern so wenig kooperativ sind und ihm Knüppel zwischen die Beine werfen.

»Verflucht!«, schimpft er. »Wenn ich so mit meinen Roastbeefs umgegangen wäre, dann hätten wir jetzt Krieg.«

Da erscheint die Blonde mit dem tiefen Ausschnitt wieder in der Tür.

»Monsieur Pélissier? Wenn Sie mir bitte zu Maître Chaussinand folgen wollen …«

Der Notar ist ein beleibter Mann, der seinen Bauch nur mit Mühe zwischen seinen Ledersessel und den Schreibtisch bekommt. Darauf liegen Stapel von Akten, von denen einige schon ziemlich betagt zu sein scheinen. Wenn man seinen schweren Atem hört und ihn sieht, muss man an das Wiesel in der Fabel von La Fontaine denken, das in einen Speicher eindringt und nicht mehr hinauskann, weil es sich so vollgefressen hat. Das Gesicht des Notars ist rötlich und glatt wie eine Zwiebelschale und er hat Ohren wie ein Frischling – behaart und tiefrot, wirklich eine seltsame Erscheinung, eine Mischung aus Gargantua und dem Menschenfresser aus dem Märchen.

Chaussinand sieht Ferdinand mit seinen listigen, unter dichten, buschigen Brauen liegenden Augen an.

»Was verschafft mir die Ehre Ihres Besuchs, Monsieur …« Er schaut in seine Agenda. »… Monsieur Pélissier, sind Sie das?«

Ferdinand nickt. »Es ist wegen meiner Erbschaft.«

»Aber gern, ich stehe Ihnen zur Verfügung, lieber Freund.«

Ferdinand findet es seltsam, dass der Notar, der ihn überhaupt nicht kennt, ihn seinen Freund nennt. Dennoch versucht er, ihm so gut wie möglich seinen Wunsch zu erklären, seinen Besitz einem Mädchen zu vermachen, das noch keine neun Jahre alt und britische Staatsbürgerin ist.

»Ist das Ihrer Meinung nach möglich?«, sind die letzten Worte seiner etwas wirren Rede.

»Alles ist möglich, lieber Monsieur Pélissier. Zu jeder Zeit. Man muss nur die entsprechenden Dokumente erstellen.«

»Entsprechende Dokumente?«, fragt Ferdinand, der die Sprache des Notars nur schwer versteht.

»Papiere, die ausgefüllt und unterschrieben werden müssen. Machen Sie sich keine Sorgen, lieber Monsieur Pélissier, das ist eine reine Formalität.«

»Umso besser, umso besser!«

Anschließend muss er Chaussinand auf eine ganze Reihe Fragen antworten. Der Notar schnauft wie ein Holzfäller. Während er gewissenhaft alle Informationen, die ihm Ferdinand gibt, auf einem großen weißen Blatt notiert, wirkt er wie jemand, der nach einem stundenlangen Lauf außer Atem ist. Manchmal schließt er seine Glubschaugen unter den schweren Lidern und hält sie so lange geschlossen, dass man fürchten muss, sie blieben für immer zu.

Endlich scheint der Notar alles Notwendige zu wissen, um die Angelegenheit zu regeln.

»Machen Sie bei meiner Sekretärin einen neuen Termin für nächste Woche«, sagt er zum Zeichen, dass ihr Gespräch beendet ist.

Dann reicht er Ferdinand seine Riesenpranke mit behaarten wurstdicken Fingern und bringt ihn zur Tür.

»Zum angegebenen Termin sind die Papiere fertig. Dann brauchen Sie nur noch zu unterschreiben, natürlich nur, wenn Sie Ihre Meinung bis dahin nicht geändert haben … Ich wünsche Ihnen einen angenehmen Abend, Monsieur Pélissier. Auf Wiedersehen, lieber Freund.«

Ferdinand steht draußen. Was hat er gerade bloß getan? Ist es wirklich richtig, der kleinen Peggy alle seine Güter zu vermachen? Hätte er nicht vorher mit ihren Eltern sprechen müssen? Und hätten John und Pat Kelly dann vielleicht versucht, ihn von seinem Plan abzubringen?

Als er zum Parkplatz geht, fällt ein feiner, eisiger Regen. Ferdinand wischt den Mopedsitz mit dem Ärmel des Parkas ab und steigt auf.

»So ein Mistwetter!«, flucht er und schlägt mit der Faust auf den Lenker.

Dann will das Moped nicht losfahren. Er tritt im Stehen in die Pedale, damit der Motor anspringt, und schnauft dabei genauso wie vorhin der Notar am Schreibtisch. Am Ende seiner Kräfte klappt er den Ständer hoch und schiebt das Moped bis zu einer leicht abschüssigen Straße. Seine Beine tun weh und sein Herz klopft wie wild. Ein Auto fährt dicht an ihm vorbei und spritzt ihn mit dem Wasser einer Pfütze nass.

»Mörder!«, brüllt er.

Er ist schweißnass und ein Schauer läuft über seinen Körper.

»Na, Opa, hast du eine Panne?«

Ein junger Kerl auf einem kleinen knatternden Mofa fährt an ihm vorbei und macht sich über ihn lustig. Fer-

dinand hebt drohend die Faust und schimpft ihm hinterher, aber der Kerl ist schon weit weg.

Tapfer schiebt er sein Moped weiter vorwärts. Da sieht er ein Bistro, geht hinein, setzt sich auf einen Barhocker an der Theke und bestellt ein Bier. Er hat nicht nachgedacht, er hätte besser etwas Warmes zu trinken bestellt. Das kalte Getränk brennt ihm im Magen und ihm wird übel. Wie komme ich bloß nach Hause?, fragt er sich.

Er trinkt einen zweiten Schluck Bier. Nein, er kriegt es nicht runter. Plötzlich kommt er auf eine Idee.

»Haben Sie ein Telefon?«, fragt er den Wirt, der hinter der Bar sitzt und in einer Fernsehzeitschrift blättert.

Der Mann stiert ihn an.

»Ist es dringend?«, fragt er, sichtlich verärgert, dass man ihn bei seiner Lektüre stört.

»Ja, ein bisschen. Ich habe eine Panne und möchte nicht den Rest meiner Tage hier verbringen.«

Der Mann seufzt.

»Wissen Sie, wo Sie anrufen können?«

»Nein, aber Sie haben doch sicher ein Telefonverzeichnis.«

»Und wählen muss ich auch noch für Sie, was?«, meckert der Mann.

»Das wäre nett, denn ich sehe nicht mehr gut.«

Ferdinand hat Patricia Kelly erreicht. Sie konnte nicht anders, als ihn mit Vorwürfen zu überhäufen.

»Ich habe dir doch gesagt, du sollst nicht mit dem Moped fahren! Du bist wirklich ein alter Dickschädel! Bleib, wo du bist, ich hole dich ab, und wir laden dein Rennauto auf den Anhänger. Du musst zugeben, wenn du auf uns gehört hättest, anstatt so störrisch zu sein …«

Ferdinand zuckt die Achseln. Mecker, mecker, mekker!, denkt er. Wenn die Frauen einmal anfangen, ist es schlimmer als eine Schallplatte mit einem Sprung. Man braucht gar nicht erst zu versuchen, sie zu unterbrechen.

Plötzlich schlottert er vor Kälte. Durch den Kragen des Parkas ist Wasser eingedrungen und sein Hemd ist ganz feucht. Auch seine Füße sind vom Gehen durch die Pfützen nass. Er träumt von einem schönen Kaminfeuer. Aber hier im Café ist es kalt. So schrecklich kalt.

»Das ist normal! Es ist September, und zu dieser Jahreszeit machen wir noch nicht die Heizung an«, erklärt der Wirt. »In der Auvergne sind wir sparsam!«

Dann dreht sich alles um Ferdinand. Er sieht noch gerade den Schrecken im Gesicht des Wirts, bevor er vornüber auf den Tresen fällt. Das Bierglas kippt um und zerbricht in tausend Scherben auf dem Parkett, auf dem auch Ferdinand soeben gelandet ist.

28

»*My God!* Du hast uns ganz schön erschreckt!« John Kelly ist noch ganz erschüttert von dieser neuen Episode aus dem bewegten Leben seines unverbesserlichen Nachbarn. Er und Pat sind in das Krankenhaus von Riom gekommen, wo Ferdinand gestern Abend in aller Eile eingeliefert wurde, und besuchen ihren Freund auf seinem Zimmer. »Was machst du nur für Geschichten, Ferdinand?«

Der diensthabende Arzt hat eine Lungenentzündung festgestellt. Mit hohem Fieber und solchen Atembeschwerden, dass er eine Sauerstoffmaske braucht. Der alte Bauer ist mal wieder übel dran.

Pat unterdrückt ihre Lust, ihrem Freund den Marsch zu blasen. So ein Idiot! Aber Ferdinand könnte ihr sowieso nicht antworten mit dem ganzen Zeug überm Gesicht. Also begnügt sie sich damit, seine Hand zu nehmen. Sie ist ganz heiß und zittert unter dem Druck ihrer Finger.

»Du Armer, was für eine Dummheit«, flüstert sie, einen Kloß im Hals.

Als sie gestern im Bistro in Montcel ankamen, in dem Ferdinand auf sie warten sollte, war er schon vom Rettungswagen weggebracht worden. Der Wirt erklärte ihnen, er habe die Rettung angerufen, nachdem sein Kunde ohnmächtig geworden sei, und sie seien nach Riom in die Notaufnahme gefahren. Dort hatte man ihnen zunächst nicht erlaubt, den Patienten zu sehen.

Deshalb sind sie heute gekommen, aber der Zustand des Kranken ist immer noch besorgniserregend.

»Don't worry, my friend!«, sagt John Kelly erneut. »Alles wird gut. Solange du im Krankenhaus bist, kümmern Pat und ich uns um deine Tiere. Alles wie gehabt. Und Peggy wird sich sehr freuen, dass sie Noiresse wieder melken darf.«

Der Kranke hebt kurz die rechte Hand und seine trüben Augen leuchten auf, als wolle er böse Bilder vertreiben.

»Wir kommen wieder, Ferdinand«, flüstert Pat dicht an seinem Ohr. Sie hat Tränen in den Augen. Damit man ihren Kummer nicht sieht, öffnet sie schnell die Tür und tritt auf den Flur. In dem Moment kommt der Chefarzt vorbei, der mit einer Schwester und einem Medizinstudenten auf Visite ist. Als er die schöne Engländerin mit dem traurigen Gesicht sieht, wird er aufmerksam.

»Kann ich etwas für Sie tun, Madame?«, fragt er.

»Ich bin eine Freundin von Monsieur Pélissier. Sagen Sie ehrlich, Doktor, hat er eine Chance?«

»Das weiß Gott allein, ich bin leider kein Hellseher, mein schöner Engel«, antwortet der Arzt und sieht Mrs. Kelly ein bisschen zu lange an. »Wir geben ihm jetzt Sauerstoff und müssen sehen, wie es dann weitergeht.«

Als die Kellys nach Hause fahren, kommt ihnen Ferdinands Haus so verlassen vor. Als würde sein Bewohner nie mehr wiederkommen, als wäre er tot.

Sobald sie sie kommen hört, ist Gamine zu ihnen gelaufen. Pat füttert das gute Tier, das sich auf sein Fressen stürzt. Auf ihrem Anrufbeantworter finden sie eine Nachricht. Ein Paar aus den Ardennen möchte bei ihnen übernachten.

»Unsere ersten Gäste!«, ruft John, der schnell die Mobilnummer anruft, die sie hinterlassen haben.

Pat lächelt ihm zu. Auch sie freut sich. Wie sehr haben sie darauf gewartet, dass es endlich losgeht. Nun ist es so weit und das Bild von Ferdinand mit der Sauerstoffmaske, das sie vor Augen hat, schnürt ihr die Kehle zu. Und wenn sie an den begehrlichen Blick des Arztes in Riom denkt, wird sie so wütend, dass sie am liebsten etwas kaputt machen würde. Der alte Lüstling hätte sie am liebsten ausgezogen, während er auf ihre Fragen antwortete. Und dann hat er auch noch »mein schöner Engel« zu ihr gesagt! John gegenüber hat sie das nicht erwähnt. Der hätte sich sowieso wie immer darüber amüsiert.

Jetzt muss sie das Zimmer für die Gäste vorbereiten, Staubsaugen, Staubwischen, nachsehen, ob alles in Ordnung ist, dass nichts im Badezimmer oder in der kleinen Bibliothek fehlt.

Mehr als eine Stunde ist sie damit beschäftigt. John putzt in der Küche Gemüse aus dem Garten. Heute Abend will er kochen. So haben sie, als sie herkamen, die Arbeit aufgeteilt. Sie macht den Haushalt, die Zimmer und deckt den Tisch. Er kauft die Nahrungsmittel ein, erntet das Gemüse und kocht.

Während sie die Badewanne saubermacht und die Emaille blank putzt, plagt sie ein Gedanke. Ferdinand. Wenn er jetzt sterben würde, wenn jetzt nach all den Krankheiten der vergangenen Monate seine letzten Tage gekommen wären …

Er ist nicht mehr der Jüngste, und wenn man zu heftig an einem Seil zieht, kann es reißen. Was wollte er bloß in Montcel bei diesem furchtbaren Wetter? Und dann noch mit dem Moped! Wie ein achtzehnjähriger Junge, dabei ist er fast viermal so alt.

Pat seufzt. Immerhin, jetzt sind Bad und Schlafzimmer fertig. Die Gäste können kommen, sie sind empfangsbereit.

Das Paar wohnt in Charleville-Mèzières in den Ardennen. Die beiden sind pensionierte Englischlehrer. Und sie reden gern in der Sprache Shakespeares, was John Kelly gut gefällt.

»Champagner!«, hat er gerufen, eine Flasche in der Hand. »Sie sind unsere ersten Gäste, und das muss man begießen.«

»Cheers!«, haben die beiden Gäste gesagt, als sie das Glas hoben.

Beide sind ganz begeistert von der kleinen Peggy. Das Mädchen hat sie mit ihren blonden Locken und ihrer Unbefangenheit bezaubert.

»Wir hätten so gerne Enkelkinder«, sagt die Frau. »Aber unsere Kinder sind noch unentschieden. Heutzutage denken die Jungen erst an den Beruf, bevor sie eine Familie gründen.«

Patricia kann sich nur mit Mühe am Gespräch beteiligen. Immer wieder sieht sie Ferdinand in seinem Krankenbett vor sich. Ob er sehr leidet? Ob ihm klar ist, wie schlimm sein Zustand ist? Kann er den Kampf gegen den Tod noch einmal gewinnen? Ist das keine zu harte Prüfung, die er nicht bestehen kann, egal was er tut?

Plötzlich denkt sie an den Satz von Céline: »Das Leben ist ein kleines Licht, das in der Nacht endet.«

Bald überkommt sie tiefe Traurigkeit. Schwarze Schmetterlinge überschatten ihre Seele; sie fliegen an einem rußfarbenen Himmel, ihre Stimmung ist trüb.

»Mum! Mum! Why are you so sad?«

Peggy ist ihrer Mutter auf den Schoß gesprungen und holt sie in die Wirklichkeit zurück. Die Kleine scheint besorgt und möchte die Mutter in ihrem Kummer trösten.

»Du machst dir Sorgen um meinen Indianer, stimmt's?« Plötzlich liegt ein grauer Schatten auf Peggys hübschem Gesichtchen.

»Muss unser Ferdinand sterben? Sag, dass er bald wiederkommt!«

»Ja, mein Schätzchen, er kommt bestimmt bald wieder.«

Dann aber gibt Pat vor lauter Kummer und unter den erstaunten Blicken der Ardenner einen Schluchzer von sich und ohne es zu wollen, kommt ihr dieser Satz über die Lippen, den sie immerzu denkt: »Das Leben ist ein kleines Licht, das in der Nacht endet …«

Dann nimmt sie sich zusammen und sagt: »Entschuldigen Sie, bitte. Ich bin eine schlechte Gastgeberin. John, gib uns noch ein Glas Champagner!«

Ferdinand steht kurz davor, ans andere Ufer hinüberzugehen. Er spürt, dass er nicht mehr kämpfen will. In seine Ohren dringt das peitschende Tschak-tschak des Beatmungsgeräts. Seine Lider sind schwer, und er möchte sich fallen lassen. In den endlosen Abgrund eintauchen, der sich vor ihm öffnet. Sich bis ans Ende der Zeiten fallen lassen, mit dem Nichts verschmelzen.

Er hat keine Angst vor dem Tod. In Algerien hat er ihn so oft aus nächster Nähe erlebt. Außerdem erinnert er sich an den Tunnel, den er schon bei seinem letzten Krankenhausaufenthalt gesehen hat. Am Ende, ganz weit hinten war dieses Licht. Eher ein Feuerball. Er war riesengroß und er wurde davon angezogen wie Eisenspäne von einem Magneten. Plötzlich war diese Sonne verschwunden und er bedauerte es. Warum war alles so plötzlich erloschen?

Jetzt ist dieser Tunnel nicht mehr da und auch die Helligkeit nicht. Bedeutet es, dass sein Aufenthalt auf dieser Seite des Spiegels noch nicht vorüber, der Moment noch nicht gekommen ist? Oder heißt es vielleicht, dass man dieses Erlebnis nicht zweimal haben kann? Dabei würde er dieses helle Licht, das mit so viel Kraft und Liebe auf ihn schien, so gern wiederfinden.

Mit so viel Liebe …

Jetzt taucht Yvette wieder vor ihm auf. Yvette, wie sie früher war, ein sorgloses, fröhliches junges Mädchen. Er sieht sie vor sich, wie sie sich in dem leichten Kleid mit dem kleinen Karomuster zusammen mit einer Freundin zu einem Akkordeonwalzer dreht. Yvette, seine große Liebe, die einzige Liebe seines verpfuschten Lebens. Vielleicht geht er bald zu ihr, in die Welt, von der es immer heißt, sie sei ohne Elend und Leiden.

Ferdinand möchte am liebsten die Maske abreißen, die ihm das Gesicht zusammendrückt. Die Festhalteriemen sind zu eng und tun ihm weh. Aber er ist festgebunden und kann sich nicht rühren.

Ich bin eine Roulade, nichts als eine Roulade!, flucht er innerlich.

Nicht mehr denken, sich fallen lassen. In einem Boot liegen, das mit der Strömung schwimmt. Von den Fluten getragen werden.

Da taucht Peggys Bild vor ihm auf.

»Ferdinand, du darfst nicht weggehen, hau nicht ab wie ein Feigling, mein alter Indianer!«, sagt sie.

Sein Herz schlägt schneller. Plötzlich fällt ihm wieder der Besuch beim Notar in Montcel ein, alles, was er ihm erzählt hat, damit er ein Testament zu Gunsten des Mädchens ausfertigen kann, der Termin zum Unterschreiben der Papiere, mit dem alles offiziell wird.

Ach Gott, ach Gott!

Wenn er nur schreien und verlangen könnte, dass sie ihn losbinden und nach Hause gehen lassen! Aber nein, er liegt hier, bandagiert wie eine Mumie und ohne Hoffnung, ins Leben zurückzukehren.

Eine dicke Tränen bildet sich am Augenwinkel und läuft dann über die gegerbte Haut des alten Bären aus der Combraille. Sie versickert im Gestrüpp seines Zottelbartes, während die Welt, die ihn eingesperrt, an Kopf und Fuß gefesselt hat, aus seinem Bewusstsein verschwindet.

29

Abwechselnd besuchen Pat und John Kelly den Patienten im Krankenhaus in Riom. Die Ärzte sagen immer dasselbe: »Zustand unverändert. Wir können noch nichts sagen.«

Das Rentnerpaar aus den Ardennen hat beschlossen, seinen Aufenthalt zu verlängern. Es gefällt ihnen gut, und die Frau hilft sogar beim Melken von Ferdinands Kühen.

»Es erinnert mich an meine Kindheit auf dem Land«, sagt sie begeistert, während sie energisch an den Zitzen von Noiresse oder Brayaude zieht.

Madame Jacotins Eltern waren Bauern im Departement Aisne. Sie hat ihre ganze Kindheit auf dem Hof verbracht und manchmal denkt sie noch voller Sehnsucht daran.

»Sie wissen gar nicht, was für ein Glück Sie haben, dass Ihr Nachbar noch arbeitet wie früher«, sagt sie, während ihr Mann ihr amüsiert zuschaut.

Er ist eher ein Stadtmensch. Da aber alles, was seine Frau sagt, sakrosankt ist, wird er ihr nicht widersprechen, auch wenn es ihm schwerfällt.

»Ihr Ferdinand scheint ein außergewöhnlicher Mensch zu sein«, sagt er, um die Worte seiner besseren

Hälfte zu unterstreichen. »Ich würde ihn sehr gern kennenlernen. Findest du nicht auch, Julia, es wäre interessant, ihn einmal zu treffen?«

»Nun ja, wenn Sie heute Nachmittag nichts anderes zu tun haben, kommen Sie doch mit mir nach Riom ins Krankenhaus«, schlägt Pat Kelly vor. »Vielleicht kann man jetzt wieder mit ihm reden.«

Im Grunde wäre es der Engländerin sehr recht, wenn jemand mitkäme. Bei den letzten Besuchen war der Chefarzt ihr gegenüber sehr aufdringlich. Vorgestern hat er ihr auf dem Flur ins Ohr geflüstert, es sei für ihn eine Ehrensache, scheinbar uneinannehmbare Festungen zu erobern. Dieser eitle Pfau! Am liebsten hätte sie ihn geohrfeigt.

Es ist der Nachmittag des 15. September, und heute ist das Wetter wieder schön. Am frühen Vormittag war es noch unsicher, aber dann hat ein Südwestwind die Wolken über die Vulkangipfel geweht. Die Sonne scheint in neuer Pracht und auf dem Hühnerhof hat sich der Hahn wieder energisch an die Eroberung seiner Hennen gemacht. Er kräht, dass ihm fast die Stimmbänder platzen, und seine Hennen sind ganz hin und weg.

Patricia hat ein duftiges rosafarbenes Kleid an. Ihr Haar hat sie zu einem lockeren Zopf zusammengefasst, und man sieht den blonden Flaum auf ihrem Nacken.

»Sie sehen sehr schön aus«, sagt Madame Jacotin bewundernd.

Ihr Ehemann ist ebenso begeistert wie seine Gattin und seine Augen leuchten kurz auf. Er wäre gern dreißig Jahre jünger, hätte einen flachen Bauch, einen muskulösen Oberkörper und noch ein paar braune Haare auf dem Kopf. Manchmal ist es schade, dass man älter wird!

»Soll ich Sie im Auto mitnehmen?«, fragt Pat. »Oder haben Sie Angst vor meiner britischen Fahrweise?«

Die Straße führt in Kurven nach unten. Bald kann man Riom erkennen. Hinter den letzten Erhebungen der Combraille liegt der Ort mit der Unterpräfektur auf einem Hügel inmitten der Ebene. Der Turm der Basilika Saint-Amable ragt in den Himmel, daneben der ebenso dunkle Turm mit der Uhr.

Das Krankenhaus liegt am Boulevard und wirkt ein wenig altmodisch. Monsieur und Madame Jacotin finden es sogar veraltet und viel zu klein. Durch einen Flur, in dem es stark nach Äther riecht, folgen sie Pat bis zu Ferdinands Zimmer. Sie öffnet vorsichtig die Zimmertür und winkt dann den beiden zu kommen.

Sobald sie Ferdinand erblicken, schrecken beide zurück. Sie hatten nicht damit gerechnet, einen alten Mann mit struppigem weißem Haar zu sehen, der sie mit tränenunterlaufenen Augen ansieht.

»Guten Tag, mein lieber Freund!«, sagt Pat und beugt sich lächelnd über Ferdinand. »Ich möchte dir unsere ersten Gäste vorstellen. Ich habe ihnen so viel von dir erzählt, dass sie dich gern kennenlernen wollten.«

Heute trägt der Kranke keine Atemmaske mehr, nur noch ein dünner Schlauch in einem Nasenloch sorgt für genügend Sauerstoff. Ein wenig Dampf tritt heraus und es sieht aus, als sei Ferdinand von einem Heiligenschein umgeben.

»Guten Tag«, sagt er mit rauer Stimme, aber er runzelt die Stirn. Er ist offensichtlich kaum froh darüber, dass Pat ihn fremden Leuten vorführt wie ein Zirkustier.

»Es scheint dir heute besser zu gehen«, sagt die Engländerin, nimmt seine Hand und drückt sie fest. Aber ihr Lachen klingt falsch, es ist gezwungen, etwas zu laut und unpassend.

Um die Eindringlinge nicht mehr sehen zu müssen, schließt Ferdinand die Augen und zieht sich zurück. Wenn Pat allein gekommen wäre, dann hätte er jetzt, wo er wieder reden kann, von seinem Plan erzählen können, Peggy zu seiner Erbin zu machen. Aber nein, sie muss mit irgendwelchen Leuten hier aufkreuzen, die ihn nicht interessieren und die ihn für eine Touristenattraktion der Auvergne halten. Wie die Kathedrale von Clermont, den Puy de Dôme oder den Sancy! Er hat wohl noch Glück, dass sie keinen Fotoapparat oder keine Videokamera dabeihaben! Es hat nur noch gefehlt, dass sein rotes, behaartes Gesicht im Internet auftaucht! Das wäre vielleicht schön!

»Ich fürchte, wir stören«, flüstert Madame Jacotin und nickt der Engländerin zu. »Wir lassen Sie jetzt mit ihm allein, vielleicht möchte er Ihnen etwas sagen.«

Nein, Ferdinand hat nichts zu sagen. Er bleibt gegenüber der Roastbeefin stumm wie ein Fisch. Er traut sich einfach nicht. Er verschiebt es lieber, auf bessere Tage, die »entsprechend« sind, wie es der dicke Notar aus Montcel ausdrücken würde.

Und so ist Patricia Kelly gegangen, ohne dass sie miteinander gesprochen haben. Sie hatte sich schon vorher vorgenommen, sofort zu gehen, wenn dieser schleimige Chefarzt das Zimmer betreten würde. Er hat wieder ihre Hand genommen und sie zu lange in der seinen behalten und ihr dann eines seiner berüchtigten Komplimente gemacht.

»Madame, ich muss Ihnen sagen, ich finde Sie immer verführerischer. Der englische Charme ist einfach unwiderstehlich.«

»Wie geht es Ihrem Patienten Monsieur Pélissier?«, hat sie mit eisiger Stimme gefragt.

»Es geht ihm gut. Immer besser, liebe Aphrodite. Aber mir geht es immer schlechter, so sehr sehne ich mich nach Ihnen.«

»Auf Wiedersehen, Herr Doktor.«

Ferdinand hat alles gehört. Er fragt sich, warum der Mann im weißen Kittel seine schöne Nachbarin Afonite genannt hat. Das muss er sie in den nächsten Tagen einmal fragen.

Bis dahin hat er viel Zeit, sich mit wirren Gedanken herumzuschlagen. Manchmal sind sie sogar richtig düster und rauben ihm den Schlaf.

Ferdinand, sagt er sich, du hast nicht mehr lange zu leben. Und selbst wenn du wieder nach Hause kommst, die Arbeit auf dem Hof schaffst du nicht mehr, außer vielleicht die Hühner zu füttern. Und vielleicht … Aber auch mit dem Mopedfahren ist es vorbei. Du hast ja gesehen, was beim letzten Mal passiert ist. Und das arme Moped ist nicht besser dran als du. Wir sind beide nicht gut gealtert, was Titine? Was sind wir bloß für ein Paar, du und ich! Titine will nicht mehr fahren und ich kann nicht mehr ohne dieses Mistzeug atmen, das sie mir in die Nase gestopft haben. Ist das noch ein Leben? Wäre es da nicht besser …«

Aber er denkt diesen Gedanken nicht zu Ende. Wenn er nämlich gleich sterben würde, könnte Peggy ja nicht seine Erbin werden. Er muss also noch ein wenig durchhalten. Er kann sich auch noch später beim heiligen Petrus melden.

Er weiß nicht warum, aber er muss wieder an Yvette denken. Was wäre wohl aus ihnen geworden, wenn sie geheiratet hätten? So was wie die Paare von heute, die sich nach ein paar Jahren wieder scheiden lassen, ohne zu wissen und zu verstehen, was es heißt, eine Ehe zu führen? Nein, damals waren Scheidungen undenkbar. Es war unehrenhaft, man brachte Schande über die Familie und alle zeigten mit dem Finger auf einen.

Yvette … Er hätte sie angebetet. Er wäre ein aufmerksamer Ehemann gewesen, hätte sie auf Händen getragen. Er hätte ihr jeden Wunsch erfüllt, sie verwöhnt, er hätte sie geliebt, sie …

Eine Träne – schon wieder eine – rollt in seinen Bart.

»Los, wein ruhig, dann pisst du weniger!«

Innerlich verflucht sich Ferdinand. Er hätte sich so gern hinter einem Nashornpanzer versteckt und alle

Gefühle ausgeklammert. Sie wenigstens keinem gezeigt und in seinem geheimen Garten verborgen.

Mit geschlossenen Augen – damit nicht noch mehr Tränen kommen – versucht er an gar nichts zu denken. Aber da stellen sich schon wieder Bilder ein. Der Algerienkrieg. Der Feldwebel Lefol brüllt sinnlose Befehle. Ein Feuer wütet durch das Tal. »Schießt auf alles, was sich bewegt!«, schreit der Feldwebel, der es den andern vormacht. Jetzt hat er ein kleines Kind auf dem Korn. Verflucht! Ferdinand wird speiübel, er würde am liebsten seinen Vorgesetzten für das, was er getan hat, umbringen. Warum hat er es nicht gemacht?

Da geht die Zimmertür auf und Ferdinand öffnet die Augen. Tränen verschleiern ihm die Sicht. Die schlanke Gestalt des Chefarztes erscheint im Nebel.

»Nun, wie fühlt sich unser lieber Patient?«, fragt der Arzt laut und nimmt das Krankenblatt, das am Bett hängt, zur Hand.

»Mmmm …«

»Und was sagt Ihre charmante Nachbarin zu Ihren Fortschritten?«

»Warum haben Sie sie Afonite genannt?«, fragt Ferdinand aufsässig. Er hat seine Sprache wiedergefunden, auch wenn er nicht weiß, wer diese Afonite ist, und sieht den Mann im weißen Kittel wütend an.

Der Chefarzt ist zunächst leicht irritiert, dann bricht er in Lachen aus. »Afonite?«, fragt er. »Afonite?! Oh, Monsieur Pélissier, Sie sind einfach unbezahlbar! Das muss ich unbedingt weitererzählen. Afonite, Afonite!«

»Sie heißt nicht Afonite!«, ruft Ferdinand ihm nach.

Aber der Arzt ist schon wieder weg und Ferdinand hört nur noch sein schwächer werdendes Lachen im Flur. Jetzt hätte er nichts dagegen gehabt, wenn Feldwebel Lefol kurz vorbeigeschaut hätte, um diesen Mistkerl totzuschießen.

30

Es ist Oktober. Kälte, graues Wetter, Nebel und der modrige Geruch von Pilzen im Unterholz, alles fault und zerfällt, ein langsames Sterben, der lange friedliche Abgesang des Herbstes.

Reglos wie ein Pfahl mitten in einem Feld steht Ferdinand und betrachtet die vertraute Umgebung. Seit einer Woche ist er aus dem Krankenhaus in Riom entlassen worden und wieder zu Hause. Neben ihm liegt Gamine. Seit er wieder da ist, lässt ihn das gute Tier keine Sekunde aus den Augen. Sie würde ihn sogar zum Pipimachen auf dem Misthaufen begleiten, wenn er ihr nicht gesagt hätte, sie soll ihn auch mal in Ruhe lassen.

Heute Morgen ist Ferdinand brummig. Er hat in einer Zeitschrift für Ackerbau folgenden Spruch gelesen.

Die erste Kälte im Herbst

Tötet die Schwachen und Alten.

»Warum schreiben die bloß solche Sachen? Als wollten sie den Leuten den Mut nehmen. Feinfühlig ist das nicht gerade!« schimpft er.

Er sieht das Geflügel im Hof umherlaufen. Den Enten ist es kalt und sie haben sich um einen Trog versammelt, der halb mit schmutzigem Wasser gefüllt ist.

Die Hühner gehen mit wackelndem Hinterteil auf und ab. Hier und da stecken sie den Schnabel in den Sand, drehen ein vertrocknetes Blatt herum, picken ein Korn auf. Selbst der Hahn scheint seine Energie verloren zu haben. Kein lautes Kikeriki, nur leichtes Gackern, dabei hebt er einen Fuß und saugt Luft ein. Ob der Gockel verrückt geworden ist?

Drüben in Taravelles hört man wie immer das Gekläff von Auguste Chaffraix' Hund.

»Wie hält der Kerl das bloß aus!«, schimpft Ferdinand. »Gustou ist inzwischen wohl völlig taub!«

Hier in Garachou schreit der Esel Geronimo jedenfalls nicht mehr vor Kummer. Er hat endlich die Gefährtin bekommen, die er mit seinem ständigen Iiii-Aaa eingefordert hatte. Peggy wollte die Eselin unbedingt taufen und hat sie Squaw genannt. Nun ja, das ist für die Frau eines Indianerhäuptlings normal. Auf der kleinen Koppel sieht Ferdinand das Huftierpaar friedlich fressen – das Gras wird immer kürzer – und er lächelt, wenn die Kleine jedes Mal nach der Schule zu der Weide läuft und die Mäuler ihrer Schützlinge streichelt.

Peggy … Ferdinand hat nun doch mit den Roastbeefs gesprochen und ihnen von seiner Absicht erzählt, Peggy alles zu vererben. John und Pat haben zunächst laut protestiert.

»Also, das geht wirklich nicht. Das kommt gar nicht in Frage!«, hat die schöne Pat gesagt.

»Warum machst du das, lieber Freund?«, hat John verwundert gefragt.

»Weil ihr meine wahre Familie seid und durch euch das Dorf Garachou weiterleben wird.«

Die Engländer hatten Tränen in den Augen, und Ferdinand hat gedacht, dass in letzter Zeit ein bisschen zu viel geweint wird.

»Also gut«, sagte er schließlich. »Wer von euch beiden fährt mich jetzt zum Notar, um die Papiere zu unterzeichnen?«

Da hatte Pat plötzlich eine Eingebung.

»Deshalb bist du also allein mit dem Moped nach Montcel gefahren! Du alter Geheimniskrämer!«

Ferdinand sieht zum Hof hinüber und rechnet nach. Jetzt kennt er seine Nachbarn fast ein Jahr. Er muss noch einmal an den ersten Besuch von John denken, der plötzlich mit dem Makler auftauchte. Meine Güte, war er unfreundlich zu den beiden Männern! Und weil sie wohl fürchteten, er würde ihnen Schrot in den Hintern schießen, rannten die beiden davon wie Kaninchen. Ein schönes Empfangskomitee! Das ist die berühmte Gastfreundschaft der Auvergne.

Ferdinand kann nicht umhin, beim Gedanken an dieses Erlebnis zu grinsen.

Ein Jahr, fast ein Jahr ist das nun schon her …

Ferdinand stützt sich auf seinen Stock und geht langsam zurück zum Hof. Er bewegt sich jetzt schon wie ein hinfälliger Greis. Das Schlimme ist, dass er es merkt, und das plagt ihn, bringt ihn zur Verzweiflung.

Ein kalter Wind fährt durch die Zweige der Linde. Ein paar welke Blätter fliegen davon. Ferdinand fröstelt, er stellt den Pelzkragen seines Parkas hoch, Staub wirbelt auf und bleibt auf seinen Gummistiefeln liegen. Ein stärkerer Windstoß fegt ihm feinen Kies ins Gesicht.

»Verfluchtes Wetter!«, brummt er.

Das ist alles, was Ferdinand noch kann. Jammern, meckern wegen nichts und wieder nichts. Oder wegen noch unwichtigerer Dinge. Wegen Kleinkram, einem Windstoß, einem bellenden Hund drüben in Taravelles. Dem nahenden Winter, dessen Ende er wohl nicht mehr erleben wird. Wegen schwacher Gesundheit. Wegen des Stocks, der so schwer zu halten ist und mit dem er gerade den Hof überquert. Wegen einem Leben, das sich vielleicht nicht mehr lohnt.

»Die erste Herbstkälte tötet die Schwachen und Alten.« Der Satz aus der Zeitschrift, den er heute Morgen gelesen hat, kommt ihm immer wieder quälend in den Sinn, wiederholt sich wie ein Leitmotiv, das er gern vergessen und nicht mehr hören möchte.

Fünf Uhr ist vorbei. Der Vauxhall der Roastbeefs zeigt seinen Kühler an der Einfahrt zum Hof. Das Auto bleibt stehen. Pat und ihre Tochter steigen aus. Wie immer stürzt die Kleine zu Geronimo und seiner Squaw. Um nichts auf der Welt würde sie dieses Ritual nach der Schule verpassen.

Hinter dem Fenster beobachtet Ferdinand das Mädchen. Sie hat zwei Karotten aus einer Plastiktüte genommen und gibt sie nun nacheinander dem Esel und der Eselin.

»Hast du das gesehen, Gamine?«, fragt der alte Mann. »Die beiden Tiere fressen ihr aus der Hand.«

Ohne es deutlich auszusprechen, wird ihm klar, dass er stolz auf sie ist. Stolz, ihr sein Erbe übergeben zu haben. Stolz auf seinen Plan, der notariell bestätigt ist. Stolz auch, der Kleinen hier eine Zukunft zu bieten, in Garachou, wo er seine Wurzeln hat und wo seine sterblichen Überreste liegen werden, nachdem seine letzte Stunde gekommen ist.

»Wenn sie bei den Eseln war, besucht sie uns«, sagt er fröhlich. Gamine sieht ihn an und beginnt zu winseln.

»Ja, meine Gute! Du bist auch froh, wenn unsere Peggy kommt, was? Auch für dich ist sie ein Sonnenschein, oder?«

Das Mädchen hat das Gitter geschlossen. Sie winkt den Eseln zum Abschied und geht auf Ferdinands Haus zu.

»Da ist sie«, flüstert er.

Sein Herz schlägt schneller. Es pocht heftig in seiner Brust. So sehr, dass es weh tut und er die Hand auf die linke Brust legen muss, als könne er damit das Klopfen beruhigen und einen normalen Rhythmus finden.

Vergeblich. Je näher die Kleine kommt, desto heftiger wird das Klopfen.

»Hallo, mein Indianer«, ruft Peggy, die wie ein Wirbelwind hereinkommt.

Sie sieht hübsch aus mit ihrer Mütze in den Union-Jack-Farben. Mit einem Ruck reißt sie sich die Mütze herunter und wirft sie auf den Tisch. Ihre blonden Locken sind wieder frei.

»Hast du gut gelernt in der Schule?«, fragt Ferdinand, um etwas zu sagen.

Sein Herz scheint sich beruhigt zu haben. Nur ein bisschen unregelmäßig schlägt es noch. Er muss es in den Griff kriegen und darf die Kleine nichts merken lassen, sonst macht sie sich noch Sorgen. »Antwortest du mir nicht?«, fragt er. »Läuft es noch immer gut in der Schule?«

Aber Peggy will nicht über das Thema sprechen. Sie runzelt die Stirn. »Stimmt es«, sagt sie plötzlich, »dass du mir dein Haus schenken willst, wenn du tot bist?«

»Wer hat dir das gesagt?«

»*Mum*, auf dem Rückweg von der Schule. Ist das wahr, Ferdinand?«

»Natürlich ist das war, mein Püppchen. Freust du dich nicht darüber?«

Plötzlich wird Peggys Gesicht traurig, ihre Augen sind voller Tränen.

»Aber das will ich nicht, Indianer!«

»Du willst es nicht? Und warum?«

»Weil ich nicht will, dass du stirbst!«

Plötzlich bricht das Mädchen in Schluchzen aus und dreht Ferdinand den Rücken zu.

»Aber bis dahin dauert es doch noch ganz lange, mein Hühnchen«, sagt der Bauer tröstend zu ihr. »Das passiert erst, wenn du groß bist und ich sehr, sehr alt bin. So alt, dass ich mit Sterben dran bin.«

»Ich will es nicht!«

Sie nimmt ihre Mütze vom Tisch und rennt nach draußen, ohne die Tür zu schließen.

»Dieses Kind, also wirklich, das hätte ich nicht gedacht …« Ferdinand wirft einen Blick aus dem Fenster. Peggy ist wieder zu Geronimo und Squaw gegangen. Sie gestikuliert heftig mit den Armen. Sicher erzählt sie ihnen die Geschichte gerade.

Die Geschichte einer Erbschaft, von der sie nichts wissen will.

Wieder fängt sein Herz wild an zu klopfen. Er sollte sich lieber hinlegen.

Die Nacht vergeht so langsam. Ganz nah – wahrscheinlich in der Linde oder der Esche – schreit ein Käuzchen. Der durchdringende Ruf hat einen traurigen Klang. Der Wind rüttelt an den Fensterläden, und man hat das Gefühl, auf einem Schiff mitten im Meer zu sein.

Friedhofswind, denkt Ferdinand und seine Zähne klappern. Ein starker Windstoß muss einen Laden aus der Befestigung gerissen haben, der nun gegen die Wand schlägt, einmal in die eine, dann wieder in die andere Richtung. Er tut dies mit an Wahnsinn grenzender Beharrlichkeit. Ein flüchtiger Mondschimmer dringt ins Zimmer und verschwindet ebenso schnell wieder, weil er von den galoppierenden Wolken bedeckt wird. Ferdinand liegt mit großen Augen da und lauscht auf das Durcheinander da draußen. Wenn es hin und wieder ruhig ist, singt das Käuzchen sein monotones Lied.

Ferdinand ist kalt. Sonst wäre er aufgestanden, um den Laden zu befestigen, dessen Schlagen ihn peinigt. Aber heute Nacht schafft er es nicht. Er bleibt liegen und schlottert unter dem dicken Federbett, das er bis zum Kinn hochgezogen hat.

»Schläfst du mit dem Bart über oder unter der Decke?«, hat Auguste Chaffraix ihn neulich am Sonntag beim Aperitif im Bistro scherzhaft gefragt und sich auf seine Kosten vor den anderen lustig gemacht.

»Und was machst du mit der Dummheit, legst du sie ab oder nimmst du sie mit ins Bett?«, hatte er schlagfertig geantwortet.

Doch heute Nacht, ganz gleich ob der Bart über oder unter der Decke liegt, findet Ferdinand keinen Schlaf. Sein Herz spielt ihm immer wieder Streiche, es fängt an zu klopfen wie ein ungezügeltes Fohlen. Und dann bleibt es stehen, einfach so, ohne zu garantieren, dass es weitermacht.

»Diesmal, mein Junge ist das Ende der Fahnenstange wohl erreicht …«

Die Stimme hallt seltsam im Zimmer wider. Ferdinand hat laut gedacht. Er spürt, dass er fortgeht. Dass sein Motor wie der des Mopeds zu viele Fehlzündungen hat und nicht wieder anspringen kann.

Wie bei Félicien, sagt er sich. Ich sterbe wie mein armer Bruder, allein in meinem Bett. Morgen finden sie mich, wenn ich schon den Löffel abgegeben habe.

Die Bilder überstürzen sich: der Notar von Montcel, zum Glück sind die Papiere seit heute Nachmittag unterzeichnet; die Engländer, ihr Betrieb läuft. Man braucht sich keine Sorgen um sie zu machen; die kleine Peggy, sie wird traurig sein, wenn sie es erfährt; seine

Nichten und Neffen, sie werden sich ärgern, wenn sie herausfinden, dass ihr alter Onkel ihnen nichts vermacht hat! Selber schuld! Warum haben sie mich nicht ab und zu besucht!

Der Wind draußen bläst unerbittlich weiter. Er peitscht den Regen gegen die Scheiben. Seine Sensenschläge kommen näher, sie werden immer wütender und bedrohlicher.

Das Käuzchen füllt die Momente der Ruhe nicht mehr aus. Der Vogel muss sich vor dem wütenden Wind in Sicherheit gebracht haben.

Ferdinand hat sich auf die rechte Seite gedreht. Die linke, auf der das Herz sitzt, tut ihm zu sehr weh. Er hat Angst, nicht genug Luft zu bekommen, atmet immer mühsamer.

»Ach wenn es doch endlich vorbei wäre!«, sagt er schwer atmend.

Jetzt ist ihm zu warm. Langsam rinnt ihm der Schweiß den Hals hinunter. In der Brust breitet sich ein brennender Schmerz aus. Auf seiner Netzhaut zeigen sich Blitze und in seinem Kopf klopft es wie von einem Hammer, mit dem man die Rinder totschlägt.

Seltsam: Unten im Erdgeschoss fängt Gamine wie wild an zu heulen. Das arme Tier, auch sie spürt, dass sein Tod nahe ist, und weint wie ein Mensch im letzten Moment eines geliebten Wesens.

»Gamine!«, ruft er schwach. Nur dieser Ruf und schon bekommt er keine Luft mehr. Er kann den Mund so weit öffnen, wie er will, es geht keine Luft mehr hinein; als hätte sich eine Luftklappe geschlossen und den engen Durchgang zum Überleben versperrt.

Eine noch stärkere Windböe hat beinah das Fenster ausgehängt, die Angeln scheinen bei diesem Sturm nach all den Jahren nicht mehr sehr haltbar. Das Haus widersteht immerhin. Gamine setzt unten ihr Requiem fort. Nur so kann sie um Hilfe rufen. Sie hat begriffen, dass ihr Herrchen in das Land aufbricht, aus dem bisher noch nie jemand zurückgekehrt ist.

Woher er nicht zurückkommen wird.

»Gamine«, murmelt er noch einmal.

Die Anstrengung ist zu groß. Er schließt die Augen. Sich fallen lassen. Bald seine Familie wiedersehen, all die Lieben, die gegangen sind. Hoffentlich wartet die Mutter oben nicht mit einem Knüppel auf ihn! Und Yvette … vielleicht ist sie auch da. Wie soll man wissen, wie es im Paradies des lieben Gottes zugeht. Da wird er jede Menge Leute treffen. Selbst die, die er schon vergessen hatte. Von denen er dachte, sie würden seinen Weg nie mehr kreuzen.

Und wenn sein Weg nirgendwohin führt?

Sich fallen lassen, sich einfach fallen lassen …

Sterben.

Schlafen.

Die erste Kälte im Herbst tötet die Schwachen und Alten.

Und Gamine heult …

Epilog

Garachou. März, erster Frühlingstag

Er ist dem Tod von der Schippe gesprungen. Ja, tatsächlich!

»Der Große Manitu wollte nicht, dass mein Indianer in die ewigen Jagdgründe geht«, hat Peggy gesagt und einen wilden Tanz aufgeführt, als sie hörte, dass ihr alter Freund gerettet war.

Es hat lange gedauert, bis Ferdinand wieder zu sich kam. Wochen im Koma. Fast einen Monat lang. Und dann eine lange Erholungszeit. Fast endlos.

Zum Glück verbrachte er sie nicht in der Herz-Lungen-Klinik und musste auch Doktor Leontyna Skreczkowska nicht wiedersehen, die Russin-Polin-Slawin seiner Albträume. Nach Tagen in der Uniklinik Clermont-Ferrand, in die er mehr tot als lebendig eingeliefert worden war, kam er in ein Altersheim in der Nähe von Riom auf einem der Hügel oberhalb des kleinen Kurorts Châtel-Guyon.

Ausruhen, Mittagsschlaf, Ausruhen, Schlafen; so verbrachte er die Wintermonate. Anstrengend auf Dauer, und niederschmetternd.

Durch sein Fenster hat er endlose Male das Treiben der Vögel im Park auf der Suche nach Nahrung beobachtet.

Blaumeisen und Kohlmeisen, Spatzen und Buntfinken, Meisen, Rotkehlchen und sogar ein Paar Distelfinken, alles was Federn hat schien sich hier vor seinem Fenster versammelt zu haben. Jeden Tag hat der Gärtner Körner gestreut und Fettringe an einem Häuschen ganz in der Nähe befestigt. Ferdinand saß in der ersten Reihe!

»Ich bin hier im Gefängnis. Ich darf nicht mal nach draußen!«

»Oh, wo denken Sie hin, da ist es viel zu kalt!«

Er hat sich oft beim medizinischen Personal beschwert, das ihm verboten hatte, weiter zu gehen als bis ans Ende des Flurs.

»Seien Sie doch vernünftig, Monsieur Pélissier!«

Vernünftig! Also wirklich.

Jeden Nachmittag tröstete er sich damit, dass Pat oder John Kelly kommen würden, manchmal in Begleitung der kleinen Peggy. Von ihnen erfuhr er die Neuigkeiten von zu Hause. Noiresse gab keine Milch, Gamine schien traurig über die Abwesenheit ihres Herrchens, der Hund von Auguste Chaffraix in Taravelles bellte immer noch so viel, Geronimo, der seinen Samen im Bauch der Squaw untergebracht hatte, schrie nicht mehr so laut – wahrscheinlich, um seinen Nachwuchs nicht zu erschrecken, Romain Brousse, der Briefträger und CGT-Aktivist, fuhr nicht mehr die Post aus und war durch eine junge Frau ersetzt worden.

Lauter Kleinigkeiten, die zeigten, dass das Leben weiterging. Natürlich wäre es auch weitergegangen, wenn er tot gewesen wäre.

Dieser Tod, schon wieder war er ihm ganz nah gekommen, aus solcher Nähe hatte er ihn noch nicht gesehen.

Um seine Langeweile zu vertreiben, hatte er um einen Fernseher in seinem Zimmer gebeten. Er sah nicht oft fern, aber er hatte gehört, es gäbe manchmal interessante Tiersendungen.

»Siehst du, Fortschritt hat auch sein Gutes«, sagte die schöne Pat eines Tages mit einem schelmischen Lächeln. »Du solltest dir einen Fernseher besorgen, wenn du wieder nach Hause kommst.«

»Nicht nötig, ich habe dann genug anderes zu tun!«

Pat hatte John angesehen und beide hatten sich bemüht, nicht zu lachen.

Heute, am 20. März, dem Tag, mit dem der Frühling anfängt, kommt Ferdinand endlich nach Hause. Das Land liegt in der Sonne. Unter dem blauen Himmel sind die ersten Weißdornbüsche weiß erblüht und an den Enden ihrer Zweige schmücken sich die Tannen mit hellgrünen Spitzen. Ferdinand sieht dies alles von seinem Sitz vorne im Taxi, das ihn nach Garachou bringt. Durch das offene Fenster auf der Chauffeurseite hört er die Vögel tirilieren, ihren Liebesgesang, ihren Lockruf an die Natur, die aus ihrer Winterstarre erwacht.

Gestern hat er die Roastbeefs, die ihn zum letzten Mal besucht haben, gebeten, die Fenster und Türen seines Hauses zu öffnen, damit die Frühlingsluft eindringen kann. Pat und John haben sich kurz angelächelt, in ihren Augen war ein besonderes Leuchten.

»Verlass dich auf uns, Ferdinand«, sagte die Engländerin lachend, »dein Haus wird so gut gelüftet sein, dass du es kaum wiedererkennst.«

»Gott noch mal! Das würde mich aber sehr wundern!«

»Man soll nicht fluchen, lieber Freund!«

Was für ein Geheimnis verbirgt sich dahinter?, fragt sich Ferdinand jetzt, während der Taxifahrer die Straße nach rechts nimmt, Richtung Garachou, die Endstation.

Vielleicht bildet er es sich nur ein, aber die Luft hier erscheint ihm leichter, die Farben kräftiger und die Gerüche, die in den Wagen dringen, süßer.

»Jetzt sind wir gleich da, Monsieur Pélissier.«

Selbst der Fahrer macht einen glücklichen Eindruck, so als wolle er gleich anfangen zu singen.

Sie fahren in die letzte Kurve, bevor der Weiler vor ihnen auftaucht, am Ende einer Reihe junger Pappeln.

»Jetzt sind Sie endlich zu Hause.«

Das Taxi bleibt vor der weit geöffneten Eingangstür stehen. Die Engländer haben also auf mich gehört und die Zimmer gelüftet, denkt Ferdinand.

Und da kommen die Roastbeefs und das Roastbeefkind, sehr niedlich und blond, gemeinsam aus dem Haus ihres Nachbarn. Auch Gamine ist da. Sie rennt um das Auto herum, erst in der einen, dann in der anderen Richtung.

Ferdinand braucht eine Weile, um auszusteigen. Er bewegt sich schwerfällig wie ein ungeschickter Greis.

Gamine wirft ihn fast um, als sie an ihm hochspringt und die Pfoten auf seine Brust legt.

»Vorsicht!«, brummt er. »Oder soll ich hinfallen und mir die Fresse einschlagen?«

Der Taxifahrer grinst. Die Kellys strahlen.

»*Welcome home*, Ferdinand!«, ruft John lächelnd.

»Willkommen zu Hause«, übersetzt seine Frau.

»Oh! Mein Indianer, ich freu mich ja so!«, ruft Peggy, die vor Freude am liebsten lostanzen würde.

An der Eingangstür bemerkt der alte Mann, dass sich etwas verändert hat, dass nichts ist wie vorher.

»Gehst du nicht rein?«, fragt Pat.

Sie lächelt ihm aufmunternd zu, nimmt seine Hand und fordert ihn auf, ihr zu folgen.

Verdammt! Träumt er? Sind das Hirngespinste? Oder hat er zu viel Frühlingssonne abgekriegt? Ist er verrückt geworden, weil er zu lange zwischen Leben und Tod geschwebt hat?

»Na, *my friend*, wie findest du das?«

Ferdinand reißt Mund und Augen auf und weiß nicht, was er John Kelly antworten soll.

»Was habt ihr gemacht?«, sagt er schließlich.

»Gefällt es dir nicht?«, fragt Pat ein wenig besorgt.

Die Wände des Raums, die früher so dunkel waren, geschwärzt von den Kaminfeuern im Winter, glänzend vom Küchenfett all der Jahre, sind weiß gestrichen. Auch die Decke ist viel heller und man kann jetzt viel besser die Dachbalken erkennen, die mit der Zeit dunkler geworden sind. In einer Ecke des Zimmers steht ein neuer

Gasherd und rechts, ganz nah am Fenster, ein kleiner Fernseher.

»Warum?«, fragt Ferdinand mit zitternder Stimme. »Warum habt ihr das alles gemacht?«

Die kleine Peggy packt ihn am Arm und sieht ihn mit ihren blauen Kinderaugen an. »Wir haben gut gearbeitet, findest du nicht, mein Indianer? Ich habe *Dad* und *Mum* geholfen und sogar eine Wand allein gestrichen, das war ganz schön schwer!«

Ferdinand hat Tränen in den Augen. Kein Laut dringt aus seiner trockenen Kehle. Die alte Pumpe in seinem Brustkorb beginnt heftig zu schlagen vor Glück.

Dann umarmt er das Mädchen. Seine Erbin. Durch sie wird das Land, auf dem er geboren und alt geworden ist, weiterleben.

Ein Land für künftige Generationen kleiner Engländer und Franzosen aus der Auvergne.

Ein Land für die Zukunft.

Ferenc Máté

Die Hügel der Toskana

Mein neues Leben in einem alten Land. Aus dem Amerikanischen von Martin Bauer. 272 Seiten mit Illustrationen von Christine Paxmann. Piper Taschenbuch

Candace und Ferenc Máté wagen, wovon viele nur träumen: Sie beschließen auszusteigen, ihr Leben in der Großstadt hinter sich zu lassen und fortan auf dem Land zu leben – in der Toskana. Voller Zuversicht machen sie sich auf die Suche nach ihrem Traumhaus. Und sie genießen den Wein, die Küche, das Licht, die Landschaft, das Leben. Humorvoll und mit einem warmherzigen Blick auf Land und Leute erzählt der Autor von seinem Neuanfang in Italien und lädt ein zum Entspannen und Träumen.

»Erzählt mit viel Humor und charmanten Anekdoten.«
Münchner Merkur

05/2710/01/L

Nicolas Barreau

Die Frau meines Lebens

Roman. Aus dem Französischen von Sophie Scherrer. 144 Seiten. Piper Taschenbuch

Eines Mittags sitzt im Pariser Lieblingscafé des passionierten Buchhändlers Antoine wie vom Himmel gefallen die Frau seines Lebens. Beim Hinausgehen wirft die schöne Unbekannte ihm ein Kärtchen mit einer Telefonnummer zu, die aber nicht mehr vollständig ist. Antoine hat nun zehn verschiedene Möglichkeiten und nur vierundzwanzig Stunden Zeit, um die Frau seines Lebens wiederzufinden … Ein federleichter und lebenskluger Roman über den wunderbaren Wahn der Liebe.

»Atemlos folgt man Antoine auf seinen Wegen und bangt mit ihm um den Erfolg der Unternehmung. Und man hofft mit ihm auf ein Happy End und wünscht, das Buch möge niemals enden.«
literature.de

05/2445/01/R

Emma Hamberg

Für Wunder ist es nie zu spät

Roman. Aus dem Schwedischen von Susanne Dahmann. 368 Seiten. Piper Taschenbuch

Nach außen wirkt Majas Leben perfekt: Als Ehefrau eines berühmten Künstlers lebt sie auf einem alten Schloss, romantisch gelegen auf einer Insel im schwedischen Vänersee. Doch während ihr Mann immer gigantischere Kunstwerke schafft, sieht es mit ihrer eigenen Karriere als Bildhauerin mau aus. Zu allem Überfluss fühlt sie sich von ihm nicht mehr begehrt. Das muss anders werden, beschließt sie und schmiedet einen ungewöhnlichen Plan: Sie eröffnet eine Schwimmschule für Erwachsene. Zwei heiße Sommerwochen lang stellen die Kursteilnehmer den Schlossalltag auf den Kopf, unter ihnen der extrem attraktive Alex. Und schon bald steht nicht nur ihre eigene Beziehung auf dem Prüfstand …

05/2707/01/L

Erin Kaye

Wunderherzen

Roman. Aus dem Englischen von Ursula C. Sturm. 512 Seiten. Piper Taschenbuch

Schon immer treffen sich Kirsty, Clare, Janice und Patsy regelmäßig in ihrem Lieblingscafé in Ballyfergus. Sie haben gemeinsam geweint, vor Kummer wie vor Glück, unzählige Tassen Tee und ebenso viele Gläser Wein geleert. Doch jetzt wird die Freundschaft auf eine harte Bewährungsprobe gestellt: Die verwitwete Kirsty verliebt sich in den falschen Mann. Patsys Tochter macht ein erschütterndes Geständnis. Janice muss sich ihrer Vergangenheit stellen. Und Clare will ihr Leben endlich selbst in die Hand nehmen …

»Wunderschön geschrieben – über die Herausforderungen und Bewährungsproben dieser Frauen zu lesen, ist ebenso fesselnd wie bewegend.«
Closer Magazine

05/2703/01/R